U0946140

长篇小说

哦，呐喊……嘘

艾苓 侈咄 著

人民文学出版社

图书在版编目(CIP)数据

哦嘘 哦嘘/艾芩侈咄著. —北京:人民文学出版社,2012
ISBN 978-7-02-009489-9

Ⅰ. ①哦… Ⅱ. ①艾… Ⅲ. ①长篇小说—中国—当代 Ⅳ. ①I274.5

中国版本图书馆 CIP 数据核字(2012)第 220450 号

责任编辑 赵 萍
责任印制 李 博

出版发行 人民文学出版社
社 址 北京市朝内大街 166 号
邮政编码 100705
网 址 http://www.rw-cn.com

印 刷 北京新魏印刷厂
经 销 全国新华书店等

字 数 186 千字
开 本 880×1230 毫米 1/32
印 张 9.125 插页 2
印 数 1—12000
版 次 2012 年 10 月北京第 1 版
印 次 2012 年 10 月第 1 次印刷

书 号 978-7-02-009489-9
定 价 22.00 元

奢侈地来到人间，却再也找不到回去的路

1

四周黑蒙蒙的，我不知道自己身在何处，只是不停地奔跑，想赶快回家去翻看那些早已不知被丢到了哪里的课本。一会儿又坐上了火车，在人头攒动的车厢里使劲儿往前挤着，想赶快到房后河边的大树下看书。可怎么也挤不出来，一身的汗……

不是已经考上了吗？不是都工作过好几年了吗？不是研究生也要毕业了吗？怎么又得重新考呢？

我又在火车上了。车上拥挤依旧，到处塞得满满的，无从下脚，杂七杂八的声音与污浊的气味混杂在一起。拿着满满一手烧鸡的小贩照旧从人缝中挤过，不停地叫卖。一对儿男女自顾自地在衣服底下摩挲着……

我满头大汗，像一只无头的苍蝇，在美院的校园里四处打探专业课的成绩。一脸严肃的教授从门缝里伸出头来，告知以前的卷子全作废了，都得重考。我钻进了厕所。蹲坑的门上画满了交媾中的人体……

明天就要考试了啊，可怎么也找不着相关的课本。家里的书柜、仓房里的纸壳箱子以及教室里的课桌都翻了个遍，还是找不着。急忙骑车去问几个同学借，都说以为不会再用到了，早就当废纸卖啦……

坐在考场上，什么也不会了，内容都改了，和以前的完全不一样了。马上就要到点儿了，可自己的卷子还是一片空白，心里催促着自己赶紧写赶紧写，可身上一点劲儿也没有，手怎么也不听使唤……

不是已经考上了吗？不是都工作过好几年了吗？不是研究生也要毕业了吗？怎么又得重新考啊！

……

几年来，我老是在这样的梦境中惊慌失措，怎么也睁不开眼睛。那种焦急，就像童年在梦中看完《列宁在1918》，想小便，却苦于到处是人、到处也找不到厕所时的紧迫。

那是一种带有深深不安的焦虑。那种焦虑对我来说总是伴随着担心，因为相同的结果无数次证明，等找到厕所，或终于在一个无人的地方畅快淋漓了之后，等待我的便是褥子被尿了个彻底的事实。

但正像每月不得不对付月经来临的女孩子那样，阶段性的重复也使我后来具有了对付这种梦境的初步经验：梦里要一直怀疑梦的真实性，并努力强迫自己赶快醒来，以享受醒来时那梦境并未真实出现的喜悦和快感——我不用考试，我已经是一所令人羡慕的著名高校的毕业生，而且我也曾在一个令人羡慕的城市的高校里拥有过测考别人的机会和权力。

我得承认我是幸运的。童年每次从那样的梦里醒来，必然受我尿炕事件牵连的妈妈总会在褥子上被尿湿的部位铺上干爽的衣物，以解当务之急，让懒得睁开眼睛的我能够在干爽中继续睡去，从而把事件对我造成的影响降到最低度。而比我大不了几岁的二哥就没有我这样的幸运了：虽然童年相同的梦为他提供了相同的发案几率，而他却只能在睡眼蒙眬中匆匆估计“作案现场”的位置和面积之后，换一个姿势，尽可能使自己少挨着那片儿潮湿部位，坚持睡下去，直到天亮。

这能怪谁呢？养活着多个孩子的中国家庭，按照惯例，母亲总是和最小的那个睡在一起。从这一事实出发，母亲为我随时垫衬衣物便有了合理性的解释。

显而易见，我的幸运和二哥的不幸都来自我们出生的次序所导致的不可更改的结果。但事实上的不公平也是显而易见的：毕竟这样的次序安排，以及次序所带来的优越和特权，并不是通过个人的努力得来的，也并不能通过某种形式的考试加以确定。

然而，谁又能为这样的考试内容准确地命题呢？

这一次未经考试就轻而易举得到的资格并没有使我沾沾自喜，恰恰相反，在我身上似乎从来就不能真正发生作用的理智竟让我对此深感懊恼——因为在我的一生中，这一次序赋予我的优越和特权，似乎让我总是相信世界永远会被这样确定下去，而且名正言顺。

2

从如今依然清晰的记忆来判断，我小时候至少在某些方面还是可以被归入到聪明孩子的行列中去的：我总是能准确地找到妈妈费尽苦心才最终确定下来的藏匿糖罐的地点；那次和几个小伙伴爬树，不幸遭遇看管树林的老杨头追赶，情急之下刮破了短裤之后，我总是以各种理由避免再次穿上那条已被妈妈缝补一新的短裤，怕给老杨头从来就不知疲惫地保持着机警的眼睛提供爬树所留的罪证；在成功地掩护二哥从布满铁丝网的果园里取出几个掉落在地面的苹果后，我总是在第一时间提醒他洗去上面可能残留的农药，并时刻警惕着过往的路人，当有穿着军装的人经过时，我总是不遗余力地去阻止他掏出衣兜里的果子——因为在我看来，只有身着军装的现役军人才具有足够的能力，一眼就看出我们手中的果子并不光彩的来历。

我生活在一个建设兵团。父亲是团部基建科的技术员，母亲在子弟学校里忠诚坚守着党的教育事业。早年，在“扎根边疆、建设祖国”歌声的号召下，父亲像天空中的云朵，从千里之外的海滨飘落到这片人烟稀少的荒滩上，一边体会着尚未成熟的青春，一边支援着西北的建设。接着，母亲寻歌声而来，与父亲相聚。后来，等我们一个个匆匆忙忙都到齐了，一家人就这样简简单单地在这儿扎下了根。

高高的水塔沉默地守望在清晨燃烧的天际和黄昏的薄暮中，成为我儿时寻找家的坐标。但那并不是这里最高的建筑，最高的建筑是父亲后来设计的洗澡堂上空的大烟囱。尽管大烟囱上有避雷针，在电闪雷鸣的阴霾里安全地摩擦着天顶，可每次风雨过后我还是放心不下，总爱跑去查看一番那个庞然大物是否还毫发无损地矗立在原地。团部办公室一排排砖红色的房子戴着墨绿色的屋檐，整齐的装束与周围四个圆形厕所里消毒的石灰粉一起散发出清洁的气味，每一天都在耐心地等待着大喇叭里提醒人们准时作息的号声。医院正门上方闪着万道金光的毛主席头像和招待所墙壁上的革命标语，是我童年目光最爱停留的地方——那逼真的头像和齐整的美术字可是这里最高级的艺术了。从团部到供销社的大道两旁，兵团战士们不知什么时候栽下的树木，从我懂事儿起，就一直郁郁葱葱地陪伴着我，水渠里片片的蛙声也总是像时钟一样按时宣告着每个春天的来临。满渠荡漾的春水，河岸边宽阔翠绿的树叶，枝头婉转啼鸣的鸟叫，填充在清凉的季节里，与父亲设计的那些建筑物一起，构成我孩提时代快乐的心灵地图。

开始的时候，是二哥领着我在这张地图上一遍遍搜索着欢乐。我们喜欢到团部去找父亲，在父亲的工地上偷偷蒙混着特权，顺着脚手架爬上爬下，欢快中惹得父亲不断怒喝。于是，哥俩又流窜到机运连，在一片废弃的机械里手忙脚乱地开动着所谓的坦克、大炮，嘴里还不断发出同步的声响，与电影中看到的敌人艰难作战。遭人追赶后，二哥只好带着我到母亲的学校碰碰运气，穿过一阵阵琅琅的读书声，准确地来到堆放着各种教具和仪器的库房后墙根儿。在二哥的鼓励下，我学着小人书上解放军的样子，硬是用自己幼小的身躯架起二哥，让其从库房的后窗望进去打探虚实。可不曾提防笨拙的二哥扒拉掉了挡在窗上的土坯，土块噼里啪啦地砸落下来。我强忍着泪水，却不敢做出任何疼痛的表示——因为砸得太轻，并未挂彩，心里明知不但够不上英雄般头缠绷带的光荣，一有所表示还会落下个“一点儿也不像潘冬子”的名声。回家的路上，我才渐渐醒悟过来，暗自思忖：即便够不上英雄的资格，可总应该享受个工伤的待遇吧？！于是越走越慢，磨磨蹭蹭的，想让二哥背我。二哥刚一听罢便一刻也不耽搁，撒腿就跑，可又不得不在我的哭叫声中停下脚步，背对着我，撅起屁股，做出背的姿势，从胯下喊道：

“过来过来，背你！背你！”

等我兴冲冲地跑过去，刚想爬上那背，他却又猛然起身向前疾奔，又一次在我的哭嚷声中停住，做出再次要背的姿态，可只要我一靠近，他便故技重施，总也不让我得逞。就这样一段儿一段儿地把我骗回家，弄得我是徒有一肚子的委屈可又无法向父母申述——因为我知道，父母绝对不可能承认那工伤的正义性质。

二哥倒也不会一点儿良心没有，多多少少都会给我点儿补偿，下午便主动提出要带我到九连的大场院去玩。九连的大场院？那里可是我最爱去的地方！因为场院上总是落满了成群的麻雀，黑压压地叽喳成一片，比团部的誓师大会还要热闹。

有几个小孩儿比我们先到了，“哦嘘！”“哦嘘！”喊得正起劲儿，轰赶起像蘑菇云般升腾的麻雀。二哥一阵兴奋，连颠儿带跑的，迅速加入进去。我拎着根小棍，紧随其后：

“哦嘘！”“哦嘘！”

但任凭你怎么轰赶，场院上很快又会落满一层麻雀，也不知道是不是先前飞走的那一群……

忽一日早上醒来，不见了旁边等待的二哥，习惯性地大哭一阵后，还是没能得到熟悉的回应，才猛然间想起二哥已经上学了。于是我只好抹掉已滑到腮边的泪珠，收拾起伤心的往事，自己套上衣服，踩着墙角边高高的凳子锁牢房门，将钥匙挂上脖子，顶着脑海里留存的经验，按图索骥独自去搜寻欢乐。

没有二哥带领，光我一个人出没，似乎目标一下子变小了，在以前那些总是要被禁止玩乐的地点，人们再也懒得来驱赶我了。由于二哥言传身教的隐蔽技巧总也派不上个用场，我感到一阵阵的无聊，总觉得这一次次轻易就到手的快乐一点儿也没有跟着二哥时那般有滋有味。几天后，我的隐蔽技巧才好不容易在父亲的办公室里应用了一次。那天爸爸正坐在桌子前埋头画图，天热，办公室的门开着，爸爸的脚从鞋里抽出来，搭放在桌下的报纸上。我左右侦察了一番，确定没有情况后，便猫着腰迅速摸到了桌子底下。桌子下除了阴凉的水泥地面和爸爸搭放在报纸上的脚外，也实在找不到什么好玩儿的。我夹紧了嗓音，学了一阵苍蝇的“嗡嗡”声。爸爸还是没有发现。于是，我的手又尝试着像苍蝇的前腿那样轻轻地落在爸爸的脚上，去搔痒他的脚心。结果力量用得可能不太对，爸爸的脚猛地一缩，探下头来。见是我，爸爸咯咯地笑了，问我什么时候进来的，怎么一点儿声响也没有，还以为下面是小耗子呢。我对自己这一次的隐蔽相当满意，便听话地去翻腾墙角边那几个大卷柜的抽屉了。下班号吹响时，工地上的老郭胳肢窝里夹着一卷儿图纸走进来。我躲闪不及，只好又一次任他那一脸粗硬无比的胡茬子蹭在我的脸蛋子上。他在爸爸笑容的纵容下蹭够后，从兜里掏出一把水果糖作为给我的补偿。那么多，我两只手都合拢了，还是捧不下，有几块儿掉在了地上。我连忙蹲身去捡，可手里的又直往地上掉。

在九连的大场院上，就连那些小小的麻雀也根本不把我放在眼里了，任由我怎么起劲儿地“哦嘘”、“哦嘘”，最多也不过有几只扑棱两下翅膀，挪动一下位置而已，好像知道我的兜里装着糖块儿似的。我只好形单影只地坐在场院边的矮墙上，剥一块糖塞在嘴里，看天空中出现的那道彩虹……

没过多久，我也轰轰烈烈地提前张罗起上学的事情了，不但表现出好学上进的态度，而且还忙乎着置办上学的装备，比如与二哥同样规格与数量的文具。——后来的事实证明，那一次次绝不肯轻易让步的坚持，只是我出于对上学这码事儿还远未了解的朴素热情，而非迫切渴望得到知识的真实需要。

我和邻居家的几个小孩儿整日凑在一起，跟着其中一个小姑娘赋闲在家的爸爸，在自制的小黑板前兴致勃勃地识起字来。小姑娘的爸爸据说二十多岁就当上了营长，后因什么作风问题被解除了职务，虽然不用上班，可工资待遇什么的一样都不少。别看他文化程度不高，但在教学上却有着独门绝技，总能用自创的土办法来加强我们的联想和记忆。领我们识字的时候，他尽可能把每个字的发音和根深蒂固的方言巧妙地结合在一起，以达到通俗易懂、深入浅出的教学目的。比如“麦子”，本地的方言叫“咩子”；“蜻蜓”，本地的方言叫“河洗洗”，于是教“麦”和“蜻”这两个字的时候，小姑娘的爸爸就会这样领读：

“mài，mài，咩子的麦，咩子的麦；qīng，qīng，

河洗洗的蜻，河洗洗的蜻……”

我们学着小学生的样子，把手认认真真地背在后面，跟着他起劲儿地读。读罢，像是比赛似的，急于看谁第一个把方格本子写满密密麻麻、歪歪扭扭的字。因为在我眼睛的余光里，先生正背着手志得意满地看着我们呢，把他显然是在赞许其中某一个的目光在笑容的掩护下洒向所有在场孩子的脸。那种近似监考人的目光其实是在为每一个孩子上学后的前景做着老到的预判，同时也热心地义务为那些他认为早就该淘汰出局的孩子努力寻找着恰当的出路：要饭，掏厕所，或者种地，尽是些没人愿意从事的工种。这种目光不但迫使我尽量加快手上的动作，也误导了我对上学盲目而轻率的热情。

3

我上学的时候只有五周岁。由于高涨的热情无论如何也无法改变年龄偏低的事实，从而达到学校有关入学规定的标准，妈妈的同事含着笑，拒绝着我——过后看来，她略显含糊的拒绝其实只是对我当时居高不下的欲望一个小小的考验而已：当我背挎着几天舍不得摘下的新书包，满眼泪水地扑向坐在邻桌的妈妈怀抱的那一瞬间，这位漂亮的北京女知青忙起身喊着：

“过来过来过来，给你报名，给你报名。”

是我迫切的泪水赢得了她随后接受的笑容，还是她之前拒绝的笑容骗取了我天真的泪水，当时我并没有多想，但肯定的一点是，我的泪水和她的笑容一起让我成为了她班上年龄最小的那个学生。

显然，我的入学从表面上看，是一个孩子的真诚与可爱打动了面试官，并最终通过了考试，但从本质上来说，其实是妈妈的教师身份让我最终获得了提前入学的资格。不管怎样，我人生这次小小应试的成功，无疑让我在家庭中因出生次序而取得的那种优越和特权再一次得到了完好无损的保存和延续。

或许是入学前不遗余力跟读和写满本子的热情所导致的惯性，或许是爸爸出差总给我们带回来的小人书潜移默化的启蒙作用，反正在开始上学的初级阶段，我总能带回家语、数双百的考卷。每当那个时候，大哥总是在父母情不自禁的笑容下把我高高地举在空中：在我看来，这祝贺远比他自己多少次给父母带回荣耀时更加热烈，当然也远比姐姐和二哥得到好成绩时的场面更显隆重。在一个读书显然不会给家里带来直接收入和实际利益的年代里——大哥的同龄人都已纷纷听从父母的安排，补员的补员，顶替的顶替，每月给家中交回十五块四的工资——在我所谓知识分子的家庭中，又有什么会比考试得来的好成绩更能增添喜悦的气氛和凝聚的热量呢？

因此，因考试成绩而备受褒奖的那种期待不知不觉构成了我一生都挥之不去的一个情结。那种热烈而隆重的喜悦，从未因岁月不停的流逝而磨损掉丝毫的热度和分量，多少年后，依然能随时被我调拨出来温暖和慰藉每每感到困惑的心。

但上学后不久，我就清醒地意识到，我的眼泪所赢得的提前踏入校门的权利，其实是我早熟的激情所带来的无法挽回的错误。从此，我过早地告别了无忧无虑的童年。每天清晨妈妈像闹钟一样准确无误的起床叫喊声和语文课堂上总是概括不完整中心思想的尴尬让我原本坚定的意志越来越脆弱，我开始移情别恋，重返现实的需要，去寻找更为快乐的途径。

我仿佛是一个薄情寡义的浪子，在抛弃了先前的恋情之后，很快就深深地沉迷于除上学之外的多种欢愉之中：用捡来的烟盒叠成三角，把废旧的纸张叠成四角，以烟盒样式的稀罕和纸质薄厚的程度论价，为了输赢，和小伙伴们直扇到胳膊酸痛，浑身无力；在地上画个圈儿，里面放上从靶场捡来的弹壳，小心翼翼地把铁蛋儿弹到靠近圈儿边的位置，瞄准里面占据了我所有欲望的赌物，指尖用足了浑身的力气往外射击，为了得到更多的数量，直杀到昏天黑地，惹得家里“吃——饭——”的呼叫声四起。通过多次的经验教训，我明白一定要找到实力较弱或相当的对手再下手去玩儿命，否则弄得个血本无归还得央求哥哥们去翻盘，遇到不讲理的主儿死不承认这一潜规则，弄不好就得大动干戈，好不麻烦。

为了春天来临的鸟儿，我和其他的孩子们一样精心准备着：用粗号的铁丝做成架子，从废旧的自行车内胎上剪下两条宽度一样的胶带，再从旧皮包上裁下一块儿软皮，大小正好容纳得下一枚足可以置鸟儿于死地的石子儿，结结实实地捆绑在一起做成弹弓。接下来，便四处搜索称心如意的子弹，沉甸甸地装满衣兜，大中午的也不睡觉，像一个穷凶极恶的歹徒，弓着腰，踮着脚，满树林追杀四处惊窜的鸟雀，露天烧烤前，还不忘向伙伴们炫耀一番战利品的数量和品种。当然也不会错过参加大型活动的机会：几十个人翻找着提前藏匿在各个犄角旮旯里的废电池和纸条，按照上面的指示，房前屋后满世界地搜寻着狡猾的特务，成功抓捕后，还不忘开个公审大会，宣告罪行，执行枪决；或分成两拨，各占一处高地，用土坷垃激烈地对攻，有统率全军的司令，有克己奉公的基层军官，有通风报信的侦察小分队，有运送弹药物资的后勤机关，也有随时准备包扎抢救的卫生员，但大多数还是不畏枪林弹雨、英勇顽强的战士，其中还真不乏生命不息、战斗不止的英模，带着几个鞭炮硬是冲上去炸碉堡，头上挨几个包也在所不辞，精心演绎轻伤不下火线的精神。整个战场上尘烟弥漫，杀声四起，胜利的一方在占领的阵地上插满用红领巾临时做成的旗帜，首长也不忘高声宣布：

“同志们，我们胜利啦！”

顿时底下欢声雷动，群情激昂。每个人都尽自己最大的努力尽情还原着电影中的镜头。我当过几次英模，也曾光荣负伤，流着鼻血却把最高荣耀的绷带缠在头上。

这些不被打扰，内容也不受限制的游戏，在我这个不忠的恋人眼里，着实要比上学可爱得多，并让我突然明白先前对她的热情，只不过是把她当成了一个尚未接触过的陌生游戏而在冲动之下所招致的一次无法挽回的失足。

尽管我对“学习”做出百般的虐待和最无情的背叛，但现实已经无法更改，我不得不痛楚地压抑着内心难言的真情，对这个老情人表面上表现出一如既往的热情，而私下却偷偷地另觅新欢。晚上我们兄妹四个一同温习功课的时候，我一面装模作样尽显积极主动，眼睛却密切注意着窗户上随时可能出现的令我心猿意马的动向：我班上那个岁数大得足以跟我们有代沟的孩子王，不知什么时候就可能在夜色的掩护下，用最快捷和最明了的暗号招呼我出去。每当那个时候，我总是沉着冷静地起身去上厕所，刚一出门，便手忙脚乱地爬上头领早已准备好的那匹来路不明的毛驴背上，在夜色掩护下疾驰而去。

现在想来，那股神气和威风不亚于坐着奔驰、宝马在夜色阑珊的大街上兜风。在我的心里，我身前的驾驭者也无异于日后才从香港片中见识到的“发哥”：他神通广大、无所不能，今天骑来不知哪个连队的毛驴，明天又可牵着某个知识青年的猎狗，让我们这些小伙伴们艳羡不已，纷纷表忠心，愿意追随左右，纵横四海。要知道，不是人人都能有跟从在他的身边保驾护航的资格。虽然我并不完全知道他招贤纳士的全套标准，但逃离学习的勇气无疑是最起码的及格线。我们骑着毛驴，领着猎狗，耀武扬威地到野外去追兔子、打沙枣、掏鸟窝、偷豌豆，或者是摸摸鱼、玩玩水、晒晒太阳什么的。有时，也和附近公社的小子们故意制造些摩擦，回家后，加紧研制几把先进的火柴枪以壮军威，并密切关注着事态进一步发展的动向，积极准备应对随时随地都有可能发生的战斗。

我对学习先前满怀的热情早已冷淡了下来，眼看着她日渐消瘦的身躯越走越远，却总也打不起精神去和这个面目可憎的老情人进行过多亲密的接触。

然而，她也绝非是个忍气吞声、逆来顺受的贤妇，每当考试的时候，会毫不留情地给我一个下马威，面对可想而知的成绩，她冷漠地看着父亲举起笤帚在我的屁股上留下的道道抽痕，用我受伤的屁股来抚平自己长期惨遭冷遇、独守空房的哀怨，似乎想让我永远记住抛弃她所可能导致的最严重的后果和应该承担的责任。

4

突然有一天，遇到的人们都泪流满面。我不知所措，极为慌张：莫非人们都知道了我不幸的遭遇？忐忑不安地走进教室，漂亮的女知青面色沉重，目无表情，不等惊魂未定的我坐稳，便泪流满面地向我们沉痛宣布：伟大领袖毛主席逝世了！随之带领全班痛不欲生地哭成一片。我一下子吓得半死，觉得天都要塌下来了：美帝国主义正虎视眈眈，苏修亡我之心不死，最要命的是台湾还没解放啊，毛主席不在了，一起打过来可怎么办啊？！于是，我紧张地趴在桌子上，配合着大家的动静，不敢再想自己的私事儿。那时担心的真是不无道理，因为不光是我这个小孩子压根儿就没想过毛主席也会像老杨头一样地得病，死去，恐怕就连全体人民在内，可能都以为他老人家会永远身体健康、万寿无疆地陪伴在身边，让我们在一切“帝、修、反”的敌视中安全地生活。没有毛主席的保护，以后的日子怎么过？毛主席怎么也会死呢，丢下孤零零的一国人民，从此在凄风苦雨中不再安全和幸福？反动派们一起打过来可怎么办？还会有电影中永远胜利的场面吗？真是越想越愁啊！

于是，我决定要像小人书里面的小英雄那样，拿着红缨枪去查路条，带着弹弓子去抓坏蛋，去为队伍上送信，去埋地雷，去专门为鬼子引错路，被抓到后打死也不泄露后方机关的所在地。为此，我晚上也曾出去过几次，可无论眼睛怎么机警，却总也发现不了个异常的情况；天太黑了，又不敢久留，因为有个知识青年就在路口那片阴森森的大树上吊死过，只好加快脚步，一溜烟儿跑回家，悻悻地躺进被窝。

那一阵子，到处是哭泣的队伍，每个人都竭力在用震天的哭声挽留已逝的英灵。我挤在满眼是黑纱和白花的人群里，跟着一次又一次化悲痛为力量。那一阵子，家里那台老掉了牙的收音机使用的频率格外地高，微弱的声音在父亲不断的拍打中勉强清晰着。总是有一大批牛鬼蛇神和一小撮跳梁小丑不听毛主席的教导，伺机出笼作乱，明目张胆地在那儿闹事儿。我有些愤怒了：还是不是人啊？！要知道全国人民可都还在悲痛着呢！

幸好又有英明的领袖及时出现，力挽狂澜，把三个男人和一个女人捆绑在一起揪了出来。于是，在敲锣打鼓的喜庆声中，全国上下大快人心，欢欣鼓舞。团部办公室的走廊里和食堂墙壁上的漫画内容又一次做出了调整，工人、农民和战士的装束与神情还是以前的模样，粗黑的眉毛，愤怒的眼神，紧闭的嘴唇，卷起的袖口和铁拳挥舞的动作也一如既往地结实有力，手里握的还是硕大无比的铲子、斧锤、钢笔和扫把，重重驶过的还是以火车头为代表的声势浩大的历史车轮，只是下面被砸烂、铲除和碾碎的对象更换了新的面孔和名字。那些画面总是让我觉得真正的工农兵并非就在我的身边，他们被集中在某一个我不知道的地方干着真正是工农兵才干的事情，就像画面中的那样迷人和神奇。我真想能在通往团部的大道上猛然间亲眼看见他们，可除了在梦里邂逅过几次外，从未碰到过那些人，也未能发现他们生活和工作的地方。那些被砸烂、碾碎和铲除的坏蛋，我总觉得是些被堆放在团部或学校的某一个仓库里的玩偶小人儿，虽然让我感到害怕，心里明知遇到他们是不安全的，可越是感到害怕就越是想得到个机会去偷偷看上一眼。看完就跑!

一切都未见过。一切都很安全。我只怪自己身边没有发生那些画面中应该发生的事情，要不然他们肯定会各就各位，扮演好自己的角色。我压在心头的那块儿石头也跟着总算落了地。我发现自己先前愁的是多么幼稚啊，真是杞人忧天。有这样一批明察秋毫的叔叔阿姨们在某个地方尽心尽职地上着班儿，只要有个风吹草动，便会立刻拿了相应的工具出现在人们的面前及时清除、打扫，还能轮到我这个小孩子去干什么？瞧人家多么从容，从来都不发愁，既有“泰山压顶不弯腰”的气概，又具“敢叫日月换新天”的力量。从此，我学着，对一切反动派的事情不再上心。

没过多久，我又一次经历了悲伤的场面。到处又是泪流满面的人群，到处又是泣不成声的情形。不过这一次泪水所流淌的对象是被一车车拉走的现役军人，哭泣的人群也缺少了黑白分明的色彩。不知什么原因，一夜之间建设兵团要撤走了，我们生活的区域将改名为国营农场。那几天，送行的队伍自发而来，眼中的泪水也自愿流淌，大家不计前嫌地将手紧紧握在一起，难舍难分。大喇叭里不绝于耳的革命歌曲依旧豪迈，但此刻增添的却是感伤的气氛。我在哭泣的人群中间平凡得似乎没有人看见。在一辆整装待发的大卡车前，昔日的好伙伴大庆穿着小棉大衣，在哭泣的队伍里发现了我，学着《红色娘子军》里那位带着一群穿短裤的漂亮阿姨闹革命的党代表的动作，冲了过来。几番亮相后，他脱下了厚重的大衣，抹着额头微微渗出的细汗，猛然间听到车上父母急促的叫喊声，一面手忙脚乱地往身上套小大衣，一面回过头来对我喊着：

“等我回来接着玩儿！”

远处，大哥和他的朋友在路旁的大树上刻着字，执手相看泪眼。跑过去看，是两人写在一起的名字和分别时的年月日。

5

在那个国家的命运与每个人的前途似乎被紧紧地捆绑在一起的时期，人们总爱把过多的希望寄托在不知从哪里传来的小道消息上。前团部的勤务员每次从位于县城的师部回来，曾当过伪乡长的老马，总会不失时机地把戴着老花镜的眼睛从《红旗》杂志上腾出来，问道：

“小五子，有什么新闻？”

听罢，倒也并不十分轻信，谨慎地分析着：

“毛主席说以粮为纲，其余可全都是目啊！”

但这并不妨碍他向更多的人们传播神乎其神的、有关被解放了的知识分子的传奇。诸如，某位南开毕业的大学生，以前是掏厕所的，一直以来总爱把死猫死狗捡回家吃，吃后却能安然无恙，这不，前不久被城里的中学请回去了，该人学问非凡；复旦毕业的一位大学生，在二十一团放牛，每到阴雨天，总是脱光了衣服，乱跑，乱叫，乱哭，乱笑，被请回去了……

于是，我本来毕业于一所建筑专科学校的父亲在众人们的口口相传中，也就名正言顺地成为了清华的毕业生，自然，也有一段不同寻常的经历，以满足人们极高的期望和委以重任的寄托。于是，不知从哪个晚上起，家里开始聚满一堆堆目光虔诚的青年，来让父亲辅导功课。父亲那时并不是教师，但由于有了人们心目中公认的学问，数理化水平自然都远在学校的老师之上。不过，也的确如此。

父亲没日没夜的义务辅导，虽然没能使那些基础相差甚远的青年们立竿见影地摸到大学的校门，但却让一直没有间断学业的大哥愈发优秀，更加成就了父亲在当地人们心目中的远见和声望：从百日那天就在父母精心安排的预测中毫不犹豫一把抓起了书本因而被视为日后终究会因知识而成就大器的大哥，在恢复了高考的第二年便以当地状元的成绩金榜题名，不但宣告了父母当初占卜的成功，而且成就了人们心中望子成龙的美丽神话。

那段时间，家里常常挤满慕名而来的客人，认识的和不认识的，都带着同样谦恭的笑容坐在炕沿边儿上与我的父母攀谈着。母亲不厌其烦地介绍着有关大哥勤奋好学的史实，聆听的每一个人都屏着呼吸，静静的，生怕错过勤奋的任何细节，待到父亲补充的话音刚落，屋里便迅速响起一片片多角度的赞叹声。每个人都在父母功成名就的神情里彼此传染着，以最高的频率点击着享受神话的快乐，并兢兢业业地为同样的神话能够在自己家的孩子身上再次实现，而付出事无巨细的提问和百折不挠的联想。接下来的分组讨论略显混乱：有的试图在最短的时间内努力陈述完整自己年幼的孩子与大哥早期的好学极为疑似的症状，急切地等待着母亲的把脉，得到肯定的确诊后，激动地环顾四周，不断重申孩子尚还年幼的事实，满屋搜寻着众人眼中大有希望的认同；有的在激愤的情绪下控诉着自己家里那个老大不小的东西不思进取的罪状，向父亲征求偏方，还不等所有的秘诀说完，就迫不及待地起身要回去妙手回春。只有卖豆腐的老刘老婆靠在柜子边儿上，笑笑的，默不作声，用身体竭力挡住放在柜子上的两块儿豆腐。这位有个老实巴交男人的山东妇女受尽了邻居的窝囊气，在闹得不可开交的时候，总是我的母亲出面，为她平息可能进一步扩大的事端，因而和我们家保持着一贯的友谊。这些天，她更是场场不落地旁听着、分享着，俨然以亲人的身份及时更正别人说错的情节和增添尚未了解的经过，向众人显示着自己与神话的缔造者一家人更为亲近的关系。在她最后一个离去的时候，总也不忘憧憬一番待到大哥毕业后，衣锦还乡的美景。在她的脑海里，似乎眼前的状元有着戏文中的状元一样锦绣的前程，假以时日，定会以八府巡按的官位巡游到她的家门口除暴安良，为她申冤雪耻。

尽管千里之外的状元四年之后才能走马上任，荣归故里，但全场上上下下的男女老少，已经迫不及待地用隆重的目光为他的家人所到之处打起了“回避”、“肃静”的开路牌，心甘情愿地提前供应起力所能及的优待。老刘老婆天天必送的豆腐自不待说，场部唯一的早点铺每日清晨也风雨无阻地为父亲预留下紧俏的豆浆、油条，纵使没买到的人有千百个复杂的理由，只要卖早点的来弟妈声明“那是给王老师留的”这一简单的事实，便可轻而易举地推翻任何先来后到的常规。供销社里那个梳着长长辫子的女售货员，在我去买东西的时候，总是一边不厌其烦地为我翻找最好的货色，一边同样不厌其烦地向其余的几个同道一再重申她曾是状元同班同学的光辉历史。显然，这一闪烁着无限光辉的历史就因为有其实并不了解真相的我在场，便越发地铁证如山起来，为她带来了一天中最为快乐的心情，让她暂时能以难得一见的笑脸迎对受宠若惊的顾客。还有那天，我和一群小伙伴在房东头的空地上流着口水看人家爆米花，班上牛副场长家的胖丫头当着那么多伙伴的面居然也没畏惧，从妈妈手中端着的盆里抓了一大把爆好的米花硬是塞在我的衣兜里。别人可谁都没给。

那一阵子，从机关大院到供销社人群密集的黄金地段，从房后的树林到位置偏远的三支渠畔，只要我一露面，便总会被人一眼认出是状元的弟弟，并用羡慕的眼神凑合着在我这个替代品的身上一睹难得谋面的状元的风采。

一时间，我似乎也成了公众人物。头脑发热的人们总是愿意相信我也具有创造相同奇迹的潜力。我这个不成器的阿斗，就这样稀里糊涂地世袭了接班人的高位，并义不容辞地担当起了状元的新闻发言人的角色，在学校领导的陪同下游走于各个班级之间，一遍又一遍地重复着老状元废寝忘食地头悬梁、锥刺股坚忍不拔的自残情节，为领导们争取赢得最大多数仿效者同样忘我地奔忙着。

热火朝天的好事还远未停止。八月十五那一天，县长的老婆带着羊腿和葡萄，以及她那长着一双葡萄般黝黑水亮眼睛的姑娘来到我家，盯住相框里大哥寄回来的照片满意地端详着。

“怎么样老王，轧个亲家？”姑娘的妈满意地问道，眼睛并未离开满意的照片。

不等我如何是好的父母回答，那妈妈已开始详细地介绍起家中不必购买却总也吃不完的东西、姑娘工作单位优越的性质以及姑娘曾被追求过的人数和足以证明姑娘百里挑一的细节。

不管当时父母怎么想的，反正包括我在内的小伙伴们都坚决认为只有电影中的阿诗玛才是唯一能配得上状元的人选，从此便担心起了状元被招驸马后所可能犯下的抱憾终生的错误。

从不让人失望的父亲并没有牺牲儿子去烧旺县太爷家要求礼尚往来的炉火，却搭上了自己以平息全场民众望子成龙的梦想所掀起的一浪高过一浪的狂澜：在人们“王老师，救救孩子”的呼吁声中，在场部领导三顾茅庐的诚恳敦促下，我的父亲临危受命，披挂上阵，当了校长，手持尚方宝剑开始了全方位的拯救，众望所归。

大哥考试的成功虽然成就了自己，却连累了父亲，更害苦了我：父亲为全场人民望子成龙的梦想努力工作，日见消瘦；我因不忍心父亲的消瘦而忍痛割爱，浪子回头。

我感到了前所未有的压力，一方面是因为父亲的拯救行动自然要殃及我这个无辜而不幸的世袭接班人；另一方面，作为公众人物的我再也无法摆脱人们无处不在的监视而逍遥世外，稍有不慎，便会遭致无情的比对，不但要承受外界“与老状元相差甚远”的评断，而且还要面对家中父母严厉的棒喝。这时我才明白，大哥成名的一考给我造成的后果是多么的恶劣：我在家中一直以来因出生次序所享有的优越和特权彻底受到了威胁。

人生的悲剧原来就是这样诞生的啊！一个人的荣耀却带来了另一个人的灾难。

其实我又何尝不想坐在中国科技大学的少年班里，去探索星空的奥秘，或参与到哥德巴赫的猜想中啊！于是，我在家中四处搜刮着老状元留下的学习秘籍，像崇拜圣物似的，在上面寻找着能令我一梦醒来便可武功盖世的秘诀，为尽快能让老情人受孕罗列着配方。可纵使我折腾完了所有的配方，就是迟迟不见老情人有丝毫的妊娠反应。

我疲惫不堪，心烦意乱。失魂落魄中唯一有染的外遇，就是并不被过多干涉的体育运动，因为老状元先前在该方面的涉足已使她名正言顺地登堂入室。在太阳的暴晒下，这唯一的外遇成为我倾诉心中郁闷的唯一的对象，不但让我寻找到了内心唯一残存的些许快乐，也一次次唤醒了我对自己的躯体唯一的一点自信。

父亲消瘦的代价并未能续写皆大欢喜的神话：当人人都一门心思地想起要去创造神话的时候，神话却迟迟不愿投胎。愧对民众的父亲只好在自家的地里去默默埋头实验，独孤求败，从此不再参与政治。

然而面对全国上下有千军万马等着要过独木桥的紧迫战局，综合实力的较量已成为克敌制胜的根本，祖传的秘方显然已跟不上新形势的发展。为了新状元尽快具备足够的实力去笑傲江湖，在我上初中一年级的时候，父亲忍痛舍弃了自留地里长势旺盛的葵花和已繁衍到二十几头的羊群，效仿孟母，举家迁往县城。

6

其实还未到城里农垦系统的中学之前，我已在那里的校园小有名气了。这可不是因为老状元的荣光无处不在的缘故，而是与生俱来的运动天赋为我抛头露面所争取来的荣誉。从未进行过专业训练的我，凭借生就出色的速度和弹跳力以及过人的协调性，竟能在任何一类运动项目上都有着胜人一筹的表现。在那年农垦系统的运动会上，我作为分校的选手，以远远超出纪录的成绩连夺三项冠军。尽管我的强项是跳高，但让我一夜成名的却是令人瞩目的百米大战。那一役，我把前冠军选手、相貌明显与实际年龄存在着误差的小胡子队员甩出两米开外，造成前所未有的轰动。

为此，城里体校的教练相中了我，看到了父亲的身高后，更是满眼闪耀着伯乐般的自信。但父亲不顾我当时已经比同龄的孩子高出半头的事实，坚决维持了自己身高的基因唯独不会在我这个小儿子的体内发生作用的原判，强行剥夺了那位年轻教练即将到手的伯乐资格。

父亲并不是一个武断的独裁者，恰恰相反，性格开朗、风趣幽默的他，从不干涉我们的兴趣爱好。从小到大，只要我们看中了自己喜欢的书籍和文体用品，他绝不吝啬从上衣口袋里掏出并不丰厚的工资。父亲不但亲手为我们制作红缨枪、弹弓子、冰车、冰鞋、毛毽、球拍、跳高架等等一应俱全的器械，而且还亲自示范应有的要领。每年的“六一”儿童节，在届时召开的校运动会上，父亲总会带着用第一茬韭菜包好的包子，站在有我们几个参加项目的场地边上，眼睛密切注意着赛场上的动向，手里一边卷着旱烟，嘴里一边不停地为我们鼓劲助威。当我们走下赛场的时候，父亲一面递上热乎乎的包子，一面连说带比画地分析一番刚才几个失误动作的原因。

因此，父亲并不是要对我投身体育的自由强加干涉，而只是从他深谙此道的经验出发，担心随着年龄的增长，我身高不足的缺憾会逐渐显露出来，终将使我的运动天赋丧失殆尽而一事无成。

我极不情愿认同父亲关于我未来身高的论断——尽管后来的事实证明，他的占卜又一次成功了——但却毫无抵触地执行了他的裁决。因为，虽然与生俱来的运动天赋为我赢得了一次次的喝彩和欢呼，但那些激情本就出自身体机能的自然发泄，其实在心里从未有过以身相许的冲动。

当我走进新学校的教室时，引起了满屋子的惊呼——不是因为新同学们一眼就认出了状元的弟弟，而是因为他们在运动场上曾经为我付出过掌声。尽管被我战败的小胡子带着满眼的敌意坐在角落里冷冷地看着，但我的粉丝们热烈的目光显然还是占有了压倒性的优势。这种不期而遇的隆重，让我身上一息尚存的优越感在众目睽睽的热烈中萌发出重生的希望，我的躯体里伤亡殆尽的快乐此刻好像跋涉了千山万水，终于来到绿草依依的彼岸，让我再次感受到童年时代久违了的喜悦，仿佛自己又一次被高高地举在了空中。

不过，我没让他们在空中举得太久。因为我还得继续赶路，去往高处，实在没有时间相见恨晚。我和我的粉丝们热乎了一阵子后，便急匆匆地考取了城里另外一所号称是“状元摇篮”的中学，在成功地返老还童躺入摇篮的同时，也捎带着把半只脚踏入了大学的校门。

在崭新而舒适的摇篮里，我的成绩重新回到排行榜的首位，这意外的硕果一方面要庆幸于我这个退化成了婴儿的浪子已不再有去寻觅新欢的能力：犯有前科的我，在父母的严密监护和重点帮扶下，似乎深深懂得了珍惜老情人含辛茹苦的真情，已没有心气儿再去伤害她那颗无辜而善良的心。另一方面要归功于我孩提时代对上学早熟的激情：我在躺进摇篮时，回过头来又重新读了一遍初一，这一为了催生龙胎而采取的无奈之举，依仗我五周岁就已入学的光荣历史而并未留下丝毫的作案痕迹，让我依然岁数偏小地具有了足够的竞争实力。

完成了伟大的转折后，我优秀得一发不可收拾。一次次居高临下的考试成绩，证明我已成功地被翻新为老师们总爱挂在嘴上的一个值得炫耀的标本。我突然惊奇地发现，我已遭阉割的本性在一张张优异成绩单的包装下竟会变得如此的美丽，被整容过的灵魂简直是光芒四射，在课堂上、在班会上、在家长会上、在学校的表彰会上被一次次如此迷人地传阅着、赞扬着、翻看着、模仿着。其实做一个他们欣赏的人并不难，只要有足够的勇气挥刀自残，阉割自己的本性为灵魂美容。

为了避免被阉割得过于齐整，我也时不时抽空修复一下躯体里所剩无几的乐趣。小时候，二哥总爱把书本上能找到的空当画满小人儿，那种新鲜的玩法曾经强烈地吸引着我，惹得我也跟着时不时去仿效一把。这种乐趣一直在我体内延续了下来，让我在课间休息的时候总爱信手在本子上涂写抹画，星期天更是不忘铺纸赋毫，研摹字帖。或许是这些笔情墨趣与我的老情人血缘太近的缘故，因而并未遭遇到她任何的抵制。我一手令老师和同学们都津津乐道的漂亮字体和总能悬挂在学校展厅里的画幅，不但没有被视为不忠的行为而遭至无情的谴责，反倒成为众人眼里我着实优秀的一个方面。

7

那时的电视还远未达到现在的普及，但少得可怜的几个频道却似乎比今天更能传递人们共同快乐的情绪，也更能强化记忆中历久弥新的美丽。可是在家长们严格的管制下，看电视的机会对于上学的孩子们来说，简直就像是与电视机本身一样奢侈的消费，而对于我这样的成绩佼佼者而言，这种奢侈的消费更是变成了一种不齿的行为。因为在老师与家长们的眼里，“在家从不看电视”是一个优秀的孩子值得到处夸耀的美德，似乎总要和以后前途的光明程度构成理所应当的正比：我是优秀的，自然在家是从不看电视的，就像明星们从不上厕所一样的完美。

然而完美只不过是人们一厢情愿的杜撰而已，永远与生命过程中真实的镜头无关。我也上厕所，我也看电视，因为我实在不知道做个什么样的结扎手术才能既不耽误自己正常的生理排遣，同时又无损于人们对完美的鉴别。我不但平日里随时捕捉着看电视的时机，而且在假期或节日里也从不忘记享有与父母先前商定好的待遇。其实在我心里，我宁可减轻在别人眼里优秀的程度，也不愿意放弃自己感受快乐的能力。我不明白，世界上为什么要出现电视机，让家长们已并不轻松的肩上又增添了过重的负担，也让孩子们早早被剥夺了快乐的童年一次次疲惫地去寻觅适于成长的勇气。

我和所有可怜天下父母心的孩子们一样，巴不得天天都是春节。因为只有春节才能让父母们紧张忙碌了一年的权力与全国人民一道放假，得到适度的休息。在更加忙碌的喜庆气氛中，权力的眼睛显然已应对不暇，看电视的政策终于有所松动，即便是最严格的家长也会审时度势，将平日里绝对不准的判决适时改为缓期执行，暂时容忍着孩子们如饥似渴的眼睛去肆意吞噬普天同庆的欢宴。这或许就是春节期间的收视率每创新高的全部秘密吧。因此，我那时对春节的企盼，绝对不具有丝毫民俗学层面上的意义，而只是因为在权力的盲点酿成的狂欢里，我有充分的理由放纵自己。那种感觉，就像上晚自习时突然停电造成的亢奋，让我有完全正当的理由摆脱老情人起早贪黑的纠缠，尽情享受暂时逃离的轻松和快意。几年来，我就是这样摸着黑地模仿着张明敏弓着腰边走边唱的步履，费翔左右舞动、上下翻滚地放着火的手势，陈真准确而快捷的脚法，许文强用手帕不断擦抹嘴角的潇洒。

我先前优秀的分量并没有因为看电视而造成家长们意料中的损失，反倒出现了意外上涨的迹象。记得那年春节《上海滩》热播后，为了消除头戴礼帽、身穿风衣、围着白围脖的许文强所造成的让所有女孩子都迫不及待地想要嫁给他的不良影响——其实只是为了消除他在班上的女生心目中对我构成的潜在威胁，借一次作文课的时机，我公报私仇，一针见血地道出了这个不停地用手帕擦抹嘴角的男人只不过是上海滩的一个流氓而已的本质。因为“颇有见地”，一针见血的文章在讲评课上当作范文阅读后，被老师转发给时任副班长的一名女同学带回家去，给她当报社记者的妈妈过目，结果“颇有同感”。一周后，我的文章被加了“编者按”发表了出来，“引起极大的反响”。我收到了好几十封读者的来信，热烈地与我共同探讨肃清流毒的方案。

我带着刚出版的报纸去父亲的单位时，他办公室里打扫卫生的胖女人一边把报纸装进方格子手提包里，作为回家教育孩子的证据；一边操着一口浓重的天津口音，用同样浓重的兴趣打听道：

“给你来信的是男的还是女的？”

待得到大多数是女孩子的答案后，她满意地笑着：

“那指定都是想与你搞对象！”

由此推断，社会上的流毒基本是肃清得差不多了。至于班级上所残留的那点儿威胁，更是不成问题：女同学们早已为我的文章被打成了铅字而心悦诚服地收回了意乱情迷的心，把尚未造成损失的思绪安全托付给了身边的榜样。人非圣贤，孰能无过。改了就好。说实话，我并没有太在意班主任为学习队伍的日趋稳定而对我过分褒奖的言辞，我只是为毫无损失地就得到了四块五的稿费而沾沾自喜。

但让家长们担心的事情也不是不会发生。从一次偶然相遇的电视画面中，我如醉如痴地迷恋上了吉他。但这段爱恋受到了妈妈世俗偏见的重重阻挠。但此刻已金盆洗手、不再参与政治的父亲，从男人的角度深深理解我朝思暮想的惆怅，认为以我目前拥有的雄厚的成绩实力，偶尔的幽会绝不至于产生重蹈覆辙的危险。为了解除茶饭不思的儿子缠绕心头的相思之苦，在与母亲的斡旋失败后，善良的父亲只好暗地里偷偷资助我到吉他班学习，并以“去上晚自习了”为幌子，成功地掩护了我。

没过多久，我与心爱的吉他如影随形，双双出入班级的元旦聚会、学校的文艺汇演，有时也跟随县歌舞团的师傅大愣在市里的演出中奢侈一把，惹得那些本为良家闺秀的女孩儿们纷纷投以情愿沦落红尘的眼神。

但这一次，我谨慎地捍卫了父亲从未失误过的判断力，坚决没让他先前善解人意的成全沦为放任自流的纵容。我突然发现自己在众人监视的目光中真的是长大了，于是，我骄傲地掩藏起喜新厌旧的本性，在日趋稳定的三角恋情中依然光芒四射地优秀着。

那时，我的个体理想或许并未失落，但终极关怀肯定是无从谈起的。现在想来，当时是不是也被提前成熟起来的人们贴上了一个“什么后”的标签，用一样成熟的社会责任感担心或厌恶着呢？如今我倒是众望所归地成熟得不再有人去担心或厌恶了，但我却是多么想以所有的意志力走进“时间隧道”，去再次精心呵护自己曾经幼稚过的权利啊。因为我似乎看到了，如今已不可避免的成熟起来的我和早先成熟起来的人们一样，只会一步步地走向平庸和死亡。

8

在还没有成熟起来的日子里，我的运动天赋不经意间还是闪出了光——事后我才知道，早就有人警告过“是金子就终究要发光的”，我身上爹妈留给的那点儿贵重的盘缠，在毫不设防的前提下又怎么可能不被人发现呢？秘密的败露是在一次活动课上，我随意的投篮动作，引起了旁边场地上几个高年级的体育特招生的暗中注意。于是，密探们急速招来了校体训队的教练，看着我的弹跳力发呆。确定了是块儿货真价实的金子后，教练便暗自思忖起让眼前这个虽比他的弟子矮半头，但竟能毫不费力地单手扣篮的外星人就范的对策。由于并不知道我先前早已有过被父亲及时制止了的发光往事，所以开始的时候，教练只是率领众弟子围在我的身边，以傲慢的投篮动作极力显示体训队员锦衣足食的待遇所豢养出的夺人眼目的肌肉质量，企图勾起我的向往。看我俨然一副江湖老手不屑一顾的神情，才知道刚才的伎俩显然是低估了眼前黄金的纯度。于是，一伙人便称兄道弟，勾肩搭背，嘘寒问暖，以入伙后中考可以降低分数线的实际利益为诱饵，好言相劝起来，晓之以理，动之以情，尽显自家人的热乎和诚恳。再次失败后，仍不死心的教练只好去找我的班主任横刀夺爱。班主任不等听罢事情的原委，便迅速地警惕起来，断然拒绝道：

“这哪行？！这可是班上的重点保护对象，影响了成绩咱可负不起那个责任！！”随后，熟练地躲闪着教练求贤若渴的眼神。

在教练和班主任互不相让的争夺中，我突然意识到自己是如此重要！这刚刚谋面的重要，让我感动得为难了起来，既想安抚教练生怕埋没难得一遇的人才而焦躁不安的情绪，使他求贤若渴的好意不至于受到过分的伤害，同时又不愿辜负班主任的厚望，使他长期培育的种子从此面临出苗不齐的危险。

可后来才明白，我并不成熟的感动只是一厢情愿的自作多情而已。其实班主任与教练展开的只是一场关乎人家个人奖金的争夺战：为了确保能摇出更多的状元，根据学校从二线宝贝抓起、提升品牌效应的大政方针，只要第二梯队里出现了全市中考前几名的学生，班主任老师就会得到相应数额的奖金；同时为了展现德、智、体全面发展的摇篮质量，以便在教育部门先进单位的评审中力压群芳，赢得良好的社会口碑，在一年一度的市运会上夺得的奖牌数量，自然也要与教练的奖金厚度直接挂钩。显然我大义凛然的班主任和求贤若渴的教练都想竭力留下自己唾手可得的奖金，于是才在我的同情和感激中互不相让地争夺起来，把我的骄傲和我的悲哀无情地捆绑在了一起。唉！我怎么能忍心拒绝在他们的催促中去再次长大呢？

民间无法协商解决的事情，只好闹到“摇委会”去裁定。于是我身上藏着金子的秘密惊动了上层。通过校方、班主任、教练和我的四方会谈，最终确定了分割黄金的方案：为了不影响到我的学习成绩，我可以不随队参加日常的训练；但考虑到学校的荣誉，届时的城运会我又必须得义不容辞地披挂上阵，为校争光。这个兼顾了我的同情和感激，同时又加上了神圣职责的权宜之策，让我光荣感倍增。我倒没多想。何乐而不为呢？随它去吧，谁让爹妈给了咱传家的宝贝？谁让你不好好地掖着藏着？

我也不能否认自己从这次四方会谈中得到的实惠。不知道现在改没改，但我上学那会儿，按照国家有关规定，教师的子女是免除学杂费的。因此，几十年来我母亲对教育事业始终不渝的忠诚，不知不觉中倒也忠诚掉了不少家政开支的负担。但我就读的摇篮由于和母亲所任职的学校不是一个系统，忠诚无法兼容，按规定是不能免除学杂费的。然而那次四方会谈让校领导们记住了我的相貌和名字，因而在开学典礼的报告中不但多列举上了一个德、智、体、美全面发展的典型，而且每年开学报名的时候，也都为我破例联网，免除我母亲以前的忠诚所无法兼容的学杂费。由于险遭暗算，惊魂未定的班主任对奖金的保护更加无微不至，不但为我随时调整有利于听好课的座位，而且也让我享受着来例假的女生才可以享受到的不参加过分运动的待遇。教练为失而复得的奖金也暗自庆幸，勤快地为我一趟趟送来学校为体训队员无偿提供的行头，从里到外、从头到脚，一应俱全。学校为体训队员特供的津贴补助也让我这个从不随队训练的俗家弟子尽享优待的荣华，在同学们一双双羡慕不已的目光中一天天奢靡着。

每次去参加比赛的时候，大热天的，教练也不忘增添过于隆重的缛节，总是骑着那辆崭新的自行车专程赶到教室，与班主任一番客气的交接后，不顾影响地载着我从必须排队前行的弟子们身边平稳地驶过，惹得那几个曾经告密的探子面露愠色，为当初即使是不通风报信也未必就能享受得上的风光而愤愤不平——显然是提前发达起来的四肢阻碍了略显滞后的大脑成熟地思考物有所值的交换规律：发达的四肢们哪里明白，教练自行车的后座上沉甸甸地驮着的，可是即将到手的奖金啊！只有我身上的本钱才能让教练在接下来的博弈中不至于空手而归。不但绝无空手而归的担心，下拨给我的那一点儿貌似隆重的小小投资，换来的可是双倍回报的丰厚利润：因为我总能打破纪录，用刷新的纪录为他领回双份的欣慰。

为了确保这双份的欣慰万无一失，教练可谓煞费苦心,每次在我上场参加跳高比赛之前，总是千叮咛万嘱咐地部署着战术：点到为止，只要把那纪录提高一厘米就行了，切不可无组织无纪律，犯个人英雄主义的错误，图一时之快而坏了来年的收成。事关人家的收成，我从不让教练着急上火，年年都是风调雨顺、五谷丰登的。这倒不是我有意回报他的辛勤栽培——他从来不用在我的田里灌溉和施肥，我只是想让站在赛场外的父亲能一边卷着手里的旱烟，一边望着长势良好的庄稼，在前来观战的同学们汗流浃背地为我运送汽水、面包和火腿肠的奔忙中，分享沉甸甸的年景。

9

有一次早上醒来，发现内裤湿掉了一片。想起梦里并非是尿床的情节，下体再次勃动着，带得心里痒痒的，像牛舔，像猫抓。由于梦的内容实在是难以启齿，不得以，我只好主动放弃掉儿时可以及时保持干爽的特权，秘密地收藏起快乐的经过，就这样神不知鬼不觉地带着黏糊糊的一片去上学了。一路的回顾，一路的勃动。按照奥地利那位著名医生的理论，我的确有过婴儿性欲的临床症状，小时候，在父母纯洁的眼皮子底下，曾经和前营长的女儿纯洁地睡在一个被窝里。可被窝里的内容吓死大人们也不敢相信。换了现在的我，也不敢相信当时自己颇有经验的举动和小姑娘心照不宣地去积极配合的程度。这可能才是“两小无猜”的真正含义吧。看来古人早就洞察到了一切，什么也瞒不住的。但比起成年后真正的过程，那只不过是表面肤浅的接触而已，并未有着更深层面的介入。遗憾的是，我的举动比弗氏三岁初情的纪录晚了好几个月呢，要不然我可能就是中国著名的医生了。直到上小学一、二年级的时候，我还是喜欢和小姑娘们厮混在一起，在大人们的眼中可爱地过着家家，在令人完全放心的名分保护下，认真地重复着生活中部分完全真实的内容。因为并不存在担心的后果，也绝无离异的烦恼，因而家庭的组合时换时新，真是过了一阵子皇帝般三宫六院的好日子。直到有一次屋里的站在门口对我高喊“快回来呀，孩子哭了”，被路经的秃小子听到，立刻传了出去，见我就连哄带笑地重复起来，臊得我恨不能找个地缝儿钻进去。从此算是落下了病根儿，不敢再与妻妾们接近。“六一”排节目的时候，任凭漂亮的女知青说破了嘴皮，就是不愿纯洁地拉起小妹妹们的手。一年以后，不知什么内因，促使病情进一步恶化，对小丫头片子头上的蝴蝶结简直是深恶痛绝，对蝴蝶结下卖俏的笑脸视而不见，对笑脸上发出的嗲声嗲气置若罔闻，再也没有了先前一起过日子时的好脾气。一看到邻家的女孩儿在大哥的头上不停地扎着小辫儿，我就横鼻子竖眼睛地骂骂咧咧，惹得大哥放下手中的书本，一顿追打。远远地瞅着大哥把那委屈啜泣的小丫头片子抱在膝头好生安慰的样子，我这个气呀！到底谁和谁是一家的啊！

眼前这一次经验的回归，后来才知道被并不准确地命名为情窦初开。可谁知这一开，就再也没有了合上的时候，从此灿烂得没完没了。没办法，我干什么总是比别人较真。我开始注意起女孩儿们有衣服包裹的胸部和没衣服遮拦的大腿，并进一步生发到更为隐秘的部位。我偷偷翻阅着《生理卫生》上有关的章节，神秘地对应着。好不容易熬到该讲有关内容的那节课，看着老师不紧不慢地走上讲台，心跟着激动得怦怦直跳，本想和女孩子们一起难为情起来，深深地埋下头去，却冷不防老师一脸严肃地宣布道：

“这节课的内容很简单，大家自己看看就行了，不作考试范围！”

那个失望，就像预告了晚上有球赛，却临时更换了节目一样。无奈，只好自己翻看吧。一遍一遍的，照旧是偷偷摸摸。古语概括得好：爱屋及乌。从此看到了女人用品，什么乳罩、内裤、卫生巾、长筒袜的，总会情不自禁地勃动起来，神秘的感受中，把物品的功能还原成使用的部位，用普遍的意念剔除掉个体的差异，进而以视觉的想象勾勒出快乐的结果。

我孩童时代对异性早就存在的潜意识就这样苏醒了过来，蠢蠢欲动地折磨着日臻成熟的躯体，反倒让本该一起成熟起来的精神相形见绌，无论怎么说服，就是高尚不起来。我小心翼翼地拒绝品尝那不同物种里面剥离出来的瓤子，一门心思地只想把玩外层薄薄的躯壳：双层的眼皮比单层的好，高挑的身材比矮矬的好，白细的皮肤比黑糙的好，隆起的胸部比扁平的好，修长的大腿比短粗的好，浓密的长发比稀疏的好，洁白的牙齿比暗黄的好。在此基础上，当然也有形而上的追求：说普通话的比操地方音的好，其他班的比自己班的好，不认识的比认识的好，没见过的比见过的好。我顾不上掂量心灵的美丑，就这样匆匆忙忙地暗自品味着以貌取人的浅薄。

为了公平起见，每个学期开学的时候，班上都要调换一次座位，按大小个儿排队，男女各站一行，一对儿一对儿地往里走，像领了证书的新人。每当那个时候，我总是不露声色地瞄一眼对岸的货色，提前草草计算一番，匆忙中不经意地加几个塞儿，然后紧张地等待着。可运气总也不佳，不是个头的差异错过了对应的机会，就是突变的意外造成计算的失误，眼巴巴地看着令我心仪的尤物坐在别人的身旁。又不好明目张胆地去要求对应：谁心里不明镜似的？哪一个的情窦都没错过初开的季节啊！唉！只好不露声色地苦熬。上课间操的时候，远远地看着那个，但偶有排在一起的时候，又不敢正眼儿相对。郊游的时候，偷偷地跟着那个，但那么多的人，谁敢轻易上前搭讪？只好找个背风处，草草吃完火腿肠回家了事儿。元旦聚会的时候，虽然手里吉他的动静吸引了那个的目光，可老师都在呢，只好曲罢低头，小心地嗑起瓜子儿。过大年的时候，穿着崭新的衣裳倒有靠近那个身边的机会，可一伙人骑着自行车满大街地乱串，也只好彬彬有礼地跟着各家坐坐罢了。一点儿希望没有。

以上都是零零星星的瞬间，集中的叙述无可避免地会夸大了事实的密度和强度，因而可能会让那些硬要对生命负责的人们就此严肃起来。其实大可不必惊慌，沉沦是件奢侈的事情，是需要付出昂贵的代价做保障的。我没那么贵族。我早已优秀得一贫如洗，负债累累。中考就在眼前，在债主们没日没夜的催逼下，我的优秀所拖欠下的高利贷越滚越大，哪里脱得了身？况且我满身的债务还得依仗老情人的含辛茹苦去偿还，哪里还有时间和勇气去昧着良心地胡作非为、剑走偏锋呢？中考早已设下重重的关卡，强迫我蠢蠢欲动的青春必须留下买路的钱财，而眼前窘迫的经济状况却让我只能吝啬地守护着身上塞满优异成绩单的包裹，沉甸甸的，也绝不肯交出一个子儿。那些肆意挥霍的念头，我只是谨慎地装在脑子里，偶尔偷窥一把而已，安全得很。脑子里装着，谁也看不着；并无透支的记录，谁也管不了。我只是默默地等待着安全挥霍的时机，并把成熟的日子托付给不停流淌着的岁月。因为我知道，只有时间才能让自己长大到足以令人放心的程度，去名正言顺地挥霍，去心安理得地浪费。

10

中考的前一个礼拜就放了假，好让为考试而失去了自由的学奴们好好地休整一番，适度地放松放松，以便在奔赴法场的时候有个饱满的状态。但无形间却愈发增添了临刑前紧张的空气：取考号，看考场，聆听各种注意事项，末了还不忘再次强调中考对人生的意义。活生生地逼着屠宰前已惊恐不安的羔羊不得不再看一眼行刑的器具，惊慌失色的眼睛哪个能闭得踏实？忐忑不安的心又如何轻松得起来？

一贯为孩子们着想的家长，忙不迭地给自己的羔羊在临刑前补充着最后的营养，本想加大意外喷射的爆发力，但除加大了坏肚子的危险系数外，似乎也并无额外的功效。为了应对考试，本来鲜艳的花朵不得不褪掉丰富的颜色，收缩起绽放的骨朵儿；而考试的来临，却又打乱了季节，让观赏者无微不至的目光过度地照耀在已蔫巴了的花骨朵儿上。

临刑前的早晨，校园内外人山人海。涌荡的潮水中，多半是放心不下的家长，一边为紧张的气氛推波助澜，一边用牛奶、面包、火腿肠、水果、饮料等物品随时抚慰缺氧的大脑，不依不饶地用滔滔不绝的关怀渲染这个日子的重要。一阵急促的铃声过后，潮水陡然分流，受刑的羔羊进入法场，只留下好似杂货店老板的家长们远远地观看着行刑的过程，在炎炎的烈日下，在痴心不改的关切中，比受刑者更加焦急地等待着结果。两个钟头后，又一阵铃声响起，受刑的羔羊涌出法场，杂货店的老板扑面而上，百货自然在羔羊们“咩——咩——”的哀怨声中立刻畅销了起来。畅销中，老板们不断询问着受刑的内容，希望各自的羔羊经过这番拷打能够烙下足以令人满意的烙印。

或许是对行刑的场面不感兴趣，或许是不忍心过早地翻看烙下的疤痕，我的父母属于从不开杂货店的那类家长。这倒不是因为资金不足或关爱的理念落伍，而是平日里丰足的粮仓使他们养成了旱涝不愁的毛病。别说是家门口小小的一个中考，就连大哥当年在离家百里之外的地方参加高考期间，父母也没有专程赶去给加强一下营养，正常的饭食也得自行解决，哪里还会供应额外的百货？但好在大哥并未因此就虚弱掉了装在脑子里的东西而拒绝给父母带回来状元的殊荣。开学去报到的时候，大哥自己背了行李搭个便车就上路了，到县城倒火车，再到北京中转，漫不说家长给一路护送到学校，买票、签字、喝水、吃饭、上厕所，哪一样不得自己去做？而哪一样又是能保证绝不会出错的内容？看看人家在校门口守着货摊的家长，在操场上风餐露宿的父母，爱得多么全面啊，哪舍得给孩子留下一点儿独自去咀嚼错误的委屈？

无疑是社会的进步提升了关爱的强度。然而，关爱的强度会不会也能导致生命的退化呢？我理不清楚。但我隐隐约约记得，杂货店百货的齐备似乎并不完全就与优异的成绩成正比。反倒有了成反比的诸多案例。

我很自豪地宣称我就是案例之一，本人以全市中考第三名的成绩兑现了班主任梦寐以求的另一份儿奖金，在父母享受惯了的骄傲中坐进由全市中考前三十名学生组成的“特重班”里去马不停蹄地开始高中生活了。

11

中考过后，我跟父母央唧着，想回以前生活过的农场小憩几天。由于那里没有直系亲属，父母开始并不答应，怕给无端受扰的人家增添麻烦。但作为对我的唯一奖赏，也只好勉强满足了我的心愿，特许我跟了农场来城里拉货的卡车去试着让他们担心一回。

司机是老蹲点儿干部的父亲，腰圆膀粗，一身的力气。他的儿子由于一连上了五个一年级还是无法顺利升迁，索性自封为老蹲点儿干部，不过倒也绝不让父母操心，下课铃一响，还是照旧第一个冲出教室，和小弟弟们该怎么玩儿就怎么玩儿，该怎么打闹还怎么打闹，从无自卑的迹象和趋势。父亲看到儿子丝毫不具备知耻而后勇的素质，也就只好忍痛断了他继续蹲下去的念想，在终于认熟了“男”、“女”两个字，从此消除了上错厕所的潜在危险之后，草草鸣金收兵，就此结束了老蹲点儿干部的文化苦旅，留在自己的身边搭手。可谁知老蹲点儿干部还乡后自有人家天生的才华所在，没搭手几天，便能把那常人极难驾驭的大车开得个一路烟尘，偶遇机械故障，也能谈笑间手到病除。由于赶上了好时代，又有好政策撑腰，几年运输跑下来，爷俩赚了个盆满钵满。于是，老蹲点儿干部娶回了新安排到学校的英语教师，但似乎过得并不如意，酒醉之后，多次痛哭流涕，向人倾诉自己因错过了心中另一段儿美好姻缘的满腹委屈。

我本来想坐在敞篷的后车斗上，去一路沐春风，思浩荡，可不曾料想老蹲点儿干部的父亲偏偏对我关爱有加，用他那铁钳般的双手，生拉硬扯，非让我坐进驾驶室里不可。他对我的热乎劲儿也情有可原，因为多年前他曾向父亲讨教过妙手回春的偏方，尽管买卖不成，但仁义总还是在的嘛。我顾不上揉搓被拽得生疼的手臂，便紧张地开始用谦恭的笑容迎合起他一路旺盛的求知欲。他旺盛的求知欲其实只是能让自己开口说话的引子，并不需要得到任何正确的回答。比如，他问“大学生是不是就是科学家呀？”可还不等你来得及发出个声响，他的嘴巴倒抢先有了动静，马上就肯定了自己的提问。在他的眼里，大学生就是科学家，科学家就是陈景润，陈景润所研究的“一加一等于二”的数学难题就是世界上唯一的科学问题，只要解决了这道难题，中国就是世界上最强盛的国家，而这一切的命运都掌握在陈景润一个人的手中。在他的脑海里，大哥每天的任务自然也就是帮助陈景润夜以继日地推算那道挂在全国人民心头的难题。他认为那道难题本来毛主席和周总理是完全可以做出来的，只可惜都不在了。但他坚信邓小平一定能做出来。

真是爱子莫如父啊。老蹲点干部的父亲还用一段家事充分印证了自己儿子大脑的聪明度，说孩子的四大爷，正儿八经的国家干部，那次出差顺路来他家，曾考过老蹲点干部这样一道题：世界上有几个厕所？老蹲点干部不假思索，脱口而出，说有两个，一个男厕所，一个女厕所。四大爷很为侄子的大脑骄傲，心像绽开了的花，为了进一步巩固骄傲，便又追加了一道难的，问一加一等于几。老蹲点干部依然是沉着冷静，果敢机智地回答道，等于三！

铁钳般的父亲讲到这里，用充满智慧的眼神迫不及待地看了看我，然后一边熟练地打动着方向盘，一边迅速地帮儿子解释道：

“一个男人和一个女人加在一起可不就会多出一个娃娃，当然等于三啦！哈哈哈哈……”

那轰隆隆的笑声，如震雷般在绿色的原野上滚动，让我不得不担心起老蹲点儿干部和新婚妻子的收成：万一他们一不留神多收了三五斗可怎么办？父亲的故事还怎么正确地讲下去啊？他还会热衷于中国的数学问题吗？

在通往前团部的大道旁，我下了车。来弟在一群欢闹的孩子堆里认出了我，叫着“小哥哥”奔了过来，喜悦地牵起我的手往家里走。来弟的爸爸是个木匠，曾经在父亲的手底下干活。由于夫妻俩都要忙着上班，被闲下的儿子只好与我一直闲着的奶奶为伴儿。奶奶除了让木匠家中从此多出了我这个“小哥哥”的称呼外，并没有添加任何其他的经济支出，于是来弟妈每年送来的家乡土特产让两家的关系像其中的大红枣一样格外的香甜。其实父母的担心是多余的，远亲不如近邻嘛，虽然人走了，但曾经近邻家里的那杯茶还没凉呢。来弟妈把我待为上宾，成天油烙饼、炒鸡蛋地伺候着，让我不得不称职地扮演好小哥哥的角色，担当起每天辅导来弟和他姐姐功课的义务。

那天来弟的姐姐在咯咯的笑声中让我毫无任何心理准备地见到了她的同学，除了年龄外，相貌和发型都酷似日本电视连续剧《排球女将》里的小鹿纯子，笑眯眯的眼睛一不留神，吸引住了我这个城里来的小哥哥小憩的目光。随后的几天，三个人一直在我的辅导下细心编写着老师留下的日记：为五保户的大妈送去饺子，替房东头的孤寡老人打扫卫生，帮吃力地拉着车的老大爷在上坡时加把劲儿，偷偷地把拾来的肥倒在属于集体的那一堆上，当被人问道叫什么名字的时候，总是迅速地跑掉，一边跑，一边回头笑着，雷锋似的回答“我叫红领巾”，让感激的老人们在赞许的目光中频频点头。

我到来的消息不胫而走。不管我怎么谢绝和推托，老刘老婆还是坚持为我包好了饺子，在热气腾腾的锅灶边匆匆介绍着进一步恶化的邻里关系，一边往我的碗里舀蒜酱，一边夹带着询问大哥的近况。得知大哥又考上了研究生，学的是导弹专业后，老刘老婆不太明白地有些失望：

“那就不当状元了吗？”

但又极力清醒地担心着：

“怎么学了这么一行，多危险啊！那炮捻子得做下多长人才跑得及啊？可得小心点儿。咱们供销社里卖鞭炮的瞎眼老汉，那不就是点大麻雷时给炸的吗！唉！”

显而易见，她是把能爆炸的东西都归入到炮仗的类别中去了。我虽然极力澄清着两者之间在功能、威力以及点火方式上的差别，但又实在无力重新快乐起老刘老婆失望下去的心情，因为导弹的射程决定了它无论如何也不可能用来帮她解决邻里之间的纠纷问题了。我能理解她的失落，什么命啊，一辈子好不容易瓜葛上个状元，却又迟迟不出来当官，就那么忍心远望着人家心头已破土的一叶绿苗从此遭遇霜降的威胁。唉！我那不争气的大哥！让我以后还怎么吃人家的饺子！

晚上有场电影。依旧是在露天里放映。像我小时候一样，来弟不等天黑就出去占地方了，用破砖碎瓦为家人提前围起一块儿位置和距离的理想程度与到来的时间早晚密切相关的领地，耐心等待着随后提着凳子、扛着椅子赶来的大部队。来弟的父母都不愿去看，因此大部队里只剩下我和来弟的姐姐赶来与蹲了大半个晚上仍不知饥渴的留守者会合。尽管坐在疆域广阔的领地里显得有些空旷，但来弟还是时刻警惕着边境上的动静，一有未经获准就贸然入侵者，便义正词严地予以声明和警告，同时表示决不放弃使用武力。由于关系错综复杂，实力也不尽相同，所有的边境似乎都不怎么太平，战事频发，割让土地的现象时有发生。

电影快开演的时候，回家匆匆忙忙扒拉了两口饭的“纯子”跑过来和我们坐在了一起，麻雀般与来弟的姐姐叽叽喳喳着，并时不时回过头来向我投递因学习而熟悉起来的笑容。随着天色逐渐黑暗下来，凳子、椅子的数量在不断增加，各块儿疆域的版图不知不觉中改变了先前的形状。我们的领地也随之变得越来越小，越来越挤。黑暗中，预先摆下的砖瓦显然早已失却了边界的含义。我和“纯子”靠得越来越近，她似乎也非常乐意乘着混乱就势贴在我的胸前。电影的情节分散了周围的眼睛，让我恰当地感觉到了“纯子”向后微微仰动的努力。我用前倾的姿势节省着她的力气。渐渐贴在了脸上的温度把我的浑身上下烧得滚烫，火热的胸膛怦怦直跳，让如遇甘霖的身体只能在颤抖中极力保持着并不合理的坐姿。由于周遭错误存在着的人群，贴在一起的脸有时也不得不暂时分开一会儿，待确定了并未引来狐疑的目光后，彼此再一次做出正确的努力。有时也配合着电影里的情节与大家笑在一起，但抽搐的身体刚好加重了面颊贴在一起的力度，让脸上的温度愈发上升的同时，也正好使俩人的手在衣服下偷偷握着的动作更加趋于自然和合理。随着技艺的娴熟，重复的次数越来越多，不知不觉中，让我忘掉了坐姿的不当所造成的不舒适感，忘掉了身体被长时间倚靠的劳累。在皮肤的接触所引发出的生理愉悦中，电影的内容早已与我无关，别人错误的存在我也无暇顾忌，只要我精确地接收了脸上的温度，一丝不苟地体验温度中完全属于自己的快乐，也就问心无愧了。于是，我原谅了别人错误的存在，也真心希望电影只顾演下去，此时我自己首先应该做到的，就是贴得再紧点儿，贴得再多些。

然而我的原谅却遭致了残忍的对待。电影居然毫不体谅我正在不断增长着的需要，擅自结束了。先前错误的人群也跟着一下子变得正确地存在了起来，只留下两张曾经散发出温度的脸在骤然亮起的灯光下尴尬着，任凭脸上的温度消失在先前浓浓的夜色里。黑暗带走的勇气让我和“纯子”都不敢去看对方的脸，只顾在人群的掩护下悄没声地各自散去。

不知什么时候睡去的，好像一切都变成了梦里的情景。但猛然醒来的时候，便迅速地再次感觉到了心头异样的滋味。整个上午，我不厌其烦地回放着昨晚发生的每一个细节，仔细体味着留存在心里的那脸上的温度，急切盼望着再一次体验的出现；同时却又像做错了事的孩子一样，害怕对方早已悔过自新，带着令我始料未及的怨恨走进屋来，毫不留情，痛数我的罪状。我一次次在忐忑中担心着自己的罪恶，但却从未动摇过对方的纯洁。

可是，我只等到了匆匆降临的夜色，却没有等到往常像欢快的小鹿一样奔进屋来的“纯子”。我的罪恶感随着她迟迟不肯露面的现实变得越来越深重，她的纯洁也因为我愈发害怕见到她的心理变得越来越明确。我突然感到后悔，觉得实在不应该去看那场电影。如果没去，错误就不会兴风作浪，即便是错误，也会老老实实地呆在心里，绝无错起来的机会。多么希望那只是南柯一梦啊！

一直到我决定要走的时候，还是没有看到“纯子”。那一夜的错误，由于她的缺席，变成了一场安全而惬意的梦。显然我们都没有正确地准备好自己去为那场突然降临的错误负责，也没有足够正确的能力去修缮错误的继续，只好用这样的梦来告别彼此犯下的罪过了。

唉！这美得让我心痛的告别。

12

人到高中，忧患不断。首先是让我最担心的父亲的预言终于初露端倪：上初中时我还有着明显优势的身高，居然像被套牢的股票，一厘米都不肯增长。眼巴巴地看着曾经比我矮下半头的哥们儿像施了化肥的玉米秆子，呼呼地直往起蹿，我却像个被掐了头的树苗，只顾往横里长，真是又气又急啊！哪里出了岔子？按照某个著名的外国公式用父母的身高推算，我本不该落下个眼前的提心吊胆。难道公式不科学？可那是被哥哥们身高的现实所检验过的啊。突然想起从小到大老师给的操行评语里总是有一句“思想早熟”的论断，莫非罪魁祸首是它？不愿相信。决不！

每次体检的时候，任凭我踮足了脚尖儿，也还是量不出个理想的结果。即便是毫无底气地说出个次理想的数字，可还是会让一身轻松的二哥不以为然地回敬一句：

“不止吧？人家高大材还一米七四呢！”

高大材是前兵团里生产科的科长，以个矮著名，可能连一米六都不到。显然二哥是在揶揄我的虚报。没有爱心的家伙！

他倒不用发愁！虽然我明知自己弄虚作假的事实，可还是脸红脖子粗地与二哥争犟起来，硬逼着他不信就实地测量。世上还真是只有妈妈好啊，过来解围道：

“他才多大呀！二十三还蹿一蹿，二十五还鼓一鼓呢！”

多么伟大的依据！要知道连历史可都是劳动人民创造的，民间的俗话，绝对信得过！于是我放松了神经，一边满怀信心地迎接着那蹿和鼓的时刻，一边积极配合，每天在门框上晃动、抻拉，在单杠上倒挂、垂吊。

紧接着，脸上又出了问题。那疙瘩，像割不完的韭菜，挤过一茬又一茬，才下额头，又上面颊。老一辈还在兢兢业业地折磨，新一代又风尘仆仆迎头赶上。偶然消停几天，复又卷土重来。直把那本就缺乏英俊条件的面孔弄得个破麻袋片子似的坑坑疤疤，可还是在那儿不依不饶的。早听说青春是美丽的，可不曾提防我的青春却带痘而来。带痘的青春美丽安在？！早知这么闹心，我宁愿省下粮食去救济非洲人民，从此拒绝长大。还是小时候好啊。小时候起码我只对一件事情发愁，就是眼皮的奇偶数问题，希望本是单层的眼皮有一天也会像哥姐们的一样双起来。每次病卧炕头，睡双了的眼睛，总是舍不得轻易眨动，急召二哥入殿，帮着会诊一下那双了的眼皮今后的发展态势，有没有从此就完全双下去的可能。开始二哥一口咬定：必双无疑！待我激动得以罐头犒劳罢，他抹了嘴角，一脸无所谓的样子，起身道：

“希望倒不能说一点儿都没有，不过能不能就此双下去，其实我心里也没数啊！”

惹得我大哭。

妈妈在外屋压低声音教育着二哥：

“都吃了人家的罐头，还瞎说个啥实话！能不伤心吗？”

后又走到炕头，用哥姐们的眼睛都是后来才变双了的史实安慰着我，让我不妨再睡一睡看。

由此，我喜欢上了得病：不用上学，有罐头吃，还能有双眼皮的希望，这美事儿，一箭岂止是双雕！在随后的日子里，我习惯性地时不时会把手放在额头上去试试温度，只要出现微微发烫的迹象，便兴奋地跑到妈妈身边去报告病情。待得到肯定的答复后，满心欢喜，忙不迭地跳到炕头躺下，鼻孔里发出短促的呼吸，密切配合着病情，还不忘盖个小被儿保暖，认认真真地病起来。有时实在等不上病发的迹象，也曾试过用凉水暴淋一通，偷偷站在寒冷的屋外，等待好运的降临。然而每次都健康得安然无恙，毫无意外。但纵使我忙乱着把本来健康的身体病得个一塌糊涂，可就是睡不出个双眼皮儿来。天下竟有如此不公的事儿，都一个妈养的，人家的眼皮儿为什么早早就不用睡地双着？！何况我睡的日子也不算短了呀！于是我有了人生第一次消极的经验：看来有些事情不是光靠努力就能得来的。懂了！不睡了！

眼皮单就单着吧，冷不防地个子又矮了下来，正庆幸有伟大的依据做后盾来勉强支撑自己，可谁曾料想疙瘩又跟着来凑热闹！唉！都怪我是家里最小的一个。因为在家庭中出生的次序，让我过早背负起优先的权利，哥姐们从小什么都让着我，碗里的肉捡给我，自己病来的罐头留给我，爸爸每次出差带回来的点心，给他们每人分一块儿后，盒子里剩下的自然也都要归我保管。他们这样让着我倒也无妨，我多担待些就是了，可谁知让着让着就乱了章法，连生理上的缺陷也一并让了过来，真是叫我小得个重要！我第一次萌生了想要调换出生次序的念头，真诚希望疙瘩长在他们的脸上，只要让我双眼皮、水光溜滑地高大着就行。我小得实在太累了！

有一天，与我一道青春起来的哥们儿顶着一张更像麻袋片子的脸，旗帜似的，向我介绍起就医的经过：那大夫首先一眼就肯定了他满脸的青春质量，从亮亮的镜片后面给出“发育得正好”的结论，接着，无奈了一番目前尚“无药可治”的医学窘境，然后，抓住时机贴近耳朵，小心嘱咐了只有“多行房事”的个人经验，就这样用“从不外传”的秘方匆匆打发走质量良好的青春，心安理得地任其去继续发育。

多么伟大的经验！既有治疗的功效，同时又兼具美妙的过程。劳动人民的智慧就是无处不在，让山前的车找到路，让烦恼的青春不再拒绝快乐的行程，让难以启齿的隐忍有了合理释放的理由。不能再耽搁了，我应尽快行动起来，积极配合治疗！可是要寻摸着恰到好处的医疗器械又谈何容易？不是低劣的性能打消了我对治疗的兴趣，就是过于优质的品牌动摇了我选择的勇气，更不用说人家乐不乐意配合的问题。唉，难哪！不懂医学的家长们哪个不在成天价提防和教育着？一点儿希望没有。无奈中只好自己动手去配合脑海中“房事”的全部过程，直截了当，简单易行。但治疗的效果总不尽如人意，任凭多次进行，满脸的疙瘩还是保证着一如既往的质量。其间到底有什么差别？实在无从知晓。又不好去问工作本已繁重的医生。只是对其经验的伟大程度产生了怀疑。

13

让我产生怀疑的还有自己的智力。我怎么也配不平化学的方程式，物理的那些定律也让我望而生畏，更不用说解析几何烦琐的推导过程。我从小就看不明白挂在家里正墙上的钟表，因为起先接受过邻家小妹妹的错误指导，后虽经父母多次纠正，可仍弄不清时针和分针的区别，无法做到不加思索地说出几时几分几秒的准确时间，像做成了夹生饭，怎么回锅都没用了。五年级《算术》课本里的综合应用题也曾经让我吃尽了苦头，任凭具有丰富教学经验的老师怎么循循善诱，可就是不知道什么时候该加，到哪儿就得减，加了减了之后，猛然间又轮到乘了，乘罢还不算完，稍不留神又得除去余下的几分之几。尽管有着领狗追兔子的亲身经验，可一遇到“追击问题”就全都抓了瞎。当时也不是那么个追法呀？！冷冰冰的数字让我感到害怕和厌恶，一直到现在也轻易记不住个电话号码，买东西更是算不清楚小账，一遇到几斤几两，又偏偏是个块儿八毛一斤的，我就一阵慌张，绝无了保证自己不被多收银子的信心，情愿挨宰。

好在中国的教育体制还真是科学，到高中二年级的时候，总算按文理科分了班，让我少受了不少的数字之苦。数学依然是一个遗留的历史问题，但我已足够成熟，相信天无绝人之路。

一牵扯到选择，自然就会产生嬗变中的阵痛。我时任班级团支部副书记的同学就曾为自己面临的两难境地好一番伤神，紧蹙的眉头比在足球场上防守我的时候更显正式，为必然要断送掉一方自己认为都极具潜质的才华而向我一遍遍地阐述，带来一遍遍的痛苦。无法自拔中，他只好去找自认为是非常了解自己两方面潜质所在的班主任。非常了解的班主任果真用非常了解的话安慰道：

“我觉得你呀，学文学理都淡球事（一个鸟样）！”

我绝对没有那种令人羡慕的阵痛。这倒不是才华有限，减弱了选择的难度，也不在于对自身的了解所带来的学业上的对口，而在于人生其他方面更能使我感到快乐的内容：我的好运总算降临了，在新班级里排座位的时候，终于让我给对应上了一个心仪的，无论形而下的外表容貌，还是形而上的诗意追求，完全合乎我先前心里预制的标准——眼睛是双层的，身材是颀长的，头发是浓黑的，牙齿是洁白的，说普通话，从外班来。就是错过了穿裙子的季节，胸和腿都看不怎么透亮。我变得勤快起来，每天主动擦抹两人的课桌。我变得更爱干净了，洗头的次数和换衣服的频率与日递增。我变得越发爱照镜子，在出发前尽量使自己感到满意的发型岿然不动。更重要的是，我的学习积极性最大程度地被调动了起来，真是不用扬鞭自奋蹄，早出晚归，以校为家，任凭老师节假日再怎么加课，也任劳任怨，毫无怨言。只想能早一点坐在她的身旁，只想在一起坐的时间长些，再长些，最好能不用吃饭，最好也没有天黑。

但这一次名正言顺的对应，其实并未引发情感决堤的山洪。我有经验，知道众目睽睽之下的存在绝对不适合上演本应是偷偷摸摸的故事。这也与我由童年时代的经历所决定了的性格不无关系：由于那时落下的病根，我对异性的态度开始变得复杂起来，经验的回归虽然让我的内心重新荡漾起无时无刻不在的需要，但我早已丧失掉了主动出击的勇气。我只是正常地坐在她的身边做着再正常不过的事情，脑海里稍带着进行一些似乎是不完全正常的反应而已。眼睛和手都有偶然碰到一起的时候，但我都能准确地掩盖住内心漾起的微澜，用不动声色的面部表情一再证明了那只是偶发的意外事故而已，就这样大公无私地成全着对方的纯洁。因为我总觉得在我内心深处蠕动的对异性的强烈欲望，只是自己才有的坏念头，如同厕所里的蛆虫一般肮脏；别人脑子里的东西，我虽然看不到，但我坚信都像厕所里用于消毒的石灰粉一样清洁而有益。尤其是漂亮的女孩子，如同春雨过后开满山野的苹果花，只是无辜地开放了，无奈中尽显着凹凸的美丽，绝无如我般的肮脏念头，只顾圣洁得一尘不染。我硬着头皮在卫生的人群中踽踽独行，由于实在无法与回归的经验抗衡，也就只好用自己无法抑制的龌龊一次次证明着人家的纯洁。

14

元旦的前几天下了场大雪，越发衬托出纯洁的世界。我的同桌身上穿着雪白的羽绒服，头上戴着雪白的帽子，在红色的大围脖包裹下，只留出一双黑亮的大眼睛，眉毛和睫毛上挂着的霜凌让一尘不染的皮肤愈发显得红润水灵，简直让我看得如梦如痴。我为她腾出更多的地方，在她扑面袭来的寒气中，细细分辨着她脱去了羽绒服身上那股只有少女才能散发出的气息。是头上洗发水的芬芳，还是脸上雪花膏的馥郁，我不知道。只知道那股气息在我的心头经久不散，让我没上好课。

傍晚街灯亮起来的时候，一天的任务总算又完成了。我骑车迅速地往家赶，依然回味着缠绕在心头的那股浓浓的香味。此刻多么想那香味就在身边，一路伴了回家，晚上伴了学习，夜里伴了入眠，清晨带了满床的香味伴着一道上学。我突然间怀念起小时候的学习小组，自己喜欢的女孩儿可以名正言顺地被带回家，小桌前围拢了，咫尺之间共同进步。多么温馨的形式。如今，倒不是偌大个城市增加了温馨的组织难度，而是长全了的身体为家长们提供了温馨在一起绝不妥帖的罪证。防范中，各家的情窦只好被安排在大庭广众之下去安全地初开。倒也是，罪犯绝对不可能专挑人多的地方下手，做贼的哪个不心虚？想想如我一般的险恶用心，家长们确实是防范得不无道理啊！都是过来人。唉，我成长中的烦恼只有靠自己的成长去慢慢解决了。谁让你不按时间表上的进度暗自瞎成长呢。

拐弯处突然远远地看见红围脖独自一人推着自行车磨磨蹭蹭地走着，一步三回头，显然是在等着谁。心里一阵激动，是在等我吧？想起离开教室时她嫣然的笑容，还说了一句：

“你还不早点儿走啊！”

元旦的前几天下了场大雪，越发衬托出纯洁的世界。我的同桌身上穿着雪白的羽绒服，头上戴着雪白的帽子，在红色的大围脖包裹下，只留出一双黑亮的大眼睛，眉毛和睫毛上挂着的霜凌让一尘不染的皮肤愈发显得红润水灵。

眼前的证据让我猛然省过味儿来。傻不傻呀！居然丝毫没有听出那话里的意思！要不是被及时碰到了，机会就将只因为这么一丁点儿的错误而失之交臂，产生出抱憾终生的误会，重重地伤到一颗被伤害得毫无道理的心哪！真悬！

好在有惊无险。误会即将被挽回，我激动得喘不过气来，紧张得有些拔不动步。远远走去，慌乱中不好意思地低下了头。终归不是过来人嘛。头再次抬起来的时候，却不见了前方的红围脖。急急地胡乱向四下张望，目光落在左边胡同时，惊出了一身冷汗：红围脖正和一个男生在雪地里并排走着，靠得很近，好像手还拉在了一起！

在四周依然皑皑的一片里，远处红围脖的背影在我的视线中，像路旁树坑里露出煤渣的残雪，提早消融着。当缠绕在心头的幽香刹那间就要散尽的时候，我终于分辨出了那是股什么味道了：那是未曾相识的秘密在心头聚拢起的萌动所弥散出的香味，一旦秘密不再是秘密，那股其实从来就没有真实存在过的暗香便会立刻消失掉原有的芬芳。今夜无香！

一夜无香。

第二天只好带着无香的心情走进教室。尽管红围脖似乎无辜得一无所知，而今已无香的身体似乎也比往常挨近了几厘米，但我还是一脸的冷漠。居然跟着一起走！居然还把手拉在了一起！想走想拉倒也可以理解，毕竟初绽的情窦都有相同的开法，可总得找个品种优良的异类再去开到一处也不迟吧，着的哪门子急！那个男孩儿是个什么东西！我像人家的爹一样愤懑不已，并不担心自己闺女的无辜与纯洁，只是一味恶化着另一方的动机和品行，同时为那被拉过的手再也不可能恢复到往昔的纯度而后悔莫及、怨天尤人。好端端的，怎么就纯洁得这么不争气啊！

我要尽快用我的堕落向她证明我受到的伤害程度。

我不再擦抹两个人的课桌，给她腾出地方变得越来越不殷勤。我不再以校为家，在她身边呆的时间越来越少。我把头发弄成蓬乱的样子，以烘托内心极度的痛楚。在上自习课的时候，我不断唉声叹气，当她小心翼翼地询问“怎么啦”的时候，我一副心事重重，但又强忍悲痛的样子，并不正眼儿看她，只是冷冷地嘟哝一句“没什么”。我用我所有的冷漠让她知道那冷漠的原因，我用我叹息的次数加快她悔过的速度。但两天下来，她还是无辜得毫无反应，放任着自己被我搁浅的秘密，任凭被看到的事实折磨着我却视而不见。

我不能听之任之了。既然如此，那么，好吧！我不得不进行报复了。我报复的唯一武器其实只有想象中的考试成绩。我要用她永远考不出的高分惩罚她的不忠，让她为自己不纯洁的行为感到惭愧，因为我似乎完全可以肯定什么样的物种才不枉她含苞的情窦去无怨无悔地初开一回。我让你拉手！行！当你幡然悔悟，眼中流淌着泪水把手伸给我的时候，我绝对不拉！

但似乎也未取得预期的效果。纵使我把历史事件发生的年代和高山大河的地理位置记得再怎么准确和具体，可就是不见她流下一滴悔恨的泪水。我对别人的惩罚看来只是惩罚到了我自己。

15

元旦在一天天逼近，同学们在一天天忙乱，贺卡在一天天热销。各式各样的贺卡是我们那时各式各样的心思光明正大的流通渠道，也是多元化的解读方式最繁重的情感载体。每个人在千篇一律的祝福声中，根据自己的需要，竭力破译着那隐藏在载体中的密码，各有一番滋味在心头。一般关系的同性，那密码通常可以忽略不译，除了常规性的问候和应酬外，也实在译不出旁的什么东西。关系非凡的同性，那密码也好译，加重些情感的分量就不成问题，当然其中还存在着是来自身边，还是寄自远方这样距离上的细划。最不好破译的自然是异性之间的密码，真是让人译得高不成，低不就。尤其是那种意外偶得，却又极想是意料之中的喜悦，译过一遍又一遍，或许早就偏离和超出了本有的含义，可总还在根据自己想要得到的意愿译得个爱不释手，译得个草木皆兵，译得个满怀激情，生怕译不周全，生怕有所疏漏，生要译出自己满意的结果。

得到贺卡的多少无疑证明着友谊存在的数量，其中来自异性的张数更是持有者的性别质量有无保证的检验标准。我自然有自己的友谊，从数量来看，收支平衡；以质量而论，不容乐观；按惊喜指数归位，风平浪静。我在桌子上故意摆弄着那几张来自异性问候的卡片，尽管勾不起心中波澜的强度，但我却谨慎地用摆弄的次数强化着问候的质量，想从红围脖早已无香的身上尽快嗅到酸溜溜的醋意，为了加快发酵的速度，还故意把她一大清早送给我的那张随手丢在桌角不起眼儿的地方，排除在重点破译行列之外。

不大些工夫，我就分明闻到了红围脖身上浓浓的醋味儿。她得到的贺卡，数量和质量肯定都无法与我同日而语，因为她看着我满满地摆在桌子上的友谊，明显张大了眼睛，羡慕道：

“哇塞！这么多呀！”

随即拿起一张精美的爱不释手：

“好漂亮耶！”

我有些心软，仁慈地一笑，便恰到好处地到黑板前去为即将开场的晚会能写会画起来，想再一次用我优秀的方面加强她醋意的醇正。心情不错！

就像每年的春晚一样，元旦的前夜，按照惯例，每个班级也都要组织自家的活动。几个团干部、班干部带领一些积极分子从下午就开始忙乎起来，把桌子围成一圈儿，顶棚上吊些红红绿绿的纸条、气球、彩带什么的，用班费买些水果、糖块儿、瓜子儿，按预先的区域规划撒在桌子上。奉献者从家里取来音响，大公无私地放着，乖巧者请来任课的老师桌子旁坐了，殷勤地伺候着。主持的重任自然又会落在一让表演节目就要朗诵诗歌的男孩子和自认为是班级里最漂亮的女孩子身上，一般而言，学习成绩绝不会好到哪里，也实在谈不上有什么艺术特长，最突出的优点不过是胆大，敢说话，不怯场。因为平时帮老师做惯了思想工作，训练有素。一番“啊！……”“那……”“……吧！”煽情的青春鸟语过后，班主任首先在一片掌声中站起身来“回首”和“展望”，接着应邀出席的各位任课老师在好事者的点播中心情愉快地为难和推托。然后师生同乐，把个红花或气球在鼓声和欢笑声中传来推去，被逮着的自然又要出节目，照旧互相推诿，照旧扭扭捏捏，似乎把“不会唱歌”当成了通行的美德，就像父辈们都说自己家中没钱一样的光荣，就这样用美德铸就的光荣耗掉大半个夜晚。

自打上初中起，这样的元旦聚会不知道扯断过我多少根儿盼望的神经。这不仅仅是因为我的字迹和绘画为主持人的舞台背景增添的光彩所带来的心情自助，也不单纯是因为我和心爱吉他的出现总会成为众目睽睽的焦点，为聚会的高潮点燃导火线，而是在于聚会本身所裂变出的神奇力量。那种宽松而闲散的氛围总能轻而易举稀释掉平日里一贯凝重的主题，为异质的心灵得以安全地靠近临时搭建起可供无偿使用的合理空间，并为靠近的心灵产生出无端的感动捕捉到合理的时机。尤其是聚会的后半程，列席参加的老师都会带着被尊重过的满意相继离去，于是，心灵靠近的自由度借机被最大功率地调试了出来，情感中含露欲滴的尝试终于得以集体出席。这或许就是绝大多数同学都坚持要过通宵的那一点灵犀相应的动力吧。

上了高中以后，举办舞会已成为名正言顺的要求。舞会自然是异性间合理接触的广告，不管接触到的愉悦有无保质的期限，也不论保质的期限是长是短，毕竟为初开的情窦提供了合法经营的市场，把干柴卖给烈火，彼此放心地消费久已干渴的萌动。这一次后半程的内容也惊人地相似：十点半左右，按捺已久的心情开始骚动，绝无了平日里的矜持和先前的拘谨，在翩翩的舞姿中伺机作乱，又于闲聊的余暇里过渡和巩固；零点一过，借着新年已经来临的感伤情绪，各个班级之间开始走动，新朋老友纷至沓来，流窜中奔走相告着自己情窦已开的消息。

红围脖早已不见了踪影。我应酬着吉他爱好者、书法爱好者、绘画爱好者、体育爱好者的好感和探视、互动与切磋，无精打采，心不在焉。幽暗的灯光间红围脖恍然出现在我的面前，咬着嘴唇，微微一笑，递过手中的贺卡，欲语还羞。诧异中循着“元旦快乐”的声音望上去，才看清此红围脖非彼红围脖也：更加秀气，身上有香。带着满心的香味刚一坐定，我还未来得及热心地询问来访者的班级和姓名，便立刻为那红唇皓齿间迟到的发声羞愧得难以自拔：她居然是我高一未分班时的同学！只因为个子偏高，被发落到后排不起眼儿的地方，就这样不显山不露水，同在一个屋檐下，却被我的粗心大意排除在了发现的队列之外长达一年之久！为了这迟到的喜悦，我们舞在了一起。怀珠抱玉中，我用精准的视线扫描着她的脸庞：皮肤的质量、白皙的程度、眼睛的大小、秀发的密度与前红围脖如出一辙，只是左下巴上少了颗痦子，右眉尖儿间多出一记美人痣。

一曲下来，香味儿满怀。我先前低落的情绪，就因为这一次迟到的发现，再次熊熊燃烧起来。我们不停地聊，不停地跳。聊完了跳，跳完接着再聊。她的名字叫田遇，家庭和我相似，父母都是城里师范学校的教师。她说上初中时我们就是校友，虽不在同一个班级，可她早就知道我的名字。那是在年级搞的一次自编小报的巡展上，我图文并茂的版面设计让她羡慕不已。她曾偷偷地站在场地边儿上看我跳高，为我征服的高度鼓掌。她也曾在年级之间的足球联赛上坐在自班的队伍里默默地注视着我，为我因防守队员铲倒在地的伤势暗自泣泪，于心不忍。去年的元旦聚会，我的弹唱让她立刻就喜欢上了吉他，三番五次想走上前来与我讨教，可每次心中的勇气又被重围的人群挡在了外面。我喜欢听她说话，由于母亲是北京知青，普通话的音质可想而知。她一次次拒绝着流窜犯们的邀请，目不斜视地坐在我的身旁，只顾为我胸口那团烧得越来越旺的火焰专心地添柴，任劳任怨。炉火正旺中，我蓦然回首，发现前红围脖不知什么时候趴在我身后的桌子上正蒙头大睡。有时因憋得太久，不得不掀了盖头，哀怨的眼神落在我的脸上。唉！早知如此，何必当初？我也没有后悔药啊。我没想到，其实在我最无心想要去惩罚的时候，惩罚却实现了自身的功能。

人散后，一勾新月天如水。田遇告诉我，她的父母过年时要到北京去看姥姥，她除了想利用那段儿时间加紧备战来年的高考外，也想顺便学学吉他。我记住了。

真是有心栽花花不开，无心插柳柳成荫啊。

16

自从元旦那一次近距离接触后，田遇一览无余的外部条件和可供勘测的内部信息就一直装在了我的心里。我无法忽略她精美的贺卡里为我特供的祝福，因为那一夜怀珠抱玉般的热度已为这迟到的祝福做下了美丽的注脚。打那以后，以前课间休息时总是坐在原地按兵不动的我，现在已不怕再浪费掉与同桌厮守一处的宝贵时间，终于弃暗投明，开始走出教室去呼吸新鲜的空气。我的心并未在教室的墙根儿下哥们儿神侃的论坛中陷入囹圄，那天南地北的谈资只是我的眼睛向外张望的掩体，让我在洗耳恭听的间隙，去默默领取如厕途中田遇脸上那为我而生的羞涩。在上课间操的方阵里，我们班与田遇的班级是邻邦，于是，那段儿毗邻相望的时光，也就成为我金屋藏娇的眼睛最为忙碌的时刻。如今，似乎已不再是我单方面的行动，暗自对应所产生出的美妙情绪，也不仅仅只是属于我个人的专利。我满心荡漾起的春水势如破竹，滔滔不绝地奔流到田遇的脚下，而她也显然为这无法抗拒的山洪提前掘好了沟渠，让预报中早已得知的天气状况在本该发生的季节里井然有序地发生。我每天都在温习着田遇美丽的容颜，同时等待着能够实现她心中那个小小心愿的日期。

年三十儿一过，还不等扫尽门前满地飘零的残红断竹，我便匆匆跨上自行车去赶那场水到渠成的约会了，一路欢天喜地。已完成了辞旧迎新任务的爆竹碎屑在街道上随处可见，一片狼藉中，为别人祝福过的躯体，如今却要独自承受有损市容的罪名。大街小巷仿佛又到了一年一次的例假，扑面而来的春联五花八门地红成一片，金粉银粉勾勒着的渍迹在千篇一律的贺辞中迎接着八方的财源，吸纳着四面的福气。走亲访友的礼品盒在不断翻新的外包装下，用依旧古老的用途装点着喜色的人群。红男绿女成群结队，带着“嘎嘎”的笑声不断从身旁匆匆驶过，浑身上下裹满时代的风尚。一切都喜庆得一如往昔。满大街上，只有我带着不同于往昔的心情，去迎接似乎并不一定年年就有的新气象。我并不关心别人的喜色，但却想让所有的人都在意我的欢乐。然而，各走各的，谁又会有多余的心情？

田遇家在城东头的水渠边儿上，是一座带院落的平房。顺着曾经尾随过的路线，我没怎么费力就找到了梦里光顾过多次的地方。可眼看就要逼近门口的时候，我积蓄多日的勇气却一溜烟儿地跑掉了，只剩下先前踌躇满志的心情失落后的不安：田遇的父母能顺利抵达另一处去吗？万一车票难买取消了行程怎么办？或者，田遇还记得先前的约会吗？万一一不留神和父母一起走掉了怎么办？

我在田遇家小院的铁门外气消胆夺、心神缭乱，一边害怕着遭遇意外，一边又担心着并不打准儿的相见，想去叩门的手像做贼似的战战兢兢，几次伸了上去又几次缩了回来。

缩回的手又一次在鼓足的勇气中伸了上去。颤巍巍的响动过后，大门的那边似乎比先前还要平静。我试着把眼睛贴在门缝上往里面望了望，偌大个院子悄无声息，静如止水，并未有年节旺盛的气象。这一眼望得放心。我似乎用不着担心会有什么意外的遭遇了，因为从门缝里透露出的迹象分析，田遇的父母应该是顺利地买到了车票。此刻我不踏实的是牵肠挂肚的人能不能克尽厥职，留守在我不敢迈进去的庭院。

忽然一阵铁门的咣当声，我慌忙推了车子往胡同外拐，若无其事的样子。走亲访友总不犯法吧。等咣当声落定，才发觉那是隔壁大门出入的动静。由于这一次的惊吓，我萌生了退意，心想还是一走了之算了，遭这份儿洋罪干吗？此刻，我是多么需要田遇美丽的脸庞和温婉的声音及时出现在我的脑海里，告诫我“不要放弃，绝不要放弃”，于是让我有了使不完的力量和勇气啊！可是我的脑海偏偏不争气，越是到了这关键时刻，却越是吊儿郎当地空白成一片，什么都不肯涌现。看来是指望不上那种神奇的画面和慰藉人心的话语及时出来供我做思想斗争了。只好没趣地自己转了身。

我复又回到一直不敢重重敲响的大门前。还没立稳车子，田遇却悄没声儿地推开门来，手里拎着一桶垃圾，看到手足无措的我，满脸掠起大喜过望的羞涩。

“你什么时候来的？怎么不敲门啊？”田遇慌忙放了手里的垃圾桶，打开院门招呼我把车子推到里面。

“这不刚到嘛，还没等我敲，你就出来了。”我把到来的时间准确地推迟到了她开门的时刻，谦虚地收藏起先前忐忑的过程。可还是站在原地不动。

田遇似乎明白我的顾虑，抬起双眼皮的大眼睛，及时为我减压：

“进来吧，我爸妈一个星期前就走了。”

我用一脸无所谓的样子细心地核实了先前的分析，像又充上了气的皮球，轻快地跟着弹进屋去。坐在田遇满屋飘香的闺房里，我的眼睛如饥似渴地饱览着梦里并未见过的场景。田遇像一只轻盈的燕子，里外翻飞，不断衔来父母临行前已提前为她办置好的年货，忙乱中，紧身的高领毛衣和新买的牛仔裤包裹不住满身青春的弹性，虽然不是穿裙子的节令，可浑身上下恰到好处的转折却也历历在目。

忙罢，田遇在床边坐了，鼻子上渗出暖暖的细汗，两手垂在腿间。她说这几天一直都在等我，以为我不会在意元旦钟声过后她委婉的请求了。前两天她还差点儿想去找我呢，可是她不知道我家住在哪里。我听着，尽嗅满屋的芳香。

我们显然已经处在某种预定结果正在进行的过程中了。但处在过程中的时候，我并不知道那就是过程。因为我早就为了心头明确的结果完美地构想出的合理程序，可真实的发生似乎却总也不能按预先设置的命令像电脑中游戏那样准确地进行。我想给人家看手相，可人家就是不把满载着命运轨迹的掌面伸过来。我想用满腹经纶为人家增添芳名的诗意，可人家却非要尊重父母在翻阅字典过程中积累起来的劳动。我只剩下最后的绝杀，想教人家弹吉他，以给我的到来找到合情合理的解释，可人家偏偏没有心思学，只想说说话。唉，一点都不配合剧情的发展，看来今天我是摸不到那温香软玉般的手了。

虽然剧情的发展没有按照命令预先的设定正常运行，但我相信结果都是过程生出的孩子，长相和脾性都会由过程去决定的，你想要什么样的结果只能去努力培育什么样的过程。于是我及时更换了软件，起身去翻看书柜里的书籍，想用知识的力量再次优秀自己，试试看另一套程序的运行情况。田遇也坐在桌边默不作声地优秀着她自己。程序在沉默中运行了一段儿之后，我心不在焉地点击了暂停，起身闲庭漫步，满脸智慧型的思索。田遇也紧跟着退出了优秀，看到我胡乱丢在柜边儿的书，皱了皱眉头，面露愠色：

“怎么不放回去呀？”

随即起身将我本来还想接着再用的程序插归到了原处。

我第一次遭遇了田遇脸上的恶劣天气。过早的霜降，让我心里一直阳光明媚的春天顿生寒意。显然我的程序中没有预先安装上杀毒软件，突然出现的黑客攻击让我手足无措。俄顷，整个系统陷入了瘫痪状态，两个操作者桌边各执一头，心绪已无法施行链接。瘫痪中，我心神不宁，在纸上一遍遍写着：自作多情！自作多情！！自作多情！！！

田遇斜睨的眼睛瞥到了我烦乱的情状，骤然扬起了一阵沙尘暴：

“你要觉得是自作多情你就走吧！”

说罢，便更紧地锁了眉头，扭过身去，不再看我。

面对破坏严重的系统，脑子里不得不断掉了电源的我只好站起身来。其实，站立起来的动作并非就是我想要离去的决定，我只是不知道该怎么办。沉默片刻，我越发不知道该怎么办，无意间走向了门边的衣架。或许正是这一系列毫无目的性的行为误导了田遇接下来所做出的明确反应：就在我走向衣架的瞬间，她以为我要取下挂在上面的围脖，便奋不顾身地从背后抱住了我。

病毒在即将死机的一刻就这样令人难以置信地消除了。程序在我恢复了的电源里重新启动。游戏在顺利运行：一个人从后面的搂抱被调整成两个人正面的相互缠绕；拥抱的力度经短时间的预热后逐渐升级，让脸庞在耳鬓厮磨中寻找着不断更新的角度；从秀发吻起的线路由额头转到面颊，颤巍巍地落在了唇上，在一次次的重复后，终于回避了口水和牙齿的阻碍。

田遇眼中流淌着泪，一遍遍问我为什么要说自作多情，为什么要走。我用熟练起来的动作一遍遍回答着她的问题。我终于明白了病毒产生的原因：男性编制好的程序绝对不适合在女性的磁盘上运行。我虽然感到有些糊涂，但我心甘情愿为那些不是自己设置的问题负责。只是，在圆满的结果产生出来的时候，那些问题已无须回答。也根本没有时间回答。

随后的几天里，我去不去田遇家都是一样的，因为她随时随地占据着我的心。幸福就这样像情窦一样开放了。我像一只飞来飞去的蜜蜂，辛勤地采集着那幸福的花朵上绝俗离世的甜蜜。为了保证采集的可持续性，我不得不夜以继日地刷新和升级着外出劳作的理由，鞠躬尽瘁中，江郎才尽的创意也只能小心翼翼地始终围绕着学习的主旋律展开。我真希望自己是个孤儿，此刻，没人管是人间多么奢侈的幸福啊。于是我对田遇暂时的孤儿身份倍感珍惜，尽情分享着她来之不易的幸福。尽管我没有轻易放过任何一次相见的机会，但田遇的吉他水平却没能如我们接吻的技术那样一日千里地熟练起来。

开学的前几天，田遇的孤儿身份终于被按期赶回来的父母废除了。两个都有爹妈的孩子只能像荒原上的枯草一样在野外的渠岸边流落，无奈中只好配制了采集甜蜜的密码，约定以墙外我自行车的铃声为号，持续彼此的幸福。上学的日子都是一样的，清早我在离田遇家不远处的安全地带等着她一路同行，放学后我又在校门外同样安全的地方等着她穿越街灯。但周末的相见却各有各的不同，我或者到田遇家院墙外的水渠边上用自行车清澈的铃声召唤出另一只心荡神摇的蜜蜂，或者独自呆在家中魂不守舍，用心头秘密缠绕着的思念，像言情小说里的主人公那样，以与女主角欢爱时的情节为主要素材，精心编写着自己的《爱遇杂记》，也想有朝一日能用酝酿良久的甜蜜强化另一方的诗情记忆，让其在不经意间偶然发现我意乱情迷的深度，眼里流淌出泪水，去感觉长久劳作的幸福。

17

伟大有多种内容。父亲的伟大是这样一个简单的过程：在发生的事情还远不能看到结果的时候，便对发生的事情做出肯定的支持或否定的拒绝，并用后来发生的结果证明当初所做判断的正确和及时。他的伟大，因大哥高考的神话而流传，为我身高的断言所证实，并被二哥续写的辉煌更新了绝不雷同的正确。

与大哥两岁便趴在用报纸糊成的墙围子边上一圈儿一圈儿认字的症状不同，二哥从小就表现出一种反向的破坏力，喜欢在墙围子上瞎涂乱画，用哭声捍卫着权利，绝不肯轻易放过一寸面积。有了父亲出差买回来的小人书做摹本后，技艺的增长不知不觉中也带动了胆量的跟进，二哥把表现的空间逐渐扩展到了作业本和考试卷上。像当初没有为了眼前的一点既得利益就慌忙中断了大哥的学业一样，多年来父亲也一直精心呵护着二哥的禀赋，只顾默默浇水，及时施肥，绝不做任何掐苗打枝的无谓修整。当年父亲之所以毅然决然地举家入城，也是为了能让二哥找到一个更为宽敞的地方去继续涂抹。当团部墙上那些最高级的玩意儿显然已无法满足儿子不断增长的艺术需求时，父亲心甘情愿把现实中的向日葵和羊群变为他画中鲜亮的颜色和虚拟的物象。

其实城里也艺术不到哪儿去。二哥最早接触到的是一个经常能在小报上发发漫画的中学美术教师。这位老知青的残余分子，尽管写得一手好字，却没有一个好的家庭出身，三十好几才好不容易划拉到个歪瓜裂枣的农村妇女，却又因为说不到一块儿，三天两头被健硕的媳妇打得个鼻青脸肿，冷不防还会被开水浇到青筋暴露的脖颈子里。二哥是他最欣赏的学生，自然也就成为他满腹幽怨得以倒灌的最好沟渠，每每败下阵来，他总是摸着被媳妇薅得所剩无几的头发，单薄的身体在夜风下满怀悲壮地抽搐，向二哥感喟道：

“人家都生活在希望的田野上，我的田野连根草都不长，还有什么希望！”

在这片田野里看不到希望的二哥只好到别处去寻找希望，在市群艺馆的美术班里结识了一批志同道合的兄弟，在教室里画石膏、画头像、画静物，到火车站人流穿梭的候车室画速写，到河滩边的葵花地里画风景，成天忙忙碌碌，却乐此不疲。一次外出写生时，因实在找不到值得入画的元素，一伙人只好围住一座破败不堪的土坯厕所津津有味地画着，全然不顾旁边不远处那贴满瓷砖的高楼，惹得好奇的围观者纷纷质疑其间的合理性。这群对崭新的楼房视而不见的怪物，十天半个月的就会聚在我家的二楼上搞一次观摩，把画并排摆在一起，品头论足。有的把满肚子的想法吹得个天花乱坠，可自己堆满颜料的玩意儿就是没人叫好；有的靠在墙边默不作声，可寥寥几笔的线条却大受赞赏。他们也会集体羡慕一番杂志上新近发表的那些作品，集体向往一通美院学生的生活，在理想的光芒照射下，集体无意识地焕发出充满热度的青春。那时学美术的，是发自内心的热爱啊，不像如今，只单纯为了考学。

艺术在于天赋，也在于眼界。二哥的眼界最初来自团部里那些从大城市来的知识青年，虽非专业，却也能写会画，惟妙惟肖。但眼界的提升，最终来自与大哥临别在树上题字的儿时好友岸哥。岸哥是团长的儿子，随父亲的部队撤走后，十三岁就参军入伍，在北京总后机关当放映员，兼搞宣传。由于少年时代与大哥深笃的友谊，分别后两人书信不断，发誓北京相见。大哥考上大学后，终于实现了相许已久的诺言，让两个人在站台上激动得良久无语。从此岸哥那里便成为大哥回家路上的中转站。为了寻找少年时代两人在大树上刻下的记忆，岸哥也曾背着画箱和大哥一同回来，在郁郁的乡情里，画蓝天上绚丽的云朵，画暮色下静立的牛群，画晨风中葱茏的树林，画河岸边粼粼的光波。岸哥一直喜欢绘画，又在首都见多识广，不但在信中给二哥一遍遍讲解绘画的常识，也一次次寄来有关艺术的书籍。从此成为二哥的领路人。

艺术得益于精神，也在于追求。在即将复员的那一年，初中还未念满的岸哥，硬是凭借超人的努力考上了中国的最高美术学府，一头飘逸潇洒的长发，一身超凡脱俗的装束走进门来，吸引得我和二哥竞相仿效：从此不愿再进理发馆，校徽别在裤兜上，好端端的毛衣翻过来穿，样式简单而陈旧的小军棉袄复又成为新宠。在岸哥的感召下，二哥穷追不舍。为了能够踏入同一所美院的校门，大过年的也没有心思呆在家中与父母共享天伦，背了画夹到湘西的大山里去采风。路上下车小解，漫天的迷雾影响到视线，转过身来那客车已没了踪影，随身携带的辎重全留在了车上，只留下没有被拉走的多余的躯体一身轻松中在山路上徒步前行，饿了听听鸟叫，渴了喝口山泉，困了躺在小站的椅子上打个盹儿。专业课临考前，二哥白天堂堂正正地坐在美院的地下班里学画，汲取着技法的营养，晚上为了省钱，偷偷摸摸地躲在岸哥的画室里睡觉，胆战心惊中好生提防着校方为了防止考生借宿而随时可能发起的夜袭。就这样艰难地通过了专业课的初试、复试，总算拿到了文化课的准考证，之后又得匆匆忙忙赶回家去继续通宵达旦，备战最后的文化课统考。

结果决定过程。在没有产生美好的结果前，过程苦得无人问津，性质也令人怀疑。二哥是最早穿上牛仔裤的一批，曾惹得校长在大会上频频质疑裤子的形状对生殖功能的影响。二哥是最早跳迪斯科的一群，黑灯瞎火的蹦蹬中，冷不防早有埋伏的校长突然出现，惊得一群男女作鸟兽散，只留下守护录音机的二哥让校长充满智慧的秃脑门照亮了脸，被指着鼻子呵斥道：

“我再次警告你，不是看在你父亲的面子上，我早就开除你了！”

而一旦有了美好的结果，结果最终会改变过程的性质，让过程就此生出迷人的光环。过程是绝不轻松的生命路途，结果却是一张薄薄的纸单，但那打印上去的“录取”字样，却神奇般地让昔日不务正业的浪子摇身一变，成为本地区解放以来考入中国最高美术学府的第一人，也使先前劣迹斑斑的记录生出另一种解读的角度，从此与众不同起来。过程是一段段平凡的日子，结果只是午后阳光浓烈的某一瞬间，但邮递员那普普通通的一次投递，却具有浓缩时空的能量，蒸发掉了父亲多年在自家试验田里默默耕耘的汗水，只凝结出一个凌霜傲雪的果实在众目睽睽下晃眼。

学校的庆功会上，校长充满智慧的秃脑门再次普照全场，但这一次，那上面油晶晶的亮光心甘情愿只为二哥一个人起劲儿地闪烁。校长非但不避前嫌地介绍着二哥与众不同的成长风格，而且还俨然一副先知先觉的面孔，用肯定的语气一再重申：

“我早就知道这是个人才！”

惹得下面一片大笑。因为校长绝非俗辈，早在先知先觉之前，就曾经有过语出惊人的故事。故事的经过是这样的：

两名学生在操场发生口角，甲对着乙骂道：

“我操你妈！”

乙哪里肯？回敬甲道：

“我操你妈！”

谁知空旷中未曾提防神出鬼没的校长从旁边突然蹿出，拽住甲、乙的衣领声色俱厉、字正腔圆地教育道：

“我×你们两妈之和！”

多么实用的教育！既有数学的原理，又具呵斥的分量。多年后又看到曾经精力旺盛的校长，油亮亮的秃脑门儿一如既往地闪着智慧的光，只是多了条棍子手里拄着，看来自理都成问题，显然已没有了和两个妈同时去过生活的雄心和能力。我不禁感慨万分。

18

人的一生由一个个亲历的过程组成，过程中充满了事件，影响着你，雕塑着你，强迫你存在，使你最终成为这一个，而非他人。大哥的高考所引发的震荡曾经强烈地波及到我，但只是让我感到眩晕，惶惶不可终日；而二哥随后投下的核弹算是真正辐射到了我，让我跟着产生了病变，落下终生的痼疸。这倒不是因为核爆比地震更具不可抗力的缘故，而是我的主观能动性全线出击去积极抗震自救的结果。因为大哥在我的眼里过于完美，我学不来，学着太累；而二哥劣迹斑斑的存在显然更与我内心的真实臭味相投，让我趋之若骛。同时，我在孩提时代就被二哥牵惯了手，曾经狼狈为奸的历史让我有理由相信，他有足够的经验带领我去寻找更为近似的快乐。

我毅然决然地上路了，长长的头发，小心翼翼遮盖住面颊上的疙瘩，为发育良好的青春平添出几分朦胧的勇气，让已无望成为双眼皮的眼睛在单一的张望中不再慌张。我义无反顾，风尘仆仆，身上L号的T恤，扩展了许多壮烈的心情，脚上大夏天也从不舍得脱掉的军靴，变本加厉地散发出脱俗的味道。所有的缺点，在个性的掩护下，让我感到了从未有过的安全和惬意。我踌躇满志，壮怀激烈，不再为尘世间低俗的目光所累，只愿一路披发狂歌，追随二哥而去。

决定投身艺术，对我来说，也有着更为现实的意义。因为艺术院校规定的文化课考试科目中没有数学，我的历史遗留问题终于可以得到圆满的解决，从此让我走出方程的梦魇，摆脱数字的纠缠，理直气壮地与一切公式作别，让所有的括号在我幻想的世界里统统失效。

尽管我从未有过选择的阵痛，但选择带来的快感却也无法代替随后并非轻松的过程。选择本身其实并不能使我高枕无忧，因为有待实现的过程依然充满着铤而走险的内容：虽然我也能写会画，但与美术院校的专业要求相去甚远，这就如同游击队与正规军的区别，偶尔骚扰一把还行，一遇兵团作战，也就只有战略转移的份儿了。我执意要投身艺术的时候，离美院专业课的考试日期只有不到半年的时间，面对千军万马已推近到独木桥边的紧迫战局，即便我有通天的本事，也不可能在短短的数月内使自己捉襟见肘的画技顷刻间达到一剑封喉的水准，更何况我遭遇的是厮杀到中国最高美术学府门前的兵马！

我不得不去找组织汇报情况，想听听两个已成功打入内部的哥哥的意思。通过书信往来，他们根据我的实际情况做出

“放手专业，死拼文化课”的指示。因为组织上已通过内部渠道暗地里摸清了敌方的底细：美院有个专门研究美术史的行当，无须太高的绘画技能，成功进入与否，主要以参加全国文化课统考的成绩而定。和组织成功地接上头后，我激动不已。真是山重水复疑无路，柳暗花明又一村！什么时候都得依靠组织啊，否则谁会为你通风报信？！有哥哥真好。我多么希望爹妈当年能再多生几个出来，那我们的组织该是多么的壮大，有天大的难处都不怕了。

或许是因为风声太紧，高估了敌人的实力，或许是因为第一次执行任务，缺乏对敌斗争的经验，我在贯彻执行组织的决议过程中，明显犯有“左”倾冒险主义的错误，致使上级的指示精神在我这里完全走了样：我不但没有“放手专业”，反而是把全部的精力都投入在了上面；我不但没有“死拼文化课”，反而投入的时间连以往多都没有。组织的决定是明明白白、清清楚楚的，白纸黑字，我知道问题出在我自己的身上。我当时已被投身艺术的喜悦冲昏了头脑，凡事都以艺术家自居，过早暴露了卓尔不群的自负心理作用于文化课死拼过程中所产生出的厌战情绪：自打得到上级组织的关怀后，我很少走进教室，即便坐在了课堂上，也只是不可一世地翻弄着艺术专业的书籍，完全把文化课的学习抛在了脑后，仿佛自己已经是进入到解放区里的一员，提前享受起了人民政府减租减息的待遇，只顾在解放区晴朗的天空下显摆人民政府下达的红头文件，忘乎所以地炫耀自己这个并未翻身的农奴却俨然已当家做主起来的优越身份。

更要命的是，与生俱来的薄弱意志这时也无心抵御我去继续品尝唯恐被耽搁了的情根中生出的欢苗爱叶。

我在风月静谧的枝蔓下一如既往地劳作着，和田遇在郊外的小道上拉手，在黄昏的河岸边拥抱，在浓密的树荫下接吻，尽管每次劳作的内容非常的单调，地点也十分的单一，但此刻正在燃烧着的躯体却满足得无怨无悔，只想一心守护住身边这个茁壮的季节，在开满鲜花的故事里忙碌地摘下孤单而迷人的花香。

有一次，在盛夏的蝉声中，由于田遇满身关不住的春色，让我的手一没留神误采到了那凹凸的部位。为此，一记并不很重的耳光是我在纯洁的范围以外行窃的代价。可那坚实的内容所被窃取到的手感，却让我又实在无法牢记住纯洁的界限。我的手每每在纯洁的边缘徘徊，欲罢不能，像急于涉过水去寻找宝藏的孩子，时时不忘冒险的行动所可能带来的欢乐行程。在一次次不辱使命的侵越中，纯洁的界限在逐渐地扩大，终于让手中美妙的感觉在所触及的领地上获得了更多自主的权利。我用争取到手的解放匆匆改写着纯洁的律例，并用杂志和小说中好不容易翻找来的有关文字为更加人性化的纯洁辩护。虽然在劳作的间隙，我不知疲惫的眼睛也远远地望见了高考气氛笼罩下的乌云正迎面袭来，但此刻快乐的心却并未觉察到欲来的山雨所可能造成的严重灾害，因为在风情月思、心驰神怡的水面上，看不到生命中激流涌荡的旋涡，在情窦绽放、花遮柳掩的岸边，也找不到人生更为重要的意义。用源于生命真实的需要草草捆绑起来的小船，是此刻我唯一能抵抗洪荒的方舟。那时，我真的是不懂地球上的事。

19

朝朝暮暮情相似，大雪小雪又一年。在高中最后一个元旦如期到来的时候，每年例行的聚会已不再能牵扯住我盼望的神经。由于田遇的出现，她的容颜已及时淹没了我眼中同类的美丽，让我不必再费思劳神地去探幽穷赜，而只需守护在已枝繁叶茂的花园里温故知新，成就幽期密约的风情。因此，逃离人多的场合自然也就成为我自觉的选择。虽然我没有轻易放弃过任何一次成长的机会，并成功地侵越了眼前这春意正浓的美丽花园的围墙，但心灵的后院里不可企及的岸边，那更为迷人的玫瑰花香却一直在田遇浓密的发丝间游动，尽管让我熟识得早已身不由己，可依然只顾矜持地全神贯注于琐屑的礼仪，用洁白的纪律围拢起雨中那道绿色的禁忌。为了揭开谜底，我说服了田遇，相约在最后一个元旦的夜晚去独自享受这个冬天里的第一片雪。假如随着夜的进程我们能够陶醉于幸福，我便可以踏着温度的梯子，顺势抵达那个不曾去过的地方，绝不放过任何有利的机会。

我充满诗意的构想之所以能够成为现实，是基于我动用了多年以来储蓄在父母那里的信任。为了能让我在一个不被打扰的环境里集中精力备战迫在眉睫的高考，母亲允许我晚上到她的办公室去学习。母亲是小学的一校之长，手底下大片的澄明之境让出一星半点儿供我使用并不在话下。可哪曾料想，我却为了成长的机会擅改了这一空间原本明确的使用目的。屋里虽然没有床，但那两张三人沙发对在一起，却也足可以盛得下秘密理想里剥落的幸福。尽管墙角边的铁炉子每夜都被烧得通红，足可以提供出适宜采集的温度，可我还是以御寒为由，提前把一件军大衣塞在了柜橱里，预备为滑落彼岸的清香适时保暖。万事俱备，我的幻想开始在陌生的地方重演，渐行渐近的守望里，那神秘的渴望一直在我的心上生长，只等为目光中那块儿碌碌无为的麦田播种下不在此地的丰收。

黄昏走来的时候，我带着谨慎小心的喜悦，并没有拒绝为班级上最后的聚会忙乎自己那点多才多艺，可秘密的理想里，此刻每一瞬间的心不在焉，都在频频向黄昏的天际示意，想让它迅速地奔向尽头，载着我驶入那片并不在眼前的辉煌。我依然稳重地领略着聚会前半程波澜不惊的内容，让逃亡中的想象沉默得像座钟，但那被灼烤的炽热的心头，多么想用另一场深刻的温暖去创造出属于自己的真正的故事。好不容易熬到后半夜，当老师们脸上装饰的微笑终于带着一年一度的满意尽兴散去的时候，我第一时间开启了心情的窗户，急忙逃离了现场，任凭闲置的目光里先前那些曾经熟悉的等待消失在身后郁郁的夜色中。

不远处，田遇已在等候，花的意愿撒满路边，为了那点害羞，把自己放在雪里，眼睛像火焰，层出不穷的暖意，飞动得像雪，微笑着，用上升的渴望迎接漫天飘落的欢乐。剩下的，在我的目光里。此刻，大雪，全是我的。那一片眼睛挡不住的美丽，树和天一起驶过，冷却了我骚动的张望，冰释着我去再次观看世界的眼睛。我的心被这满途茫茫的飘零湮没，早就忘了此刻世界的名字，已经驱动了的血液，泄露出春天的岸边那个被童年遥远的记忆刺痛着的神话。

雪在田遇的身上飞扬，缠绕在她的发丝间。我怀抱着始于希望的安全的满意，兴冲冲地把这眷眷的温暖引入到提前已被装饰一新的目的地，迫不及待想去寻找那发丝间一直游动的香味儿更深处的秘密。为了避免招惹是非，我没有开灯。屋外的世界便跟着安全地黑了下来。

拉上了窗帘，满屋飘落温暖的雪片。田遇在我的怀里，双眸盈满感动的美丽，柔柔的唇，还带着外面暖融融的雪，被我长长的吻捡拾着。一片静悄悄里，只有炉火鲜红的光亮在脸上攀爬，毫无倦意地忘掉了一夜天空。幸福的温度不知不觉中挥发掉了田遇浓浓的睫毛上挂满的霜凌，一双黑色的眼睛在逆光的墙上渐渐明朗，粉刷着对视的心情，打扫着蒙在我孩提时代尘封已久的经验上那层并不算厚的尘灰。火光在脸上肆虐，欢乐在小屋中蔓延。纵情的烘烤中，我像一个勇往直前的水手，来不及品尝已经抵达的岸边那些早已熟识了的幸福，也没有时间思考玫瑰花开放的正确时节，便匆匆地开始了又一次的航程，任凭跳动的心停靠在它应该停靠的地方。田遇浓黑的长发在我一次次的忙碌中垂落了下来，披散在慌张而又羞涩的肩头，那一点点舍弃了拒绝的不易被发现的纯洁，如同群星中的北斗，汇集成了我无数次的寻觅，沿着我的眼睛行走。我抖颤的窥视缱绻在夜幕下的第一片雪里，任凭眼睛在如饥似渴的寻找中开出这遥远的岸边最陌生的花。这熟稔的花，这烂漫的花，像深谷中的幽兰，简单地绽放着令人窒息的美丽，在我的胸口燃烧起欢乐。我的眼睛怎么够用。我无路可逃。我将自己放在火的外沿，伸展着幸福，沉甸甸的，用力托起这饱满的成熟。

视线已无法梳理我的情绪，这个欢腾的世界里最美丽的歌，缠绕在一起，飞向梦的彼岸。表情世界的对面，大地的生日蛋糕已点燃了蜡烛，光明澄澈的秘密吞没了这眼前的熟悉，撞击在我的脸上，填满我的眼神。此刻，只剩下心跳在露水烛灼的清凉中入浴，带着那件军大衣罩不住的体温，我的手抚摸着这遥远的渴盼，栩栩如生的理想一路颠簸，胆怯的娴熟从花丛中盛出，终于碰到了岸，跌碎在岸边没有准备好的执拗里，一下子释落了浑身的重量，将飞扬的情绪重重淹没。风灵的褶痕里，现在以外的魅惑，我终于和她熟识了。那恍如隔世却依然熟记于心的旋律，在童年经验的孤岛上从此不再流浪，不再乞讨，紧紧地簇拥着身边的温暖，为了其余的夜将不会再那样地独自生长在别处的天空，反复更改着冰冷的定义。

都静下了。夜的炉火，灿烂得若无其事，只有那些帮助创造的灰烬尽心表述着那远去的重复，用自己恰当的功绩鼓舞着已得到的幸福。

当我和田遇睁开眼睛的时候，天还是亮了。晨曦已击退眼前熟悉的黑暗，扑朔迷离的慌张在秘密的理想已被泄露的答案中蜷缩，不安地结束了夜晚剩余的视野。雪的目光爬满了窗棂，用自己照看下的责任盛满清洁的仪式在门外敲打。黎明平静得早已忘记了悲伤，暖暖的告别，一些依恋，一些沉默，穿越着夜偷窥过的动作，无阻的羞涩。

一整个白天，空空的书桌上长满田遇的影子，长满我的思念，长满我无法抑制的心痛。屋里留下的一面沉默，空空的，将我的心情装载，满满的一个颜色，用这样的结果纪念曾经的拥有。炉火中那些摇曳过的光亮镶嵌在周围的雷同里，已经换上白天里干干净净的颜色，剩余的那一点点并不从容的忧慌一定还跳动着别的什么，用思念撕扯着找不到的证据。看不清楚什么离我更远，什么离我更近。我将昨夜她的睡意里完成的和我一样的辉煌留在身旁，将她不经意间照耀过的心情，一片一片，给短暂的离别。

我的心就这样地空着，没有比夜的来临更规律的了。我用思念撕扯着的证据，将收割到的幸福一束束捆紧，在秸秆枯萎的隐居中保留着她绿色的光荣，夜剩下的歌。我并不熟悉的真相，是当初她看我的模样，难以捕捉，眼睛中发烧的往事和背影中疗伤的经过，一起行走着她向外的视线，生活真正的策划者，擦着风，零乱的如此有序，不再游尽天涯。我舍不得去见她。我的目光延伸遥远的岑寂，走向熟悉的方向，拾起一片青青的跳跃，这无人陪伴的风的旋律，在每一个她走过的角落悄吟，只留下一双被摇曳过的眼睛摸索着到达彼岸的颂歌，用剃刀去剔除生活的胡茬子。

不知不觉中，暮色已团结在彼此的分离里，号角召唤着沉默的共鸣，外衣裹满会被读错的音阶，在自己的安详里，仍旧坚决着不可动摇的忧伤，在同一片天空下，盯着自己的飞行，举手示意，要将那些得不到的幸福发配到远方，去承担各自身后将会被流传的理由。远处的探望，载满我挥霍掉的情节，摇摆着诱人的颜色，那一点欢喜，含着绿枝的露滴，堆满我的书桌，拥挤在表示愿意追随的座位旁。

城市早已沉默。答案早已泄露。

20

五月初，在春暖花开的季节里，虽然学业的果实还并未成熟，但我也不得不去参加美院专业课的考试了。带着硬硬的盘缠、母亲给二哥酱制好的猪肘子、田遇偷偷煮给我的鸡蛋以及那些无法推托的嘱咐，我英雄般地上路了，风中的目光如米开朗琪罗的大卫一般，充满收割远方敌人头颅的决心，直奔祖国的心脏而去。

车上满满的，姿态各异的躯体和五花八门的行囊用冷漠的面孔和焦躁的情绪编织在一起，密不透风，无从下脚。车厢里面看上去像是一处破败不堪的拆迁现场，又像是一摊浮满杂物的污水，随地丢弃的饮料罐、啤酒瓶、方便面盒、废报纸、水果皮、瓜子壳等垃圾一应俱全，见缝插针，与乌烟瘴气的噪声和难闻的气味拥挤在麻木的肢体之间，已没有任何多余的空间再去容纳轻松愉快的心情和脑海中那些可供浪漫的思绪了。两个多小时后，我才勉强从塞满人的厕所边儿上被晃荡到可以算作是正儿八经的车厢里。火车是从更加遥远的地方开来的，我居住的城市只是途经的小站，自然也就没有了多余的座位。那时也根本没有坐卧铺的概念，这一是因为昂贵的票价超出了父母当时消费观念的底线；二是因为我年纪轻轻的事实为吃苦耐劳的美德提供了责无旁贷的依据；三是因为即便父母想娇惯我，可一票难求的现实也会使享受的决心最大限度地遭受挫折。

十八九个小时的车程刚走了六分之一不到的样子，我的腿脚开始在毫无流动迹象的人山肉海中渐渐麻木了，烦乱的心情和酸软乏力的身体一样无依无靠，就这么孤立无援地支撑着身上的重量。

我本来是喜欢坐火车的。小时候的旅行留给我的关于火车的美好记忆绝非是眼前的模样和此刻的心情。在我五岁那一年，父母用多年积攒下来的工资带领我们兄妹四个回过一趟阔别已久的老家。当时虽然也是绝无卧铺可坐的，因为硬座的花费已是一般家庭最奢侈的预算中绝不会轻易列上去的数字了，但款式一模一样的绿色车厢里装载的却是另一番景象和我无穷无尽的欢乐。车上没有如今重重的躯体，但并不缺少旺盛的人气，身着绿军装的解放军叔叔挽起衣袖，毫不费力地帮列车员用拖布擦洗着地板，一趟趟给旅客们送来开水，那鲜红的领章帽徽是我童年一直最向往得到的东西。空荡荡的过道足可以让装满铝制饭盒的小推车畅通无阻，慢悠悠地经过我的身边，让我不慌不忙地去分辨那家中从未闻到过的香喷喷的饭菜究竟是什么做的。仍有剩余的座位足可以盛得下我和二哥一路好奇的目光和嬉戏的笑声。我愿意跪在紧靠车窗的座位上，手扶窗沿儿，把头探到窗外去默记滚动在车轮上的“咔嗒——咔嗒——”的节奏，去惊讶那漂亮的绿色车厢在转体时留在眼睛中的长度和节数，以及喷吐着蒸汽水雾的车头不时发出的

“呜——呜——”的巨大鸣叫。火车要钻入山洞的时候一般是我最为紧张忙碌的时刻，我会提前早早就把头安全地撤回到车厢里，并迅速把二哥放在车窗上的胳膊拽下来，同时还要用心地默默去对比那车轮上不同于以往的变奏。列车缓缓驶过董存瑞当年炸碉堡的小丘后，八达岭翠绿的山顶上时隐时现的长城终于分散了我的注意力，在广播员的讲解声中，我好像真的看到了秦始皇正看管着手底下的泥瓦匠们在山头顶着炎炎的烈日，汗流浃背地垛着砖墙，像父亲施工的现场一样，只是他骑着大马，拿着皮鞭，干活的人们都衣衫褴褛，皮包骨头，稍不留神那高举的皮鞭就会落在某一个人的身上。到了青龙桥车站，妈妈在车上留守，爸爸带领我们下了车。我拉着爸爸的手，余下的三个紧紧跟在后面，顺着熙熙攘攘的人流来到詹天佑的铜像前。我的头使劲向上仰着，认认真真地领略着那黝黑的铜像上中国人发亮的智慧。父亲买了两根儿雪糕，体积比我吃惯了的冰棍儿不知要大出多少，一毛钱一根儿，比两三分钱一根儿的冰棍儿要贵出好几倍。自然我独自吃一根儿，哥姐们分享剩下的一根，都拿手接着，生怕滑落一人一口的机会。那昂贵的价钱所贵出来的口感可想而知。嘴边儿沾着雪糕回味无穷的奶油再次上车后，火车却向相反的方向启动了。尽管在小人书里看到过詹天佑在这一带修造的“人”字形铁路，父母也不断地向我解释着这一设计的原理，可我还是担心会被拉回到出发的地点，满腹狐疑地观望着，凭记忆对比着眼前这似乎与来时完全一样的路，想及时向父母报告走错了的迹象。我忐忑不安的心情和一次次必定无疑的报告无人理睬了一段时间后，我渐渐冷静了下来，最终才推翻了先前的担心，确定火车可能真的是没往回开，因为来时的路上没有长城蜿蜒的山峦中藏匿的那么多的故事，什么二郎神呆过的壁龛、赵春修建的天桥、穆桂英点将用的石台等等，让我的眼睛应接不暇，兴奋不已地将脑海中无法摆脱的虚幻影像一次次投射到不断向外张望的视线里……

我从未独自离开过家门。但那远走高飞的闪念里逃离必定具有的欢快和自由自在却一直没有在我的脑海中消散过，就那么深信不疑地被养活着。可面对眼前的现实，埋怨被父母的羽翼所遮蔽了的逍遥天地和浪漫影像早已被一次次击得粉碎。我开始想家了。开始想田遇了。开始惦记起花园里无人浇灌的那些欢苗爱叶了。此刻我对自己选择艺术的冲动是多么的后悔。瞎折腾个啥？像别人那样老老实实呆在家门口等着高考多好，出来受这个罪！二哥也真是，这种遭罪的经验一点儿都没有过吗？怎么也不告诉一声啊。

坐在座位上的人一个个像是中了大奖似的舒坦和快活，仰腿八叉地显耀着暴发户的身份，绝不肯让腚下的优越轻易离开一刻。唉，政策好了，也真是有钱了，嘴巴都不闲着，大至烧鸡，小到瓜子，就那么一路吃着，招惹得小贩们捧着个满是吃食的破纸箱子一趟趟殷勤地运送，在过道上那些和纸盒里的吃食一样满满当当的躯干间穿梭和吆喝。吃了喝了，就得拉、尿，于是起身上厕所的屁股下暂时腾出的空缺立刻会被望眼欲穿的站立者迅速填补，但不大些工夫，那块儿还没来得及被焐热的面积又得在回归的屎尿者怒目圆睁的注视下完璧归赵，慢一点儿都不行。

随着夜色的降临，车厢里的光景也跟着多了起来。吵闹的一伙挤攒在一个光头的身边，那光头把三张扑克牌不停地翻弄着，然后平摊在垫着衣物的膝盖上，让周围的人下注，只要押中其中不同花色的那一张，押多少钱就返多少钱，押在另外花色相同的两张上，钱自然也就输掉了，公平合理。一个偏分头和一个爆炸头准能押中，用手中轻而易举得来的一摞钞票向周围的人演示着游戏简单的规则和极高的命中率。于是，另一个蠢蠢欲动的寸头便满怀希望地加入了进去，吃了几把甜头后，信心倍增，赌资不断加大，可眼力和运气却不知不觉中坏了下来，终于在偏分头和爆炸头建议"一次翻盘"的联合鼓励下掏空了口袋，紧跟着，手腕上的表和无名指上的戒指也在翻盘的决心中搭了进去，可还是无法实现被联合鼓励过的报复。当鼓励过的偏分头和爆炸头尾随着坐庄的光头一哄而散的时候，输了个精光的寸头才在周围指指点点的议论声中认真地怀疑起那三个发型各异的头之间微妙的关系了。另一处坐席上的一对儿男女可不像他们一样的低素质，安安静静的，绝不影响他人，用一件宽大的衣服并不严密地罩在一起，并不在意周围的吵闹，好像什么都没有发生似的只顾在里面不住气地啃着，摩挲着。女子的胸部时不时会被增大了体积，忙去遮掩的手证明着还未完全解放了的思想。身边几个颇有出门经验的，把早有准备的编织袋或旧报纸扭扭巴巴地铺在座位底下，扒拉开座位上的人极不情愿挪动的腿脚，将身子强行钻到里面，蜷缩在座位底下满意地睡去。

火车在夜幕下继续哐当着。已将近十个小时没有吃喝的躯体仍旧用吃苦耐劳的精神证实着我年轻力壮的事实。后背上军绿色的双肩挎里田遇煮给我的鸡蛋想必早已被挤得个稀碎了。我并无饥饿感，也没有吃喝的欲望。这倒不是完全因为没有吃的地方，满车厢里站着歪趄着的，厕所边上蹲着的，不都在往嘴里塞吗？我实在是因为怕去上厕所。得重重跋涉于躯干间的那一段并不遥远的路途，对我来说，却无异于一次充满艰难险阻的行军。我宁可放弃掉自己排泄的权利，也不愿意再去增添别人脸上本已过重的窘相和烦恼。

后半夜三四点钟，有座位的贵族们以不拘一格的姿势仰歪在各自的领地上，带着风格各异的鼾声、咬牙声、屁声睡去了。过道上那些与我一样为了座位而奋斗着的同志们也用各种办法努力地迷糊着。我的运气总算在前者的优越和后者的劳累中到来了：身边座位上那个要下车的中年人或许是被我一路都未挪窝的坚守精神感动了，好心地暗示我坐下，然后起身去拿行李架上的皮箱。等旁边儿那个睡姿并不怎么舒适的入梦者猛然明白发生了什么，想把蜷着的腿伸直去占有更多的舒适时，一切都已经来不及了。来不及的还有那些被一时迷糊过去的失误排除在竞争行列之外的同志们。我用满脸的歉意匆匆接受了同志们并无恭喜之意的祝贺后，瘫软的身体已实在无力去弘扬谦让的传统美德或追求共同富裕起来的义气了。要知道屁股下这点儿来之不易的面积可是用沉痛的经验教训换来的呀。因为我幼稚地轻信他人和毫无革命意志的懦弱曾经多次把自己排除在理所应当成为拥有座位的新贵行列之外。我的幼稚让我错失了成为新贵的情况是，每次到站后，看到有空出的座位，我都小心翼翼地问旁边的贵族那空出的面积是否还有主人？每次得到的答复都是一样的：有，上厕所了，或者下车去买东西了。于是我就深信不疑地打消了坐在上面的念头。可人家有一些并不幼稚的就会不由分说地先坐上去，等主人回来再说。于是一路坐了下去，无意间替换了我的新贵资格。我的懦弱让我无法成为新贵的情况是，一些贵族总能近水楼台先得月，毫无法律程序地继承了同等级的出让者空下的领地，目不斜视地闭上眼睛。每当这个时候，涉世未深的我从不敢上前打扰人家心安理得的睡梦。可有些强有力的革命者显然并不在意贵族们的睡眠质量，扒拉起来，叫嚷一通后，挤凑着，在对方满是敌意的眼神中坐定，就这样后来居上取代了并无斗争举动的我而成为新贵。我眼睁睁地看着斗争的结果，可还是学不来革命的精神，下次出现同样的机会，还是无法做到上前去理直气壮地维护自己名正言顺的权益。

唉！我被教给的世界本不是这样的，可眼前的世界偏偏又不像被教给我的那样。

21

早晨七点二十五分，我乘坐的列车慢悠悠地哼着伤感的离别曲，准时停靠在了北京站的第六站台。二哥在站台上等着我，披散在肩头的长发还是我想留却总也留不出来的样子。二哥用童年牵惯了我的手，把我一直都未离身的背包接了过去，也接走了我远途而来周身的劳顿。我轻松地拖着酸软无力的腿跟在后面极力显示出愉快的情绪和饱满的精神，想好了，在二哥问起车上的情况时，一定要懂事地隐瞒掉一路千辛万苦的真相。可他就是不问。只是担心地提醒道：

“硬硬的，还在？”

我恍然大悟，慌忙伸手去摸身上相应部位的盘缠。硬硬的，还在。

美院的正门上是毛主席亲笔题写的校名，像我童年时看惯了的他的头像一样，还是那么的亲切，在我心里顿时升起万道金光。那光芒径直洒在几个正在出入的学生脸上，照得我浑身上下一阵阵地紧张。他们那两鬓理得更短的长发和更加宽大的萝卜裤型，让我自惭形秽，不得不一路低下头去，为自己显然还未得到真谛的相貌和装束暗自羞愧。

在宿舍楼的电梯里，两个金发碧眼的白人姑娘和一个满头小卷儿、脖子和露出的头皮一样，都像是没有洗干净的黑老外叽里咕噜着，开放的站姿和向外拓展型的眼神占据了电梯里的大部分面积。我将身体友好地收缩在角落里，紧靠着电梯，可那刺鼻的香水味儿随着电梯的上升还是让我感到一阵阵的眩晕。

二哥的宿舍是707，和没有房子的青年教师们同居一层。走廊里满眼都是挂在门上的布帘儿和堆放在门边的画框、烟熏火燎过的灶具、油盐酱醋的瓶瓶罐罐。楼梯口的公用电话格外繁忙，时不时有穿着裤衩背心的人应声从房间里冲出来奔向电话，脚上的拖鞋并不影响冲刺的速度。顺着用红颜色画在水泥地面上的两只大脚印，我进入到了二哥的房间。四个人一屋，两张上下铺。在当时北京的高校里，这已是稍显奢侈的宿舍容量了。靠窗户的下铺上还有人睡着，被床沿周边自装上去的布帘儿遮得严严实实。窗台上放着半瓶没有喝完的啤酒。二哥的床位是紧靠门边儿的下铺，已被放低了的床板离地面只有不到一尺的样子。床头的书架上摞满花花绿绿的画册。

二哥让我休息，自己去上课了。我和衣躺在床上，被一种莫名的慌张和不安包围着的身体哪里能睡得着。虽然二哥属于这里的事实让我感到踏实了许多，但眼前这陌生的环境和那一路颠簸过来的情形一样，还是让我那颗从未离开过家门的心觉得无依无靠，就那么空荡荡地搅动着无法准确叫出名称的滋味。我不知道接下来该干些什么。

大约半个小时后，另一张床上的布帘儿唰的一声拉开了，惊得一直都没有闭上眼睛的我慌忙坐起身来。从那边床上露出了两头秀发，一头披散着男性的冷峻，一头飘逸着女性的柔润。我不知如何是好，像犯了错似的呆坐着。

冷峻的秀发看到了我，温和地笑着说：

“是来考试的小弟吧？你哥昨天还说你呢。”

柔润的秀发忙过来看：

“啊？这是老王的弟弟？长得可不像，眼睛比你哥帅多了。”

我不知所措地傻笑着，为平生第一次被赏识了眼睛而温暖着，羞红的脸好像那姑娘已经爱上了我。看来都是自家人，和二哥那么熟，没什么好怕的。可还是低头呆坐着，不好意思往那边看。

两头秀发出出进进地洗漱着，谈笑风生，并不像我担心的那样怕被别人发现和知道什么，毫无警惕性可言的举动，对我这个过来人本想为他们保密点儿什么的心思置之不理。

洗漱罢，女秀发坐在床边，从小包里取出一面镜子照着，认真地涂抹着嘴唇。男秀发抓起窗台上的啤酒仰起狮子般的头咕咚了好一阵子，抹着嘴角把基本上还是半瓶的啤酒复又放回到了窗台上。捯饬停当，女秀发拿了桌子上的一包饼干，走过来递给我，让我吃，并没有工夫在意我懂事儿的推托，长衬衫上套着一件短T恤的纤体便在男秀发的搂抱下一路说笑地走掉了。我的心被温暖着。那里长外短的装束真好看。回去一定也让田遇那么穿。

楼道里的电话还是那么的忙，一阵阵铃声过后，准会被人接了，冲外喊道“谁谁谁，电话！”于是就有人在屋里应着“哎！来了！来了！”然后一顿小跑冲过去“喂？”“喂！”起来；或者喊了半天也没人应，便被“他没在！”地夸嗒一声挂掉了。

中午，二哥来接我到他的画室去吃饭。墙壁上爬满绿藤的画室是一栋日本人留下的二层小楼，呈“U”字形结构。在内围的小花园周围，完整或破损的雕塑作品随处可见，体量大小不等，状貌形态各异，有早已模糊不清的古代石雕，也有巨大的领袖、名人头像，当然最多的还是古希腊风格的人体。楼道里昏暗的墙壁上挂满了各个画室的作品，有中国老师、学生的，也有外国人的，国画、油画、版画、连环画什么的，一样都不少，看得我是直眼晕，一点儿自信心也没有了。

二哥的画室总共四个人，陈旧的木地板上竖立着材质不一的隔断，将各自的空间分离出来，一块儿一块儿的也还算宽敞，飘满油画颜料的味道。墙上照旧挂满了各式各样的画幅，那些裸体的女人习作让我不好意思总盯着看。画得真细。

二哥把买来的花生米和啤酒与我不辞劳苦、一路艰辛背来的猪肘子摆在桌上。不一会儿有人敲门进来，短短的平头没有一点儿美院学生的意思。二哥招呼着坐定，才知道来人是新入美术史系的前辈，是二哥特意为我请来咨询的。还以为美院各个都是我所想象的那种长发飘飘的帅气呢，原来也有如此一般的。我感到有些失望，担心我要投身的专业不符合我及周围人的期待。但二哥的眼神告诉我，人不可貌相啊。于是只好谦恭地听着。

几杯啤酒下肚，各种情况尽知。依然是既定的方针：死拼文化课。其实那滔滔不绝的经验除了让我为自己执行过的错误路线一再发虚，感到一阵阵无法补救的慌张外，并不能够坚定我贯彻既定方针的决心。我的神经还是被近在眼前的专业课考试折磨着。

酒足饭饱，请来的前辈凭借考上的经验为我押了些必考的重点，嘱咐了一通应试技巧后，便认真负责地带着红扑扑的脸扬长而去了，留下我在二哥不无担心的目光注视下，力所能及地显示出受益匪浅与必胜的决心。

美院处处都有艺术，画室楼道内的厕所里有限的空间也不容忽视。走进去，洗手池边的玻璃窗上就是用墨色栩栩如生勾勒出的一件男性坚挺的阳具，坚挺边缘的转折和脉络都精准无比，肌理效果也一蹴而就，对生活一丝不苟的观察能力着实令人折服。厕坑的门内也有佳作，以女性那两处不同于男性生理部位的层面结构，以及两性底层各异的生殖器官交接在一起时的透视关系为主要研究课题，虽然在塑造上，有几幅显然是遇到了一定的困难，但就画面所引发出的文学性联想而言，无疑都取得了不错的视觉效果，十分迷人。旁边的诗配得也工整且朦胧："离地三尺一条沟，一年四季水长流。不见牛羊来喝水，只见和尚来洗头。"

真乃藏龙卧虎之地！我是得好好虚心才对。于是，一下午，我便去了好几趟厕所，每个厕坑轮换地蹲了，认真地比对和联想着。后来还是忍不住怯生生地向二哥讨教了那些作品的来历，他说可能都是考生们留下的民间创作，历年积累而成，作者已无从考证。不值一提。

晚上二哥领我去见岸哥。岸哥就快毕业了，和女朋友住在离学校不远的一间从某个单位好不容易搞到的小屋里。小屋里的空间被一张大床占据后，实在是剩不下多少了，只有床沿边儿有限的范围可以愉悦我们各自并不轻松的心情。紧贴床头的小桌上依然只有花生米、啤酒等几样简单的吃食，每个人只能错开时间欠身去取到嘴里。岸哥紧挨着我坐着，搂着我的肩膀，热心询问我备战的情况，不时帮我去取小桌上的食物。我一向喜欢岸哥，直至达到崇拜的程度。他超出常人的身高和英俊的相貌都是我极力想让别人看到我时的模样。岸哥穿什么都好看，落落大方的言谈举止和个性十足的衣着一样，让人感到愉快，给人一种亲近感。坐在他的身边是安全的，满意的，并一直想坐下去。只可惜，我不能像随便可以跟着二哥那样总缠在他的身旁。

岸哥比二哥会安慰人，叫我什么也别想，在北京好好玩儿几天，并答应我用他老兵的身份去探听一下专业课考题的动静。我紧张的神情被得到的安全稀释了，心里暖暖的，似乎已忘掉了离家远行的真正目的，只管被这能把握住的快意烘烤着。我到底还是比二哥幸运啊，有这么多温暖的据点可供我驿动的心像模像样地踏实，变得有根有底儿起来，不像他当年，为了借宿还得东躲西藏的，惶惶不可终日。于是我又为自己出生的次序骄傲了。有哥哥真好。假使让我错生在了前面将会如何？真是不堪设想。

第二天是个星期日，二哥领我去逛书店。中午已过了学校的饭点儿，二哥只好厚厚地背着那一摞采购到的书籍带我走进了一家小饭馆儿。那时是很少能有机会这么近距离闻到饭馆儿里的香味儿的，于是我食欲大增，带着即将被实现口感的兴奋，虚心地候在桌边。可我一没留神，二哥竟点来了两碗挂面，是清水煮成的那种，上面只眉目清秀地搁了两勺原生态的大酱。这一骇人听闻的举动让我大为恼火：从小到大我是最烦吃面条的了，别说是这种清汤寡面的玩意儿，就连家中做的臊子面总也让我食之难以下咽。我不是有意要挑食，只是这玩意儿的确也吃得太多了点儿：小时候一放学回家就是面条，一放学回家就是面条，真是把我给吃怕了。这一要怪父母在兵团里那为数不多的双职工身份，二要怪面条简单省事儿的一锅出的做法，中午那顿饭因为父母下午都要赶着上班儿，只好面条伺候了，晚上那顿，因为父母都得去参加没完没了的政治学习，又只好面条伺候了，就这样伺候来伺候去，终于把我对面条的好感给伺候没了。可如今我们哥俩不是出来单过了吗？硬硬的都在自己的身上，吃点儿和满屋子的香味儿匹配的东西谁会管啊！

我虽然没有明确地表达心中的愤懑，但嘴巴显然缺乏积极性的咀嚼动作还是暴露了自己绝非是愉快的面部表情。二哥看在了眼里，皱了皱眉头，有则改之无则加勉地提醒道：

“兄弟，出门在外就得省着点儿花啊！将就些吧。”

我绝对是属于那种一经点拨就立刻懂事儿起来的好孩子类型，顿时为自己内心世界里与二哥存在着明显差距的活动感到了一阵阵的脸红，为自己又一次止步于横亘在出生次序之间的那道天然屏障前无法跨越的表现感到难过。我默默地下定决心，绝不再允许自己无能的力量得到任何形式的娇惯。我一定要留意下一次懂事儿的机会，尽快用事实证明我能够成功跨越那道屏障的勇气和能力。

晚上在学校食堂吃饭的时候，我便主动珍惜起来可供跨越的机会，提前向二哥声明了吃面条的请求。可他却不予理睬，偏偏打来两份儿肉炒菜，拒绝给我提供跨越的机会。以后的几天里，他也一直拒绝给我这样的机会。唉，当小的真不容易，想懂事起来咋就这么难啊。

22

专业课考试的那天，一贯喜欢夜战的二哥并没有睡懒觉，一大清早便到宿舍来敲门。我早已整装待发，心里一遍遍温习着岸哥刺探到的信息，跟着去吃早点。刚一下楼，我本来已放松得差不多了的神经立刻又被等待在操场上的密密麻麻的考生大军给绷紧了。尤其是那些临阵不乱、只顾磨着枪的斗士，捧着厚厚的笔记本咒语似的念着，让我顿觉马步不稳，虚汗一阵阵从额头渗出，脑袋里刚才还在服役的东西一下子全跑掉了，只剩下早早就交出了武器的身体瘫软无力地惧怕着已无法回避的白刃战。

上午考的是作品分析。作品被用幻灯机稳稳当当地打在正前方的墙上。一幅是油画：裹着头巾的老农满脸皱纹，粗糙的手上端着一只同样粗糙的水碗，被生活的艰辛打磨成的沧桑眼神木讷地面对着观众；另一幅是壁画：线条勾勒出的傣族男女在五颜六色的藤蔓间泼水嬉闹，穿着衣服的和光着身子的一样无拘无束，并无笑容地欢动在节日浓烈的气氛里；还有一幅也是油画：身着藏族服饰的一对夫妻前后走着，女人怀里婴儿的嘴还在乳房上吮吸，浑身上下厚重的装束包裹着生命自然的状态。幻灯打了一会儿之后便准时熄灭了，等着满场应试者的记忆力出丑。我手忙脚乱地描述着，形容着，感觉良好。良好的感觉一直延续到中午吃饭时前辈凑过来关心我为止。前辈听罢我的描述和形容，一阵惊慌失色：行有行规！我应该用对比和议论才对！！

我为自己坏了规矩的分析懊恼不已。但坏已坏了，又如何能补救得上？覆水难收啊。而且，开弓没有回头箭，只好硬着头皮往下走了。好在接下来的中国美术史、外国美术史以及艺术概论都有岸哥刺探到的情报做底儿，虽不怎么准确，但考得都还算中规中矩。第三天的绘画和书法更是高歌猛进，大获全胜。我的画技虽然缺根少土，但毕竟得到过二哥的真传，比起其他考生无派无宗的路数自然不让须眉。尤其是书法，正宗的颜体血统让巡视的系主任都驻足良久，走出考场仍墨香于心，经久不散中向其他几个脸上赔着笑的老师回味无穷道：

“门边儿那个小伙子的颜体，好！”

恰好被等候在门外的二哥听了个真真切切，探头核实罢我的位置后，欢喜地默默记在了心里。

最后一天上午是面试。现场有点儿像医院的门诊部，考生们在门外如同热锅上的蚂蚁，坐立不安，等着叫到号后去被坐成一排的专家们会诊。一有确了诊的出来，就会有一些善于交际的围拢上去，仔细询问诊断的过程，为各自的病情释然或担忧。我虽然有二哥陪着，可还是无法消除就诊前焦虑的情绪。一看到有病人在一起探讨病情，就一阵阵发晕，好像自己的症状又加重了。但我还是用由并无顽强愿望的意志所支撑住的轻松回报着二哥绝无虚假之意的安抚：对！书法都被系主任欣赏了，还有什么可怕的？！可当被叫到号时，我却陡然背叛了先前的意志，让二哥所有的安抚刹那间沦落为愈发强烈的胆怯：眼冒金星，两股战战，虚汗不禁。

二哥是绝不准许以搀扶的理由入内的，于是我只好硬着头皮，独自把病魔缠身的躯体强挺到专家们会诊的桌前。见到师长首先要鞠躬问好这一在门外等待时早已设计妥帖了的环节，在本该派上用场的时候，却怎么也不肯重复心中彩排过无数次的效果：医师们都只顾埋头为前一个病人填写着病历，似乎并不在意后来的就诊者虚弱的问候。显得更为繁忙的主任医师就更抽不出空来用正眼瞧我了，的确是没有时间去为被他赏识过的正宗颜体对应上优秀的作者。我只能带着尊重过后并未招来好感的尴尬怯生生地坐了，被拒收了的亲近再也不敢去贿赂对面那一桌不为所动的镇定，似乎只配做一个犯人，老老实实地等着接下来的审问。昨晚，给过我饼干吃的女秀发还古道热肠地为我提供着面试的经验呢，说她的一个女友去就诊时，面不改色心不跳，问过好后，便乖巧地把本来隔着一段儿距离的凳子径直拖到专家们的眼皮底下，肘部支在会诊台上，双手托腮，用毫不在乎病情的眼睛向对面健康地忽闪着，据说令人感动的效果不错。而眼前始料未及的现状却令我无论如何也找不到让人感动的突破口。唉！一切预先教给的经验被别人使用时其实都无法准确地再次发挥良好的功效啊。更何况，那还是女性的经验。我已毫无经验地病入膏肓，任凭仍不知结果的病痛煎熬着，一筹莫展，就那么带着满脸愁容，罪犯似的，万般无奈、可怜巴巴地看着自己的报名表像一份犯罪记录，被对面那么多一丝不苟的目光细心查阅着里面的史实。

沉默良久，我招致的审讯不可避免地开始了。第一个问题十分简单：你都看过什么艺术方面的书籍？我没有理会坦白从宽的政策，看过的和没看过的都列举了上去。好在没有被问到尚未看过的内容。第二个问题有些难度：你为什么要报考这个专业？我能怎么说？是因为和二哥臭味相投？或只是因为童年被他牵惯了手？显然不妥。于是我又没有理会坦白从宽的政策，把报考的动机一个劲儿地往别人曾经拥有的崇高目的上靠。被对面那些邪不压正的目光望了几眼后，我的心理防线有些崩溃了，决心第三个问题一定要坦白交代，老老实实做人。

最后一天上午是面试。现场有点儿像医院的门诊部，考生们在门外如同热锅上的蚂蚁，坐立不安，等着叫到号后去被坐成一排的专家们会诊。一有确了诊的出来，就会有一些善于交际的围拢上去，仔细询问诊断的过程，为各自的病情释然或担忧。

可一切都悔之晚矣：在迫切想要坦白的机会到来之前，我却不无遗憾地被释放了！

诊毕，我并没有忘记鞠躬去感谢诸位还在埋头记录中的考官给了我受审的机会，同时也为自己未遭严刑逼供的审讯过程暗自庆幸。可起身往外走的当儿，心里又打起鼓来：怎么觉得别人面试的时间都比我的要长呢？提前释放是对我不露声色的抗拒的严惩，还是对我掩藏良好的坦白的纵容？喜忧未定中，已有善于交际的凑上来探视病情了：

“哥们儿，都问了些什么？怎么这么长时间啊？”

看来我就诊的时间并不算短。可能疗治过程中的人总比等待疗治者更容易忽略时间的长度吧。不管怎样，为了这颗定心丸，我一股脑儿地和盘端出了被诊断的实情。我终于成全了未来得及完成的坦白，感到一身轻松：可以没有任何心理负担地在北京好好玩儿上几天喽！

23

翌日，我跟着二哥和岸哥两口子去参加北京八大艺术院校的运动会，一路轻松，笑逐颜开，早已忘记了昨日浑身的病痛。赛场边儿上热闹非凡，音乐学院的架子鼓气壮如牛，“咚——恰呲——咚咚咚——恰呲”地重复着西方鼓点儿的神气，惊天动地，聚揽了赛场上的主要目光。戏剧学院的小锣、小镲也不示弱，“呔呔呔”、“锵锵锵”地自娱自乐着，还原民族的颜色。舞蹈学院的细高挑们在劈叉、放胯、踮脚尖儿，满操场翻着跟头地热着身。电影学院的俊男靓女，都躲闪在树荫下，好像都在树皮上练着签名，眼睛被一水儿的宽边墨镜保护着，目不斜视，肯定是怕曝光吧。只是苦了美院的披头士们，由于画架实在是不太方便携带，只能满操场地溜达着无事可干，优哉游哉中四处寻觅滥情的机会，看能不能带一个回去。即便是做模特也好啊！

美院是人性的，一大管箩一大管箩的巧克力、面包、牛奶、水果、饮料等物资就那么敞摆摆地放在看台上，只要坐下来的都可以随手去拿取，无论是本校的嫡系，还是助阵的外援，一视同仁，观者有其甜。我虽然已是这共产主义大家庭里的一分子了，可身为持外卡助阵的亲友，总也无法消除名不正、言不顺的心理芥蒂做到拿取自如，就那么规规矩矩地眼瞅着管箩里的物资少下去……少下去……

不知二哥和岸哥是谁无意间向组织披露了我曾经发光的历史，于是带着委托和重任，我披挂上阵，终于穿上了美院的运动服去接受组织上对我的考验。到了赛场上，我有些紧张，不是因为担心自己争金夺银的能力，而是害怕冒名顶替的身份无法瞒天过海。事实证明我的顾虑是多余的，校服就是这里的通行证，没有人在乎我是个赝品。

当时，虽然天公不作美，下起了小雨，但我的运动天赋是无论在任何情况下都不会让人失望的，以前没有，现在也没有。看台上美院那面助阵的校旗在细雨中拢共飘摇过三次，两次是当得知我获得跳高和跳远的冠军并打破纪录的时候，最后一次——也是飘摇得最群情激昂的一次，是在我参加百米大战的时候。说实在的，艺术院校的运动成绩也忒低了点儿，我创造的新纪录，除我之外，恐怕近一两年之内是不会有别人打破了。我用梦幻般的答卷向组织交上了我愿意留下来继续服务的申请，并想把那几项新创造出来的纪录留给自己来年名正言顺地去打破。

走下赛场，我的身份地位显然不一样了，自家看台上的群众都热情洋溢地盯着我，目不转睛，让我只能英雄般望着那几只已经见了底儿的笸箩空生惆怅。美院的学生是极其人性的，那些运动服真正的主人们都坚持要我把奖品留下，只愿心满意足地带走我的音容笑貌。

我一夜混了个脸儿熟。在二哥的陪同下再次出现在食堂里的时候，满桌子就餐的秀发们都对我频频点头致意。以前认识的，都知道我是老王的弟弟，现在连不认识的也都知道老王是我的哥哥了，纷纷聚拢过来，有滋有味儿地就着赛场上我创造的辉煌边吃边聊，其乐融融，天下一家亲。

可是就在我极力想保持谦虚谨慎、戒骄戒躁的优良作风，完全和群众打成一片，成为他们其中普通一员的时候，却不得不离开解放区晴朗的天空和乡亲们熟悉的视线，回到敌后继续开展未完成的工作了。第二天一大早，天刚蒙蒙亮，带着二哥准备好的满满一包吃食，我走了，重复来时的路途。走时，我没有惊动还在睡梦中的乡亲们，只留下那金色醇酿般的情谊让他们在回忆中品尝。

24

回到战火纷扰的后方，家中的花园并没有荒芜，由于田遇的一心守望，满园的苗叶比我走前长得更加欢实了。田遇被我带回来的那么多有关解放区里的新鲜事儿吸引着，为我在解放区创造的传奇激动着，一遍遍翻弄着我已收到的文化课准考证，心里装满了憧憬，多么希望能顺利拿到高考这个考官签署过的证件，成为合法的移民，从此远离这遍地的战火，从此穿上里长外短的装束，跟我去过安稳的日子，从此不再有汗牛充栋的习题，不再有没完没了的模拟考试，不再有老师们的督促和催逼，也不再有父母的担心和唠叨。我抚摸着田遇柔润的秀发，安慰着：面包会有的，一切都会有的。我感到一阵阵成熟了的责任，为了让我心爱的人能吃上面包，我愿意赴汤蹈火，不惜牺牲自己的一切。

七月七日下起了大雨，但并没有浇灭已烧到家门口的战火：高考从不介意任何天气状况和天气状况下的心情，准时出现在了签证的现场，像个恪尽职守的官员，不苟言笑，大权在握，绝不理睬洪水般涌入的难民们任何被天气耽搁了的辩解，只许你匆匆填写下各项移民的申述，然后及时撤离现场，去等着上方进一步的核实与评断。至于拿到拿不到那张魂牵梦绕的证件得以顺利迁移，显然与难民们的苦难程度无关，与苦难所支撑起的热情和态度无关，而只在于所提交材料的全面和正确，完整与细致。

三天后，随着人潮涌动的难民们撤离了签证现场，战火暂时平息了下来。本可以呼吸一下和平的空气里那宁静的花香了，可我却还是无法沉醉在静谧的夜色中去忘情地享用那份安详的睡眠。我对自己所提交的材料有些放心不下，一是担心申述内容的正确性，因为难以恢复的天气状况无疑妨碍了我填写的质量；二是对申述理由的完整程度有所顾虑，因为为了帮助田遇首先能顺利地拿到签证，显然影响到了我填写的时间：或许是上天的有意垂怜，我和田遇恰巧被安排在同一个考场里填写单子，她的身影就在我前面不远的地方，我怎能视而不见？于是，在填写完那些选择的项目后，我总是以到讲台上打钢笔水为由，伺机通过监考官封锁严密的视线，把费尽心机准备好的纸条神不知鬼不觉地塞到田遇的手中。为了确保那些选择项目的正确性，我已耗尽了大部分的精力，而为了避开那一道道封锁严密的视线，做到万无一失，又让耗费的状况雪上加霜，等完成好这一切，早已没有多少时间供我本来就不怎么充分的知识储备去从容发挥了。所以，余下的填写便在我崇高的目的中被简缩了内容或空白成一片。我当时可能是把那张解放区下发的文化课准考证当绿卡了，于是就这样只顾一门心思地为心上人能够一同拿到签证而绞尽脑汁地牺牲着。

好在花园里的活计很多，让我也实在腾不出多少空来去为实现过的牺牲过多地劳思伤神。我只是在心里默默地祈祷那个自己无法掌控的结果能如同眼前这繁花簇锦般一样美好。

25

为了能够清静地劳作，我索性住在了母亲的办公室。可未曾提防假期里闲置下来的校园和运动器械却招惹得一些等待签证中的难友纷纷来访，今天篮球明天乒乓球的，乐不思蜀。但无意间倒也分散了不少我担心签证的注意力。我从小就招人，家中一摞一摞的小人书和军棋、象棋、跳棋等娱乐物资无疑是伙伴们愿意围绕在我身边供我颐指气使的资本。儿时，二哥曾经和邻居家的大儿子玩军棋，硬要用工兵去换人家的军长，不换，便就地取消对方娱乐的资格，绝不姑息养奸。于是，骄横跋扈间强虏便灰飞烟灭了，英发的雄姿由此可见一斑。我也好不到哪儿，一次次以那些物资为诱饵，借用被诱惑者不遗余力的辛勤劳作完成过不少母亲摊派给我的活计。有一次，为了提前赶造出一个整洁清新的环境迎接下班回家的父母，我运筹帷幄，指挥排队等着看小人书的伙伴们屋里屋外洒扫个不亦乐乎，用干了家中两大口水缸。可不知为什么，事与愿违，本想让父母满心欢喜对我赞不绝口的初衷并未得到热烈的实现，反倒挨了提起扁担去挑水的父亲一顿骂。如今我倒是不会再像孩提时代那样的生杀予夺了，可家里一遇到搬卸储存的大白菜或过冬的煤炭时，也总会有哥们儿愿意跟着义务服务，换个煤气罐儿什么的更是不必亲自出马，奶光和箩筐捎带着就给干了。看来就单位时间内完成的工作量而论，自愿的原则有时也绝不比强制的政策差到哪里去，至少善良的效果更佳。

奶光和箩筐是我班上的挚友，兄弟的情分一度达到了吃油糕一人一口、喝凉水不分先后的程度。那时哥们儿之间习惯以绰号相称，叫着顺口、透着亲切不说，与形象也十分贴切：奶光自然俊俏圆滑，脸上一个疙瘩也没有；箩筐的确也人如其名，虽然长得是糙了点儿，可宽厚、能干。两人都住在城郊，户口本虽说是蓝皮儿的，可学习成绩却绝不逊色，也都是班干部，奶光还差一点儿成为预备党员呢。可私下里，两个人都唯我马首是瞻，愿意让我给讲恋爱的事儿，听到好处，也曾三番五次摩拳擦掌，决定要尽快下手，但被鼓舞过的激情总也不见下文。每次奶光说到有那么多的机会都被自己主动放弃了的时候，箩筐总是不服气地咽着口水，直盯盯地看着我，不屑的神情极力想从我这儿得到能进一步反戈一击的支持，显然我木已成舟的浪漫史更具有戳穿一切假想的公信力。

那一天，奶光不知从哪里搞来一支气枪，说是城里一个追求他的女孩儿特意送上门去让他解闷儿的。箩筐虽然对枪支的来源持有保留意见，极不情愿接受奶光似乎是专说给他听的炫弄，可还是一步不离地跟着向郊外出发了。哥仨本来想打几只野鸽子回来下酒，可眼瞅着日斜西山了，还是两手空空。一无斩获中，箩筐建议还是降低一下口感的标准吧，弄只家鸡胡乱喝些得了。时不我待啊！总是与箩筐对着干的奶光，这次也一拍即合，认定效率就是生命，浪费时间无异于自杀。但为了预防自杀，奶光还是坚持要到他家附近搜寻：那一带他地形熟，容易发现目标，况且万一有个闪失，安全的逃生也有保障。于是，我们摸到了离奶光家不远处的场院。果然效率极高：一只雄赳赳的大红公鸡丝毫不在意周围的埋伏，只顾四平八稳地踱着步，低头专心觅食，突然被箩筐一枪撂倒。奶光灵猫般地冲上前去，提了尸首便跑，一头扎进旁边的树林里。我和神枪手自然也不敢怠慢，猫着腰，迅速撤离了现场，一路狂颠儿，到林子中去与奶光胜利会师。

晚上田遇来给烹调。各自从家里倒腾来的灶具和油盐酱醋等调味品虽不怎么齐全，但也可以凑合着往熟里做了。奶光系着围裙，围着田遇忙前忙后，义无反顾地打着下手，嘴里的话没完没了。箩筐悠闲地坐在床上拨拉着我的吉他，冷冷地看着奶光嘴忙手乱地殷勤。等我买回酒来，明显放多了酱油的鸡块儿已摆在了桌上，黑乎乎的，热气腾腾。那时我不怎么喝酒，但喜欢酒精散溢中称兄道弟的亲情与坦诚。箩筐可谓系出名门，四岁便在爷爷的指导下饮酒，自诩海量。他一面从嘴里往外拽着骨头，一面说他小时候和爷爷穿过结了冰的河面打酒归来，天寒地冻中，爷爷脚下一滑，怀里新灌满的酒坛不慎摔碎在冰面上，老人家见势奋不顾身地趴在冰面上吸溜起来，看到他还站在原地愣着不动，便紧急地催促道：

“赶快给爷趴下吸溜了哇，还等上菜的了？！”

我已钦佩得前仰后翻了，但奶光却不紧不慢地抿着杯中的酒，不为所动，显然是瞧不起那爷孙俩的境界，小脸儿红扑扑的，也道出了自己不容忽视的家传。说他姥爷一生嗜酒如命，富贵不移，贫贱不弃，有些年实在是因为生活条件所限，便每每把河滩里的鹅卵石捡回来，用盐水煮了,摆在桌上，儒雅地舔着一口一口下酒，鹤颜傲骨，把酒临风，千杯不醉。

在田遇“扑哧”的笑声中，哥俩终于戗戗了起来，一杯紧似一杯地干着，非要分出个门第的高低优劣不可。

第二天，箩筐刚进屋坐了不一会儿，奶光便急冲冲推门进来，眼睛准确地锁定了箩筐，上前抓住衣领就要玩儿命，说他家的公鸡不见了……

26

两个多礼拜后，考试成绩出来了，田遇毫无意外地比我要高出许多，在所有申签的难民中名列前茅。我的成绩在艺术类考生中虽不是最高的，但也超出地区的提档线不少。移民的梦想指日可待！皆大欢喜中，田遇在我怀里依偎的姿势变得愈发小鸟依人了。

大概一个月后，田遇的签证发了下来，移民的地点虽然不怎么理想，只是区内的一所普通大学，但老师和家长上上下下也都欢天喜地的，因为整个学校一片片的难民都被拒签了。我一面为暗自牺牲的结果感到无上的光荣和宽慰，一面也为自己迟迟不见踪影的签证有些焦躁和担忧。按道理不该有问题呀？前几天地区招生办的电话还打到父亲的单位了呢，说想录取我，可找不到我的报名档案。一帮糊涂蛋：我移民的志向根本不在区内，他们上哪去找？找着反倒麻烦了呢。一不负责给录取了，我岂不抱憾终生？！可不管怎么说，由此看来我的签证已不成问题，只是签发的地点路途遥远，还需耐心等待。只要最终能来，姗姗来迟一点儿又有何妨？好饭不怕晚。

可几天过去了，还是没有。无论我怎么耐着性子地等，就是没有。奶光的签证下来了。箩筐的签证紧跟着也下来了。我的，怎么回事呢？即便路途再远，差不多也该来了呀！

箩筐斜靠在我的床上有些消极，两手垫在脑后晃悠着，愤愤不平地骂着丑恶的世道，说我一定是让人给顶了，因为他姐姐去年就有过类似的悲剧。奶光一身轻松地坐在书桌前不停地颠着脚，数落箩筐闭上那张臭嘴行不行？只顾在那儿瞎晃悠个啥？应该正确对待！训斥罢，扭转头来，出着显然更为积极的主意，提供了一个成功补救的案例，说借给他气枪的女孩儿的表哥开始也没有拿到签证，一怒之下带了一车西瓜就去了，几番交涉后，这不，前天就拿到了。虽然说得有鼻子有眼儿，但我并不相信这种外交的神奇功效。即便是真的，我也做不来。爹妈没给咱生就那个豪气呀！况且，那一车西瓜上哪弄去？

我没有动西瓜外交的念头，但也仍不死心，还是在等，智商好像又回复到了先前恋爱时的指数，几乎为零，就像多少次在老地方等田遇一样，明知她来不了了，可依旧那么瞎狗望星宿似的苦苦地等着，寸步不离。就这样，直至送走了提前赴校的奶光，也送走了卡着点儿去报到的箩筐，最后送走了一拖再拖不愿舍我而去的田遇。

都走了。我的心空空的，孤苦伶仃中二哥的信却姗姗来迟，带给我那个早该预料到的结果：我已被拒签了！那时家里还没有电话，多少天来我好不容易安抚住的耐心就这么被落后的通信方式给涮了！

我之所以被拒签，主观方面的原因是显而易见的，那就是我没有坚决贯彻执行组织上“死拼文化课”的正确路线，而且革命尚未成功就急不可待地私建花园提前腐败，犯有严重的生活作风问题，以至于没能集中优势精力一心一意备战高考，因此也就没能抓住问题的主要矛盾和矛盾的主要方面做到有的放矢，违背了事物发展的自然规律。但也有客观方面的因素，那就是我所报考的美院由于在全国首屈一指的性质，每年一个专业只招三五名学子，而且是全国统一录取，各省份并没有相应的名额，因此，我的对手可以说是遍布天下，而并不仅仅限于本地区内的几个，即便我在本地区是第一名，也不见得就能被录取。

这时我才领略到组织上最高指示的精髓所在：我身处的边远地区就整体的教学质量而言，是绝对不可能与内地、沿海等发达地区平分秋色的，要想突出重围，就必须得付出更加巨大的牺牲。对此，我没有做到知己知彼，怎么可能会百战不殆呢？早已犯了兵家的大忌，哪里还有摧城拔寨的捷报？！

痛定思痛，痛何如哉！

然而，失败已板上钉钉，即便我是父母宠爱的老儿子，是哥姐们处处忍让的小弟弟，可那优越的出生次序此刻又怎能奈何得了眼前的现实？自己一手辛勤培育出来的苦果虽说是肥硕无比，可那的确不怎么样的口感让我又怎么好意思去邀请别人来一道品尝呢？也只有闷头悔过，改良之后重新培植，等着下一次的收获了。

在凄风苦雨的日子里，父母并没有追究我执行错误路线的罪责，也没有处罚我擅自胡乱成长的过失，只是语重心长地敦促我尽快抖擞精神，重整旗鼓。母校也及时向我敞开了温暖的怀抱，非但没有弃受挫的名流如草芥，而且还极力保护着我的自尊心，将我秘密安插在应届班里去名正言顺地自新，以前享受的待遇丝毫未减。

我千疮百孔的心总算安稳下来了。百废待兴中，虽然家里家外因为都知道我曾经选择的难度，所以并未给败走麦城的勇士那道英雄般的刀疤上撒盐，但我显然无法短时间内愈合的伤口还是一阵阵隐隐作痛。好在东山再起之下我并没有头脑发热地立即拆除掉违规修建的花园，所以疗养期间田遇一天一封的信件便成为我消炎止痛的良药，让我的伤口没有继续恶化，而是渐渐结痂，生出新肉来。除了对田遇更加强烈的思念外，一切都恢复了正常，我像一个从未上阵厮杀过的新兵一样，只是按部就班地重复着日常的操练，早已忘记了先前战役中亲历过的刀光剑影。

“十一”的时候田遇回来过一次，像一只令人疼怜的飞去来兮的小鸟，再次降落在梦里的故园后，眼角便浸渍着被长久的离别打湿的思念，带着我已被枯萎摧残了的眼睛重游起故园里那些温暖过的地方。我久已干涸的目光中曾经开放过的花朵终于记起了自己的名字，满怀的玫瑰在收藏的寂寞里春暖花开，保持着曾经熟识的繁茂，从我的眼睛中攫取美丽的定义，被我长长的忧郁挤压住的呼吸没有缺口地合唱着曾经理解过的快乐，如同起初。田遇用洁白的羽毛一遍遍包裹着我英雄的伤口，用自己飞翔记录下来的责任精心编织成的花环为我设计好了远处的渴望以及身边的信心，一遍遍呢喃细语，说有失败这位成功伟大的母亲照料我，自己也就放心了，因为实在没有其他更加合适的照料可以为我有朝一日能金戈铁马气吞万里如虎熬制如此营养丰富的鸡汤了。我再一次满意着自己的牺牲，那些亟待被了解的治疗如今被称赞中的理由捆绑在清澈的欢乐上，在心爱的姑娘和煦的柔情拍打中储蓄好了独自上路时的口粮。为了不会掉队，我受伤的翅膀用心里争取来的光明补给着应该尽快弥补上去的力量，允许它的漂亮为下一个雨季来临之时能够继续自己结实的飞行调整好适宜争夺的高度。

元旦，田遇用写满柔情蜜意的贺卡为我敷过一遍药后，渐渐开始忙了；也许是看我已结痂愈合的伤口不再需要雷同的治疗，信件越来越少，说是在全力以赴准备临近的考试。我也单是忙，但还是更愿意忙里偷闲，给田遇寄去思念，用一次次模拟出来的成绩打消她对我伤势的担忧。我知道她放心了，因为一直也还是没有回信。我尽量理解着远方的爱人无暇顾及我的繁忙，但情绪总也不怎么痛快，好像那并未见得就已痊愈了的伤口又有要复发的症状，惴惴的，终于在心中不安了起来。

27

年前，奶光早早就回来了，一身锃亮的装束配着中分的发型，用极力压制住地方口音的普通话讲述着外面的世界，兴高采烈。接着，篓筐也回来了，还是无法准确归类的短发，还是一身肥大的夹克衫，只是脸上的疙瘩在凹凸不平的坑洼中又壮实了许多，给奶光递烟时依旧在用多年养熟的脏话贬损不绝，让对方忍无可忍地一再忍受着。

田遇回来得要晚些。两天后来找我，曲线愈发精致的身体在我望穿秋水的拥吻中总也不见伶俐起来的急切，程序中以往火热的精神状态已大不如从前。我知道，这都是给学习累的，便不忍心再用依然需要她的信件为我敷伤的请求以及她的晚归给我的伤势可能留有的隐患这类鸡毛蒜皮的琐事进一步加重她的负担，只是将满腹的哀怨委婉地掺兑在盛满了怜爱的亲吻里，小心翼翼地顺着爱人让我朝思暮想的柔唇送下，想用我牵肠挂肚的煎熬竭力让她得到如我所需的治疗。可她显然是太虚弱了，只是流泪，已实在打不起精神去回应我或许是有些过于酽浓的表达。我的心沉沉的，漾起一种异样的感觉，一半是荆棘，一半是落叶。

一整个年节，田遇的精神头总也不见强。朋友们来我的据点小聚，她也总是推托，不愿露面，即便勉强来了，也是无精打采的，全无了从前忙里忙外张罗着的欢实劲儿。我的情绪也就随着她一直不好，为无力妙手回春的医术感到窘迫不安，心头沉沉的，走到了年这边。

年后，田遇第一个走掉了，说学校开学得早，而且学生会里尚有好多事情等着要做。我一向喜欢积极向上的人生，所以并没有拖她的后腿，恋恋不舍地将她送走了。

箩筐开学晚，正月十五的大月亮地里便带了两颗酸蔓菁来和我坐在一起，一遍遍劝我喝酒，一遍遍重复他在学校追求一个女孩儿未遂的经过，用反倒像我受了挫败似的言语吞吞吐吐地宽慰起来，似乎后面还隐藏着什么更加难以启齿的内容。小半夜后，箩筐的酒劲儿随着不佳的心情终于上来了，突然问我田遇还好吗。我说什么好不好的，你又不是没见着。他垂下了肥厚的眼皮，强忍着什么似的，欲言又止。随即那耷拉下去的眼皮终于还是毅然决然地抬了起来，迅速地告知他的一个哥们儿和田遇一个学校，回家前碰到过田遇，和一个小伙一起在走。我虽然血一下子冲上了头顶，但毕竟是经受过红围脖打击的人，便绅士地劝说他不必大惊小怪的，一起走能咋地？箩筐一脸提前为我痛苦起来的表情，不无担心道：问题是胳膊挎在了一起！

虽说是无风不起浪，但毕竟耳听为虚。我不相信田遇舍得剪断我们一手捆绑起来的小舟上的那道缆绳任其飘零，我不相信她舍得撇下花园里那么多美丽的花朵不去照看，我更不相信她舍得忘记我心甘情愿的牺牲而毫不顾怜那可能复发的旧伤。我很恼火，很生气，但又很无助，实在是驱散不掉心头的疑云，也只有火速通知田遇，让她尽快知道那谗言对花园中的苗叶是多么寒冷的摧残，让她以“绝无”的保证立刻打消“不再辛劳”的嫌疑，用一如往昔的欢爱发布一切都未改变的真相，证明这眼前的揪心绝对是多余的错误。我愿意用自己狭隘的猜忌甚至于对她真心的错怪替换掉别人的举证中即便是完全正确的口实。我愿意她委屈到流泪，委屈到扑在我的怀里为了那猜忌与错怪产生出不依不饶的哭打，哪怕委屈到伤心欲绝、就此不再理我的深度，也不愿意耳中的流言飞语未遭丝毫抵抗就盘踞了她的身体。必须马上见到田遇！我的心胸已四面楚歌。十万火急！

六个小时左右的车程，我好像病了似的蔫巴在周围那么多似乎早已看穿了我重重心事的目光里，低头不语，默默的，任凭被认出了的心情打着滚儿地折腾着，把眼前的世界扰乱成空白的一片。

将近中午时分，我仍未搅拌成形的心绪便携着空荡荡的脑袋，棉花团儿似的流落到田遇迁往的那片毫无艺术空气的园地里了，春寒料峭中，没着没落地愁苦着，找不到应该伤心难过的对象。

一段儿一段儿地问罢，田遇被诽谤过的身影终于出现在我的视野中，让我怜惜得不忍心去看。田遇紧走几步过来，熟悉的容颜并没有丢失掉一丝一毫的美丽，虽无大喜过望的举动，但也不乏不期而遇后的错愕，温和地问我怎么不提前告诉一声，好去接我，双眼皮的眼睛也一路抬着，并不回避身边这位来探视的老乡可能就是自己男朋友的嫌疑，不时拉拉我的胳膊，指引着，到食堂去吃饭。虽然两个人的言语不多，距离也保持得十分得体，但在周围那么多羡慕和妒忌的眼光中，我也就放松了来执行任务前的警惕，复又回到了如同起初的爱意中。

饭后，田遇把我领到自己的寝室，因为是十二三个人的集体空间，也实在不好对我过于亲热，本本分分地坐了一会儿后，便急急忙忙去上下午的课了，让我在宿舍等着，晚上就别走了，可以到她们男同学那儿去住，明天是礼拜日，带我出去好好玩玩儿。我其实哪里想走？似乎压根儿就没有想去寻找什么答案，只愿意空空地守候在田遇的床边直到天荒地老。

然而独处却营造出回想起险情的环境，并提供给我去犯错误的时机：无人看管中，我便忍不住早有预谋地留意起田遇压在床头底下的东西。现在想来我的行为是愚蠢得有待商榷：有些事情其实不知道比知道了更要有利于想知道的人，况且人家已经压在了底下，就是怕给人知道，未经允许就擅自知道，真是无异于强盗的行径。可当时内忧外患的智商哪里还能思考得了这么周全的人性？更何况正值血气方刚，与之互文关系的逻辑推理也就十分清晰，以为恋情的存在便是占有了对方的一切，从物质到精神都不该留下死角。若爱，本就该是两个人共存的空间，如有私藏的秘密，便是不忠，不忠便意味着不爱，不爱又何必要厮守一处？我曾经怕田遇洁白如玉的美腿被别人欣赏到，夏天便不准她穿裙子面市，要穿只准私下里给我一个人看。因为她爱我，不也接受得很愉快吗？我的《爱遇杂记》本是日记体，按理也该是私底自己的读物，可因为我爱她，她夺着抢着要看时我不也大方地给予了吗？私藏秘密的爱情就意味着背叛！如若不可不无，那秘密在发现之下也该可以坦然示人，否则藏着掖着的害怕见光总不磊落。

于是我便理直气壮地去翻找。下面果真压着一本日记和几封信。日记的前大半部分是有关我的诗情记忆，可后面续写的章节却更换了男主人公。从记录的日期推断，又是元旦舞会惹的祸，而从叙述的内容分析，也怪我的缺席让田遇的寂寞被人家钻了空子。几封信是新主人公写给我的老女主角的。那种与我如出一辙的描写手法让我看得浑身颤抖成一团。还有两张散页的纸，是田遇尚未完工的回信，矛盾的心理坦白得也实在可以：考虑到我的高考，现在还不能离开我，但答应只做普通朋友处理……

我像当头挨了一棒，昏天黑地中如同一条被窃了忠诚的丧家之犬，只顾带着浑身已无中心的重量落荒而逃，被压抑的苦闷憋屈得不知该魂归何方。成功窃取到手的心情其实绝非是我想要得到的抚恤，我是多么想留下来，是多么想让一切都没有发生啊！然而答案又是明明白白的：外来的虫害已经侵噬了满园的欢苗爱叶，即便我再怎么慷慨地留下来与田遇一道回溯从前那些阳光灿烂的日子里园中的水土保持得是多么的完好无损、那一园的苗叶又是多么的茁壮无瑕到令人不该舍弃的地步，可那不中用且痛苦的记忆又如何能恢复得了已遭破坏的植被，允许我们再次去一同放牧呢？

我仿佛是只迷失在城市陌生街巷里的羔羊，错落无序的头颅一路思忖着草场正在退化中的理由，实在不知道该往哪里走。于是我便走到了车站。妈妈并不知道我偷偷溜出家门，一定会守在餐桌边等着我吃晚饭的。我要连夜赶回家去。

我回到家已经很晚了。妈妈一边去热菜，一边喋喋不休地埋怨着。我一口都吃不进去。妈妈便伸手过来摸我的额头。我直想哭，可我忍住了，怕跌落的泪珠暴露出我依然舍不得被靠近的问题。我既然暗自独吞了胡乱成长中的快乐，我也应该有足够的能力去独自消化掉同步成长出来的苦痛。

28

第二天，我便开始逃学，想找个僻静的地方去亲手戡戮心头不断暴乱起来的烦恼。

乍暖还寒的野外，风收获了我的眼泪自由地吹着。我徘徊在河岸边，未曾加工的脚步像凌乱的雨点，被掏空的心只剩下回忆中逼人的美丽，像刀刃搜索着伤口。那些已经抛弃了大雪的树林就在我的身边，可我不明白新近的春日到底是什么时候决定的，用眼前萌发出新绿的枝丫替代了早先那一片覆盖着白雪的故事。这融融的春意，我向外的目光被她收养，递给我她的欢动，拂来她的气息，可依然擦不去我单调的体温，不一样的心情。

一只不知名的鸦雀躲在突兀的枝杈上，取悦着最高处的温暖，隔着距离，用"哑哑"的叫声读给我听，曾经盖着娇雪的冬天都被扔在了哪里？那些指定的位置冒出了嫩芽，暖和过来的躯体已抖落掉身上全部的雪，栖息其中的眼睛，不惊讶，不慌乱，以表示清醒着，不理睬任何哽咽的理由，慵懒中戴着春天的袖标，抢先获得了津贴的资格。雪已被流放到远远的角落，蜷缩在石头边儿的犄角旮旯里，好不容易找到这一处别人不要的地方住下，从此学会了撒开自己的手，从此学会了忘记一切，任凭光秃秃的泣泪种在孤独的世界。远处的麦田，密密仄仄的青苗，像田遇追风的长发，只是闪着、闪着，灼痛我的双眼，刺破如风的记忆。

我的心里明明就在眼前的往事从未走远，途中每一刻的位置，争抢着叫出了自己的名字。然而所有想要去寻找的东西，都被春天淹灭在了无偿赠予的悸动里，只是默默注视着眼中的飞絮，只想听到雪后的雨声。在这同样的地点，以前的心情已无法摆放整齐，此刻早就丢失了位置的喜悦，只能在同样的季节里敞开着天空的绚烂，用盛满胸口的热烈向寻觅青草的牛羊投掷春的生气，帮着在泥土里播好手中的消息，眼睛里的飞行也一并埋在土里。春天已经长成。干净的种子该放心了，那么多的花，让每一天都可以得到照料。唉！接下来将被酿熟的夏季，哪一个没有自己的专心，葱郁的，用融化掉的雪的祝福，祝福烂漫，只留下她临别时的泪水加重春令复辟夏天的需要。

我知道，雪的退场不在于新近的春的打击，而在于年前自己便已处在消融中的体积和重量。雪不曾背井离乡，奢侈地来到人间便再也没想过回去的路。只是春风在流浪，用它松开的眼睛，松开曾经被捆绑着的绳索，暴动起来，又是秧歌又是戏，急切地命令在这里贮藏自己流浪中的经验，从此为囚禁中的雪隐匿掉美丽的秘密，破碎地漫流可以收藏的往事。那些牺牲过的醇厚，多少鲜艳的仪式都飘零在脚下，只随着季节无法消灭的扰乱与蜂拥而起的细节排好队，兀立在春的手势之下，毫无困难地成为了其中的一员，眼睁睁地看着一份份被放逐的名单用她的视线带走一个人雪后的两个人的世界。

我坐在远远的石头上，伸手想去触摸空气里春踏过的雪。粗硬的干草垛旁曾经玩耍的孩子，堆起的雪人，心事无痕泪无痕。心是梦的故乡，你又是谁栖息的地方？被踏过的雪，远远的石头。这里有无限思念，那里有些许的牵挂吗？躲在这里，我哪里寻找？

河岸边树杈上叽叽喳喳的鸟雀不知什么时候早已停止了慷慨激昂的声援，收拾起已经挥动了一天白昼的翅膀，偃旗息鼓，把自己的名字和飞行中得来的消息叠放得整整齐齐，在落日余晖的凝视下遥对着永远的村庄。

天，真的是黑了，我竟未用心去看。远处的山坡，淡青色的雾，一切都被春雨广阔的忧郁淋湿了。我依然不忍心对缠绕在心头的苦痛动手，只好慌忙捡起自己的名字，随身披着，往家里走，一路空旷的歌声，像细雨惊起的阵阵犬吠，为我隐藏在心底最真实的秘密虚张声势。过去的夜只剩下大街上被撕碎的寂静，在路灯下的雨丝中一直偷看着我的心，被人凝视时垂下的目光，像踏过的雪，一样的腼腆。

我已无力面对屋里孤苦伶仃的灯光，便熄灭掉了它留在桌边的孤单。门外，一样的雨声也黑了，那些邀请来的痛苦关闭了与我的眼睛睁开时相似的效果，满是褶皱的睡眠依旧抚摸着枕边的发丝。

第三天，没有理由，没有准备，我便又逃了学，试图再次去戡平昨天遗留下来的苦闷。可黄昏的丝带依旧扯不断麦苗摇摆的颜色，任凭夜幕满头乌密的长发踏着风向我走来，披散在我的肩头，我的世界。屋里的灯光告诉我，黑暗就在窗外。我便忍不住坐到了桌旁，想用思念的温暖去点亮异方那双曾经爱我的眼睛，想力邀这外来的火焰或许还一息尚存的热度与我同仇敌忾。可心情一次次被堵在了纸上，冰冷的情绪已无法突出苦涩的重围去与照片中的记忆联络。

我只得将最近的眺望投向窗外。满天的星星眨巴着眼睛群集在夜空中，亭亭玉立，冰清玉洁，为了我的凝视，调大了闪烁的亮度，烛灼在心头的温暖殚诚毕虑，不让划过的流星带来耳朵中的声音。一低头的瞬间，我却看到自己依旧站在凝动的冰面上，沐浴着天地相融的冷寂。天边的雪用她飘动的衣裙救济给我满满一眼的泪。鸿雁的身影已渐行渐远，只将几根白色的羽毛留给我的玻璃窗，不再看瓦砾上落满的允诺，用全部的夜色包扎住流星划落时留下的伤口。

第四天也没有什么特殊的，我还是逃学，继续劳师袭远，去讨伐前两天出师不利被逃掉的敌人。就这样，接连下来的几个月里，我几乎鞍马未歇，从早到晚，一次次征战在郊外以前和田遇一起牵着手走过的路上。虽说不可谓不鞠躬尽瘁，可总还是无法攻克被失恋的愁苦牢牢占据住的山头去屠城杀戮满心的凄婉。尽管屡战屡败，而我仍旧不愿解甲归田。

有几次，在春雨激烈的声讨中，满树的苹果花轻轻飘落下没有重量的花瓣，让我借道而过，并不失时机地用默默消逝掉的倩影以身说法：凋零的终归要凋零，就让灿烂的去灿烂吧！都会被遗忘的。被遗忘的名字不再会遭到争抢。毕竟不能只为伤心的日子而活着呀！我被它无悔的青春感化了，萌生了退意：咳！怎么说呢？看来季节已铁了心地不以我的心情运转。那么，好吧，识时务者为俊杰。我就接受她的招安！从此以她封禄给我的心情过活。从明天开始，做个清廉的人，拆除掉私建的花园，把收割到的泪水归还给春天，只用阵雨过后片片的蛙声养活自己。从明天开始，做个默默无闻的人，不再招兵买马去抵抗新生的春意，不再争抢她手中的剪刀，只用她灿烂的借口诠释我凋零的理由，将美丽的告别给生活过的路。毕竟新的一天开始了！

我感到一身的轻松和释然。爱吧，我握不住的足迹。爱吧，我经过后的回忆。可河岸边那些可耻的蛤蟆稍嫌甜蜜的野合，却让我的目光在没有开始的地方停顿了一下。我的心又怒放在了路边，最远的从前和最近的未来，一样的过去，复又在消失中找到了哀怨。过去一年的温暖拒绝交出武器，决不允许我忍气吞声地对残雪的境遇熟视无睹。远处滚滚的春雷，像骑士的战场，万马奔腾。于是，我又英雄上路，死灰复燃的决心像麦芒的利剑，直刺苍穹，力量涨满双眼。马群飞奔的雪原，我英雄的火，烧在黑夜的屋边，在她，我的故乡，举起烫人的酒杯。毕竟一天的生活才刚刚开始！

然而，还未等我痛饮黄龙，青鸟已逝、人去楼空的现实却又对我发起了新一轮郁悒的围攻，让我进退维谷，腹背受敌。疲于应付中，我被围追堵截的思绪只好再一次返回到招安的路线上来。随后的数天里，我便一直在招安和抵抗的两难境地中摇摆不定，耐心地说服着自己。而这似乎就是此刻我人生最完美的苦难。

29

就在我细细品味着人生的苦难，对旧有的痛楚还是不依不饶的时候，又一个毫未设防的灾难也接踵而来了：不知什么原因，今年美院我唯一能投身的那个史论专业要停招一届！真是“屋漏偏逢连夜雨”啊！本来我差不多都已说服了浑身上下仍旧处在抵抗情绪中的部件，决定要手捧鲜花给前面的路，希望被招安后的自己能带回一次真正的凯旋，在寂静的顶端开放出最高的花，可这突如其来的停招的打击却让一切和平的愿望刹那间化为了泡影！

人无远虑，必有近忧啊。回过头来看看，这一阵子自己愁苦得是多么的无意义！愁苦中怎么就偏偏忘记了高考这档子事儿了呢？或许不露声色的成功的一考，迁居到那个别人永远望尘莫及的乐土才是反戈一击的最高境界啊，因为它囊括了完美的报复所具有的全部构成要素，兵不血刃便可将自己的苦痛成功地移植到被报复者的心头，用对方更胜一筹的精神折磨成就自己幻想中预制的快意。可如今既没有自行消化掉成长出来的烦恼，反而又被迫错失了进一步解决痛苦的高招。出水方知两脚泥！我降生时本来不错的次序随身所携带的运气，后来怎么就一步步变得这么差了呢？！

妈妈劝我要正视历史，还是降低一下移民的志向吧，天涯何处无芳草！爸爸只是静静地抽着烟，在缄默中又一次堆积起了思考的分量。我没有推翻妈妈给我搭起的台阶，可我却无法顺着往下爬。因为我知道目前为止国内只有二哥他们一所美院设有我先前小试过牛刀的专业，即便我愿意四海为家，可哪里再寻觅得到那稀有的芳草？再则，为了报去年的一剑之仇，我一直在不折不扣地贯彻执行着组织上的正确路线，绘画专业方面的准备工作早已放手得差不多了，因此，即便我有心投奔其他门第较低的美术学府，可人家也未必能看得上我荒废已久的拳脚啊！更退一步说，即便我立刻改弦易辙，报考普通类院校，可那早就被我打入了冷宫、现今依然令人深恶痛绝的数学复又得宠后，又怎么可能尽释前嫌、既往不咎地再度与我并肩作战呢？

我已骑虎难下。况且我为自己树立起来的贵族身份也绝不容忍我沦落到去过平民生活的境地！其实我倒是也能吃苦耐劳，并不想有意划分出等级的差别，只是眼下的心境让我实在是无法降低报复的标准啊。或许不再爱的人并不会在意已不爱的人的际遇，而忘不掉爱的人却无法不用臆想出来的、当不再爱自己的人得知了自己已登峰造极的辉煌时生出的痛苦来继续折磨自己，从而似乎便夯实了复仇的力度。

大丈夫宁可玉碎，不能瓦全！于是，一个足以惊世骇俗的计划便在我貌似风平浪静的表情下酝酿成形了。

七月七号，当高考再度出现在工作现场的时候，难民的人潮中却不见了我的身影：我在他来上班前的清晨，给父母留下一封短短的信说明我的去向后，便不顾背信弃义，带上自己所有的家底儿——十九块六毛五分钱，骑车仓皇出逃了。当时我的远虑显然是没能兼顾到父母的近忧，可忠孝从来就不能两全，又有什么法子呢？现在想想自己临危时还在胡乱成长的勇气和信念倒也算得上是无与伦比了，有时愚蠢到近乎自私的举动其实比睿智得貌似明理的行为更承载着成熟的思考：我只是不想让家人急功近利地享受我苦难中强颜的快乐，所以才决定让他们姑且痛苦地等待着，好歹忍耐一阵子，好来日去分摊我复兴的心情真正产生出的欢悦。既然他们从我身上感到的情绪只是暂时的虚假，且孕育着日后将必定繁衍出的抱怨，那我倒不如用他们暂时的苦痛作为我长久欢乐的祭礼。我相信他们牺牲的痛苦换来的将是我永生的快乐。而我从此便快乐了起来的事实不正好也可以就此拆除掉他们因我而阻碍了快乐的那道藩篱吗?

天气真是变幻莫测。去年的同一天是瓢泼的大雨，而今年的此时却是艳阳高照。没有遮拦的暑气不停地勾引着我的汗水，没有一丝云彩愿意出来见义勇为。身边一辆辆运货的大卡车在被阳光骚扰得已经发了软的柏油路上不时呼啸而过，扬起一阵阵抗议的尘土。我往与自己城市接壤的最近的异邦骑着，想到从未做过客的邻居家里去躲过已临头的劫难。一路上，逃离中的心情并不团结，家长里短地闹着别扭，让我一遍遍在正确与错误、坦然与负疚、勇敢与怯懦的钩心斗角中艰难周旋。我不知道前面会有什么样难以预测的事情在等着我，也不敢设想回到家后父母又会有怎样的暴怒和惩罚，只好任凭车蹬上腿部的力量七上八下地消耗着。

正午时分，我像浸渍在了盐水中的身体实在是不敢再与那恶少般强横阳光的毒晒对抗了，便躲进了桥洞底下去主动授予它袖手旁观的阴凉以吃苦耐劳的荣誉。躺在桥洞下阴凉的细沙上，错误、负疚的心理开始占据了上峰，全线出击，直将正确与坦然的余念撵到了死胡同里，一往无前的尖矛已无法刺穿回头是岸的衣钵。然而，血雨腥风的签证现场正如火如荼，我若回了头去，肯定要被就地正法，押赴刑场，可就算我愿意舍生取义，而内心已然杂草丛生的岸边却是绝无醍醐可以超度得了想立地成佛者的涅槃的。菩提本无树，明镜亦非台，本来无一物，何处惹尘埃！还是一意孤行于无涯的苦海吧。破罐子只适合于破摔了！

走出桥洞已是下午五六点钟的样子，凉爽了些许的空气为我注入了几分破罐子摔下去的惬意。路旁一大片一大片向日葵金黄色的花朵，像是奖赏给我的勋章。我便荣耀地满眼戴了，继续前行，只在黄昏时分才谨慎地摘下过一次，壮着胆子匆匆到一处无人看管的瓜地里为冒了烟儿的嗓子偷偷化缘回来一颗西瓜。由于手忙脚乱的，又没有什么淘汰的经验，只贪大的，因此还未熟好的瓜瓤便使得解渴的效果并不怎么尽如人意。

灯火正酣的时候，我到了一处火车站，学着二哥起初也不为人所看好的经历，躺在候车室里的长椅上，买来一包饼干和一瓶罐头，连汤带水儿地吞咽着，并不时观察着周围的动静。或许是我到来的时间太晚了吧，小站里的闲杂人员很少，且都善良地在干着远处的事情，绝不靠近。只是很久以后有一个衣衫污垢的叫花子在旁边的呵斥声中掉转头来讨钱，我力所能及地掏出了五分钱，外加一个空罐头瓶，他接了便善良地走到下一个去了。不知不觉地，我也就在周围的善良中睡着了。

醒来时的第一反应就是去摸头底下枕着的背包。在。接着赶快到门口去看自行车。也在。我便带了一夜完好无损的善良继续上路。这里是一处少数民族的聚居地，街道两旁摆满了大大小小的锅盔，在摊主头上每人一顶的小白帽映衬下焦黄成一片，十分醒目，像是被秋风扫落在地的枯叶。与琳琅满目的焦黄相映成辉的，是炉子上的铁锅里滚滚翻腾着的羊杂碎汤，上面一层通红的辣椒油，浓香四溢中冒着热气，除增加了整个集镇的温室效应外，也勾引得我饥火烧肠。锅盔一毛钱一个，杂碎汤五毛钱一碗，摊主们都极尽亲热的能事，直往自家拉扯着，尤其是女人。我保持着高度的警惕，没敢轻举妄动坐进任何一家去。精打细算身上的经费倒还在其次，主要是想对自己的命运负责：据奶光说，这里的习俗是不能往人家未出嫁的姑娘床上坐的，坐了便得娶了，他的堂叔就是这样稍没留神给屈绑入赘的。我便一路咽了口水，不顾辘辘的饥肠，对满街上香气的攻击镇定自若，不断告诫自己，千万不能忘记这一条清规戒律，既然没有十分的把握足以分辨出人家闺女睡觉的位置，那就意味着每一处可以与屁股接触的地方都充满着危险。绝不能被捆绑了留下啊，如果姑娘漂亮倒也可以委屈了自己将错就错，而万一时运不济，像奶光的堂叔那样偏偏摊上个腿脚不怎么灵便的，让自己已多劫的青春又空生出累赘的悲切来不说，今后复仇的计划也全都得跟着泡汤！

我虽然靠了边儿谨慎地推车缓行，与走街串巷的香气始终保持着并无消费意愿的距离，可却又不自觉地一路留意起各家各户的门帘出入的动静，总想看一看哪家有适龄的姑娘可供我增大一些幻想中历险的难度。然而似乎每一家都满意地生到了儿子，除了超龄的女摊主外，没有发现一个适龄且适宜的异性。后来也向奶光咨询过此事儿，他说我那么谨小慎微，哪里还有机会遭遇到意料中的不测？不入虎穴，焉得虎子？得掀了门帘儿进去讨水喝，里面自有洞天，方可显露峥嵘。他妈的，我当时那辘辘的饥肠全让他不实的报道给耽搁了。

三天后，我途经了一处无人的山崖。天苍苍，野茫茫，风吹草低中却无意间发现背阴的岩壁上刻满了深深浅浅、凹凸不平的线条，虽然已模糊不清，但简单的图式也还可以辨认得出来，有各种动物的轮廓，有舞蹈和祭祀的人形，有手印、脚印等纹样，有狩猎和放牧的情节，也有劳动和战争的场面，还有一些说不清楚的，可能是一些神灵的符号吧。当然最吸引我的还是几个交欢中的暗影，虽然说不清楚是男上女下，还是女上男下，勾勒得也绝不如美院厕所里的具体和细致，更谈不上什么比例与透视的关系，但可供联想的姿势却也一目了然。这一片苍茫笼罩下的亘古不变的人性，又一次击中了我感伤的要害，让我在四野萧萧的悲凉中触目伤怀，情不自禁温习起了自己的情爱那稍纵即逝的类型。田遇也该放假了吧，可她轻松愉快的假期却再也不属于我焦急的等待了。唉！都怪那十恶不赦的高考，非得让一个留下来！如果没有这般人为的拆散，造成两地分居的现实，有情人怎么可能还没来得及成为眷属就天各一方了呢？！为什么要有非得被留下来不可的考试呢？多少的悲欢离合只因这缺乏人性的规定！岩画中的生命想必是简陋到没有如今这么多精美的规定了，可人的内容不也一样没少地被活过吗？绝无这文明的精美所创造出来的简陋的不幸！

我怒火中烧，仿佛是眼前起伏的群山制定出了那些绵延中的不幸，便气急败坏地直往最高的顶峰爬去，想看看那边眼睛没有被阻挡住的风景到底是些什么样裸露着的内容。当我气喘吁吁爬上山顶瘫软在坚硬的岩石上时，终于有了一览无余的答案：山的那边还是山！

我疲惫得有些消沉，便不再重复地往前走。山脚下不远处的一洼河套，成为了我下山的向导。若那沧浪之水清澈见底，可以净我心；若那沧浪之水浑然污浊，也可濯我足！

走近，看到河水非清非浊。于是，我布满尘灰的身体在缓缓的水流里便不再被炎炎的烈日所霸占，俯仰自得，神清气爽，一切的危难似乎都和脱掉的衣服一起被搁在了岸边。我决定回家。高考已经结束，起码今年是肯定不会再回过头来找我的麻烦了。只要有了这一层的安全，其他的威胁都可以忍受。加之，经济基础决定上层建筑，身上所剩无几的家底也不允许我再去维持逃离中的行吟了。

回去的路途好像比来时缩短了许多。没等我用心去分辨身边风景的重复，就已经到了接壤处的村镇。路边的一户人家正在扯起的布篷子外杀驴。我实在是经不起任何荤腥的诱惑了，便毅然决然地走进去坐了，眼睛像见了亲人似的，直盯着土灶上那口烟气腾腾的大锅不放。从锅沿儿偶然泄漏出的香气闻得我越发想念起家来，似箭的归心已等不及驴肉下锅，只好买了半截提前煮熟在锅里的驴肠子狼吞虎咽起来。有了些气力后，我便抹着嘴角立刻向几天来一直善待我的邻邦作别，浑身是胆地朝家里蹬去。

将近黄昏，我出现在了自家的院子里，裸露在外面的胳膊腿儿已被多日尽职的太阳晒出了明显的色界。爸爸正在帮着妈妈往花盆里培土，首先看到了我，捅捅旁边的妈妈：

“哎哟哟，我说，这不回来了吗？”

然后咯咯地笑了。

妈妈赶忙抬起头来看院儿里突然出现的斑马，气得干瞪眼儿。

“赶快去洗澡！看你爸怎么收拾你！”

我对妈妈的威胁很放心。因为我有经验：打童年起，只要爸爸一笑，就不会去执行妈妈的命令了。

妈妈一边去衣柜里给我找替换的衣服，一边还在加重着威胁：

“你二哥为了你早早就回来了，看你怎么交代！”

在浴盆里躺了不一会儿，二哥身边拥着几个崇拜者从外面踏门而入，得知外逃的牛仔已经落水，便一并走进来围成一圈儿瞻仰。二哥仿佛找到了生动的教材，因势利导地讲解着：

“看见了吗？水里泡着的绝非只是一具完美的形体，而是一种精神的物化。关键是要体会那种不被受累的肉体所压迫住的灵魂！”

……

30

假期里，二哥利用妈妈学校闲置下来的教室为身边云集的崇拜者们办起了辅导班。我这个美院的准候补者自然不甘寂寞，义不容辞地担当起了日常教学的管理工作，整日跟着忙忙碌碌的，过得相当充实。

充实的生活无疑弥补了我英雄失路、投足无门的苦闷。我不但为自己再度与美院失之交臂的遗憾寻觅到了众多听罢无不扼腕叹息的同情者，也为自己不幸的情感生活找到了以毒攻毒的最佳疗治方案：班上有几位女学生的身体条件相当不错，而且未经点拨就已是里长外短的装束了，配合之下，个性十足的气质甚合我意。于是，我管理工作的重点便责无旁贷地落在了她们几个的身上，平日里的思想交流也始终围绕着情感与事业的关系问题深入展开。她们的进步都很快，没过多久，我便秘密发展了其中一个表现最突出的成为了事业上共同进步的伴侣。她的名字叫陆篱。依然是高挑的身材、浓密的秀发和白皙的肌肤，只是眼皮儿是单层的，不过是那种薄而大的单法，很别致，很洋气。自然，我是绝不会降低对相貌的审查标准的，只是鉴于对双眼皮儿的审美疲惫，故而做了这一次的破格。

篓筐坐在床上直挺挺地聆听着我发迹的前后经过，生怕疏漏每一处暗示后便得到了积极回应的情节，心悦诚服地赞赏着，直夸我的命好，丢失掉的爱不但这么快就获得了赔偿，而且还是一如既往的质量。有时也不得不打断一下我的话，急促地要求再重复一遍，一项一项仔细核对起自己那过程中的环节，一遍遍摇着头，不解地问我，自己当时用的无怪乎也是相同的暗示手法，可为什么就总也得不到如我一般快速的回应呢？我的确也不知道陆篱为什么会看上我。我只知道自己为什么想和她呆在一起。也许是工作的缘故吧！于是，篓筐也极力想在二哥班上谋个职位，并且没有得到任何形式的任命，当天下午便来溜达着上班了，兢兢业业地免费做起了模特。课余时间终于还是利用上了工作之便，大着胆子与几个独身的轮流攀谈着，稍有机会便发出晚上去看电影的邀请。可总还是被以各种理由谢绝。三番五次失手后，篓筐不免有些急躁，满嘴粗话，直怪我不肯教给秘密武器，冲我发起了脾气，说我个头也不比他高，眼睛也不比他大，脸上的疙瘩也不比他少，且又是个被前女友玷污过的，怎么就有人稀罕？！而自己可是个原封未动的黄花大后生啊，眉毛还比我的粗壮，为什么就没人欣欣然接受暗示呢？！我也纳闷。但也只能跟着骂骂那些不懂暗示的姑娘全都瞎了眼，好生劝导着：远路何须愁日暮？世上无难事，只怕有心人！只要正视了自己纯洁的优势，自有识货的主！可箩筐的思想疙瘩显然还是没能解开，第二天便有些怠工，第三天干脆罢工了。

陆篱的出现，无疑有效地遏制住了我支离破碎的心情进一步的滑坡，被毁的花园在相似的劳作中终于又重建了起来。然而，内容大同小异的故事被迅速续写上的快乐却并不意味着就此可以抵消掉下一轮高考蓄势待发的袭扰。为了应对那绝不允许讨价还价的袭扰，母亲敦促我尽快去找到一个补习的新娘家。我很是为难：显然已无颜见江东父老，不可能再厚着脸皮到母校的应届班里去乞讨个名正言顺的自新了。而补习班的名分又的的确确无法保护我的自尊心，一样让我觉得颜面扫地。尽管颜面的有无其实完全在于别人眼光的确认，自己是万般无奈的，然而想不想要颜面却是个与自尊交好的过程，不可不加以掌控。毋庸置疑，对自尊的掌控直接导致了自强的结果。我决定绝不与任何一种不完美的自新方式妥协！于是便顺理成章地再一次成长出了与以往的胡乱形式如出一辙的执拗：坚持要独自在家闭门思过。对于这项大胆的提案，父母在初听之下自然是不会拍案叫绝的，还需我耐心说服开导。我的理由很充分：两年啦！各科的考试大纲早已肠知肚明，基本的知识点也熟烂于心，我的库存已今非昔比，应试的经验在不断的模拟中也可谓玲珑八面，因此，花上钱再去重复地咀嚼实属徒劳无益。眼下的当务之急应该是拾遗补缺，就自己薄弱的环节去尽快做些有针对性的强化，力求精益求精。况且，为了预防再次停招的不测，我也得一颗红心、两手准备不是？自己如若亲手调度了学习的时间，便可有更为合理的安排去与已遭罢黜的数学修补关系。父亲首先被我周密的计划打动了，认定其中绝不带有丝毫胡作非为的成分，便沉默地不再审视儿子有礼有节的智商。母亲也就只好无可奈何地将信将疑了，但也还是要不失权威地加上一条，让我保证，两耳不闻窗外事。我无条件地接受了所有的戒律，并一再提请二老就等着看我今后的实际行动好了。

然而决心终归是未行动前被理想化了的承诺，在具体的实践过程中也难免不走样。我得承认，我没有完美地兑现两耳不闻窗外事的保证。我自有我的苦处：一是新近才培植上的欢苗爱叶确实需要浇灌，难道能眼睁睁地看着枯死不成？那可是如我生命一般的生命啊！二是，我不得时不时去见见补习班上的难友搞回些模拟的情报吗？兼听则明！但除了这两方面与外界不可不为的联系外，我的的确确成了“何妨一下楼”的主人。我言而无信另一方面附加的表现是，我的一颗红心也并未圆滑附势到做好两手的准备，而是孤注一掷，破釜沉舟，一根筋地只愿皈依于壮志未酬的乐土，因而也就没去理会与数学的双边关系。唉！本性难移，我也无可奈何。既然无力篡改这命中的定数，索性也就不费那个劲儿了，听天由命吧。

好在吉人自有天相。飞渡的光阴转眼间总算还是把史论专业再度续弦的喜讯传将来。感激涕零中，我便背着妈妈给二哥酱制好的猪肘子熟门熟路地再次北上了。不同的是，这次送行的任务落在了陆篱的身上。

31

一路的车况比上一次并没有什么大的改进，单是人更多了些而已。由于只是个败军之将，我便越发地懂事儿了，不但更加坚定了要对一路的千辛万苦守口如瓶的信念，而且根本没用二哥接就乖巧地自己找到了他宿舍的门上。唉，都熟门熟路的，何必兴师动众。

投石问路的形式当然也还是要走的，否则总觉得对所考的专业不够重视。于是，上回尽心尽职的前辈便不顾事务的繁忙，再次莅临指导。然而，我却差点儿没认出来：他不但头发披在了肩上，而且胡子也蓄得老长，美院的意思已今非昔比。看来我以前对有关模样的认识是略显肤浅了。人在河边走，耳濡目染的，哪有不湿鞋的道理？艺术是潜移默化的过程，概论里都说过的。

虽然对战局颇为重视的分析以及对既定方针更加深入的解读在随后的专业课考试中依旧没能直接帮上什么忙，可因此被端正了的态度却也功不可没，再加上熟门熟路的合力作用，我没有第一次那么紧张了，考得顺风顺水，不但分析作品时避免了形容、描述的陋习，而且面试时也坦白得酣畅淋漓，把自己逃亡途中所见到的岩画换了另一种发现的背景一顿白话，轰动的效果相当不错，勾引得系主任恨不能立刻放下手中的活计带了人马前去考察调研。

尽管上一次没有得到任何形式的照顾，但我还是宽宏大量地披上了美院的战袍，再度出征了八大艺校的运动会，照旧不曾马失前蹄，安全地让看台上的群众为失而复得的激昂再次欢声雷动。只是对日程的安排考虑欠妥，出了点问题。由于怕在北京享乐太久会冷落了接下来的文化课备战，我早早就买好了返程的车票，正好是运动会当天下午的。本来从理论上说，效完力便走是来得及的，可不曾料想就偏偏遇上个堵车，等我和二哥急急忙忙赶到进站口，所乘车次的剪票工作已经结束了。慌乱中二哥命令我从被锁了的检票口栏杆上跳过去，谁知双脚刚一落地还未站稳，就被一个没戴任何标志物的矮个子工作人员揪了个正着。虽然心急如焚，但我并不敢挣脱，只是哀求着说明火已烧到了眉毛的情况。小矮个子便要我的车票看看，我不假思索，迅速递了过去，以便他尽快核实，生出对我的同情。谁知他一把攥在手中，根本连看都不看一眼，非要罚款不可。二哥冲上前来，一边从上衣口袋里掏罚款，一边让那铁石心肠的武大郎赶快把车票给我。待武大不紧不慢地交换后，早已等得不耐烦的二哥一把攥住了他的衣领，同时向呆若木鸡的我发出起跑的指令。我便不管不顾地往站台方向冲去。但放心不下二哥，边冲刺边扭过头来看，只见二哥在扭扯中撕碎了罚款，一拳将那武大郎打倒在地……

一口气冲到站台，还是晚了一步，车已启动了，只能眼看那绿色的车体缓缓远去。我手脚哆嗦地目送着，心里怦怦直跳，误了车的严重性和二哥斗殴的严重性交织在一起，真不知眼前瞬间发生的一切将会酿成多么恶劣的事件。定了定神，我赶忙返回到事发地点。已不见了二哥的踪影，你推我搡的都是急着赶下一趟车的人。

二哥是不是被拘留了呀？怎么就敢殴打工作人员？！我行色匆匆，慌不择路地往美院赶。只有尽快去找岸哥设法营救了！

伴着脚下“三截头”皮鞋急促的护掌声，刚一登上画室的台阶，二哥便推门探头出来张望，瞄见一脸愁云的我，竟若无其事地笑出声来：

“我就听着这马掌声有些熟悉嘛！”

二哥到底是有经验，只凭胳膊上短缺的袖箍就早已看出了破绽。那武大根本不是什么正儿八经的车站工作人员。打了白打！谁让他死也不肯撒手接到的罚款！没有剪过的车票也不必放在心上，退了再买一张就是了。那时退票还不兴什么手续费，因此除了被撕碎的罚款和二哥的拳头所遭到的反作用力外，丝毫没有造成别的损失。

晚上岸哥听到白天里的事不免又是一阵大笑。我在哥哥们仿佛什么都没有发生似的笑声中感到无比的安全。但也为那被撕碎的罚款觉得美中不足，一阵阵隐隐作痛。更为自己临场缺乏机智果敢的表现追悔莫及：自己为什么就不能一眼识出破绽？识不出破绽也不要紧，与那武大郎相比，自己也算是身高马大了，和他费什么话，一把推开，撒腿便跑，凭自己的速度他还能撵得上不成！居然还授人以柄，把车票乖乖地就递了过去，害得二哥不得不为增加了的难度釜底抽薪，弄得个玉石俱焚。那十元大钞干点儿什么不好？！唉！啥也别说了。吃一堑长一智吧！

32

文化课准考证很快就下来了。虽然美院从不张榜公布专业考试成绩，但据可靠消息称，我的名字相当靠前，毫不费力就可在三甲之列找着。虽说专业排名的高低并非是最终录取与否的决定条件，但无疑也该享受个喜庆的待遇，因为毕竟还是起到了稳定军心、鼓舞士气的作用。全家人的情绪都被我的一派大好形势感染着。同时被感染到的还有曾经语出惊人的那位校长，或许是看好了我与二哥难分伯仲的成长经历吧，便易如反掌地利用上了和父亲多年熟识的关系，诚邀我把高考的手续挂靠在他们学校，并郑重声明，事成之后一定下拨数额不菲的奖金。尽管所挂靠的学校名气不大，但我还是很痛快地答应了下来。因为重归母校去挂个名虽说也不是什么难事，但冒着丢人的危险不说，似乎的确也得不到什么额外的光荣。只有毕其功于一役，到迁往的乐土上去补偿些名气辖治下的光荣了。

本来一切都顺顺当当的，可谁知高考前夜并未补充多少荤腥的肚子竟剧烈地闹腾了起来，一晚上拉得我是眼冒金星，看什么都像一枚枚模糊不清的奖章。唉！人要倒霉呀，喝热水都不敢保证不坏肚子，更何况我喝了凉水。这事要搁在去年该多好，堂堂正正地就躲过一劫，可却偏偏在这万事俱备且兵强马壮的节骨眼儿上！反正我是无论如何也不能错过这一次平反昭雪的机会了，肚子就是再拉也得到考场上去给我拉出个荣誉来！

清早吃过药，我仍不放心随时随地都有可能发生的令人措手不及的崩漏，便像来了例假的女孩子那样，在那倒霉的部位垫上厚厚的卫生纸，用布条子捆绑定位后，毅然决然地挺着，向考场出发了。

艰难挺进中，冷不防的，半路杀出个二哥前崇拜班上的学员，嘴也像坏了的肚子似的，叽里呱啦地与我直套近乎，说他恰好和我一个考场，昨天观察了地形，自己的位置就在我身后的第三排，看能不能从我的知识储备中得到些智力上的友情支持，别糟蹋了这一次千载难逢的契机。因为试题都采用了标准化模式，不外乎A、B、C、D四个可供选择的字母，赞助的可操作性极强。并且不等我吐口，就商定起来了赞助的手语：挠头顶是A，抓耳根是B，搓脖子是C，掐在腰上便是D。

由于不爽的身体需要紧绷，所以我的面部表情就没敢怎么放松。但也不好失掉待人接物的礼数，只得不置可否地笑而不语，并不明确表态。

总算吉星高照，第一场考下来，被多层保护着的出事儿部位没有发生猝不及防的泄漏。就在我为自己懂事儿的器官甚感欣慰的时候，却猝不及防那如坏了肚子的嘴又凑到我面前叽里呱啦了起来，唾沫星子乱飞地感谢着，说在我无私的赞助下考得相当理想，非要拉我去喝生啤酒不可；同时也有些迷惑，说去年全是D，今年怎么一水儿的A呀？我也有些迷惑，哪里就给过他赞助了？猛然间顿悟：自己答题时有个习惯，总爱时不时地挠挠头，或许正是这个不好的小动作传递给了人家全部选A的错误信息！然而……

为了消除受害者的痛苦，我决定还是让他不知实情地快乐着为好，于是显示出皆大欢喜的样子。但也只能用拉肚子的真实病情作为无法接受人家盛情款待的虚假托辞了。也总算是为那张如坏了肚子的嘴服下了一剂泻立停，听罢便不再没完没了地开合，真诚表示了来日方长之后，满心欢喜地走掉了。

两个多礼拜后，冷不防受害者又兴冲冲来访，满怀喜悦地告知高考成绩已贴在了教育局的橱窗里，邀我同去查阅。说实话，我对被贴出的成绩有些诚惶诚恐，并不想这么早就去承受起查阅的结果。但人家大老远地跑来，又是兴冲冲的，也实在不好扫了兴头，于是便一同去了。教育局的门口人山人海，挤满了喜不自禁或愁眉不展的面孔。我推着车子磨磨蹭蹭地在外围徘徊，想尽量让寻找车位的难度拖延一下成绩的高低优劣即将就要浮出水面的速度。受害者等不及我，自己先匆匆挤了进去。少顷，又匆匆挤了出来，冲着还在立车子的我高喊：

“哎呀呀！可了不得了！你竟考了436分！”

什么？我不敢相信自己的耳朵。因为当时除去数学，满分应是520分，艺术类名校的分数线撑死了也不过280分，我报考的专业虽说有些特殊，要高出许多，但380分也就够用了。我听到的分数如果再加上想象中能考出的数学分，那可都够得上北大的线了！

受害者还在不停地叫嚷，欣喜若狂的表情不像有诈。我便大着胆子挤进去看。果真是436分！手顺着自己的考号那一行反反复复划对了好几遍，就是436！不会错的！因为我的名字下面已被划上了重重的一道，旁边儿还义愤填膺地批注着“牲口!!!”两个字，十分的醒目。

替我义务忙乎完狂喜，受害者终于想起了自己的分数。但也并不急着查找，一个劲儿地说没问题！我考得这么好，他还能差到哪里？只要有我分数的一半，区内的专科就有戏！可有条不紊地看罢，高涨的情绪也就立刻急转直下了，他暴躁地叫嚷着，愤恨地怀疑着，心存余幸地再次划对着，绝不肯轻易相信自己的眼睛：怎么可能才100刚出点头呢？！

我无颜面对人家为我慷慨付出过的狂喜，只好于心不忍地低下了头。

受害者显然丝毫也不怀疑我所提供答案的质量，只是满腹冤屈地控诉着现代科技的性能，一口咬定是阅卷的机器偶然出现了故障，并一再重申，为了自己的前程绝不会善罢甘休的，一定要查个水落石出，正名责实！但渐渐平静下来纵向比较了一番后，也就很快宽慰起了自己，最终还是肯定了一年来的长进。

好消息传得也并不慢。下午，不知从哪个渠道得知了喜讯的箩筐呼号着闯进门来。见我居然还能淡定自若地靠在被垛上无动于衷，便气不打一处来，不由分说，拉起我就要找奶光去报喜，顺便兑现了他承诺过的那顿酒。

奶光穿了个大花短裤，在家悠闲地读着名著，充分利用起父母下地后为他腾出的一片清静。可别说，人家奶光毕竟是当过多年学生干部的人，办事就是稳妥，听罢了喜讯，并不主张还未接到录取通知就盲目地喝了，一遍遍劝阻着到处翻找酒瓶的箩筐少安毋躁，谨慎地告诫，不可沽名学霸王啊！如此掉以轻心地喝了，万一有个闪失……

箩筐哪里听得进去，嚷嚷着，硬要为随后的正式祝贺先热热身不可。看奶光还在稳妥着不动，便暴跳如雷，跑到屋外捡起半截砖头撵得满院子的公鸡母鸡“咯咯咯咯”地四处惊跳。奶光有些担心箩筐的准头，赶快从柜箱底下掏出半瓶酒来，换个清静。箩筐嫌酒不够，骂骂咧咧的，又去院子里寻砖头。奶光只好一路小跑，到小卖部里再提回两瓶。

几杯烧酒下肚后，现场的氛围恢复了融洽。奶光一遍遍地表达起了祝贺的意思，也一遍遍地还是感到不妥。我没喝几杯便不胜酒力，醉卧在了炕头上。哥俩说我在装蒜，一遍遍地把我强拉起来，往嘴里硬灌。随后，一遍遍地扶我出去呕吐。看我的确不再具备一同热身的条件，两个继续热着身的也就懒得纠缠了，一杯一杯地交着心，坚持把瓶子里剩下的热量倒进各自的肚里，一点都没糟蹋。

回家的路上，一阵大雨突如其来。我不愿躲闪，任凭砸落下来的雨点与我的泪水汇合。田遇回来了吧？还不知道这喜讯吧？我不愿让她知道。她知道了会难过的。她知道了吗？她会难过吗？我真的不愿意让她难过。

我像个落汤鸡似的按响了陆篱家的门铃。一身干爽的陆篱看着我直发愣，怀疑全城的人可能只有我一个被淋着了。

受害者还在不停地叫嚷，欣喜若狂的表情不像有诈。我便大着胆子挤进去看。果真是436分！手顺着自己的考号那一行反反复复划对了好几遍，就是436！不会错的！

录取通知书根本没用等就下来了。我终于成为继二哥之后本地区考入中国第一美术学府的第二人了。奶光终于可以觉得稳妥了。语出惊人的校长也终于可以又发现了一个早就看出来的人才了。可真不知道为什么，好像什么事情一摊到我身上就会出现问题：“继校”贴出的大红喜报本来是亮亮堂堂的，第一个就是我的名字，汁浓墨重，娇艳欲滴，可偏偏后面跟着的“录取单位”就被误写成了北京艺术专科学校！是想当然的篡改还是蓄意的中伤，喜喜庆庆的，我倒也不会去追究什么了，可就是不明白为什么一轮到我这儿喜庆得怎么就这么不负责任啊！那名分岂止是差了一星半点啊！真是闹心！如果强行让改了，倒也不是不可以，只是好端端的弄个补丁上去，实在有损美观。还是顺其自然吧。咱也试着在肚里撑回船玩玩儿！可膈膈应应的，总也不怎么舒坦，就像自己本来有个漂漂亮亮的女朋友，却被误传为是另外一个丑八怪一样。于是，在“继校”的庆功会上，当校长读完我的简历，接着鼓掌欢迎我给介绍成长经验时，我便连忙起身正本清源，先为自己恢复了名誉再说。

我已麻木不仁，本来不想再为曲折的喜庆添加些人为的祝贺了，可早已热好了身的奶光和箩筐哪里肯依，纠集了几个志投心合的女生一同找上门来。箩筐借晚上在啤酒厂打工的便利条件，拎来一桶生啤酒，奶光也从自家西瓜地里好不容易摘了颗熟的抱着，其余几个手里也各有土特产。陆篱自然不敢怠慢，里里外外地张罗起来，尽显地主之谊。东拼西凑的，一桌喜宴也还像模像样地摆放齐备了。分主次坐罢，奶光的组织才能就立刻彰显了出来，口中念念有词地开过场，便连干三杯，当仁不让地抢走了酒司令的要职，随后，指挥若定，一杯紧似一杯地提议着，并身先士卒，带头先干为敬，羽扇纶巾，豪情万丈。箩筐只因话没跟上，比奶光晚喝了三杯，只好屈就了酒监的职位，但也责重山岳，不辱使命，在司令的直接领导下，每次干完之后，便立刻起身去检查每个人手中的杯子，秉公执法，杯子都倒垂了，如若滴下一滴，就罚三杯；如酒流成线，就罚四杯——绝不含糊。几轮下来，酒桌上亲热的气氛已空前高涨，都各自掏出了心窝子，互敬成一团。看火候已到，奶光便起身开始和几个异性撩逗起来，一趟趟地走上前去，在暧昧的言语帮扶下喝起了交杯酒，收放自如，风流倜傥。箩筐见风云突变，自然不甘人后，也就轮流地走到了，虽然笨嘴拙舌的，也不好东施效颦，但酒量的优势的确发挥得淋漓尽致，就那么一丝不苟地干了一个又一个。

宴酣人欢、觥筹交错中，我真是做梦也没想到田遇竟怯怯地推开门来。满桌子一下变得鸦雀无声。田遇也没料到会遭遇这样的场合，有些不知所措，笑着寒暄了两句，转身要走。陆篱赶忙起身去拉了，坐在自己的旁边。奶光也快速做出反应，招呼着左右添了碗筷，斟杯把盏重开宴。

我的心情虽不怎么齐整，但也不蔓不枝，既无丝毫报复实现后的快感，也无半点儿死灰复燃的症候。我不知道如若换了另一种重逢的场合我会有着怎样的作为，但此刻只是涩涩的，缄默不语，随便眼前并非是我有意安排的情节按它自己的样子摸爬滚打，没有任何一套提前已准备好了的预案可用。或许我无言以对的表情太近似于冷漠了吧，陆篱实在有点儿看不过去，便深明大义地不断给田遇夹菜，含着笑，一遍遍主动地把酒杯伸过去，想尽量祝贺掉彼此的尴尬，着实要比我大有作为得多。田遇也力所能及地祝贺着，但笑容不免还是有些局促，强挺着同喜了一会儿后，便从包里拿出一本买给我的影集作为祝贺的物证，深明大义地告辞了。陆篱看说不动我，赶忙自己起身去送。我正襟危坐，又开始接受起满桌子新一轮的祝贺，一杯杯地为田遇不忍。她本可以不来看我的。她会有多难过。

33

北上的那一天，前来送行的好友不少，众星捧月般把我夹在中间。可车站的工作人员显然并不认识被簇拥着的英雄，托运行李的时候，留着短发的矮胖女人例行公事，非要开包检查。几个随从阿姨长阿姨短地与她热乎着，说我是去上大学的，著名大学，不可能携带什么违禁品，能不能就不开包了，还得回去再找针线缝合，怪麻烦的。

可能不说著名大学还好，谁知一说反倒增添了阿姨的责任心，一边往上拽着套袖子，不冷不热地说："好事儿。好事儿啊！你说这么好的事儿，万一有个炸弹什么的，那好事儿不就变成坏事儿了吗？对谁也不好，是不是？"一边竟变本加厉地动手在行李上揣摸起了炸弹可能藏匿的部位，看样子要强行开包。

什么他妈猪脑子！我去上学沉甸甸地带个那玩意儿干什么？！就是想带，我也能买得着才行呀！

没辙。开吧。反正咱也没带那玩意儿，光明磊落的，犯不着和她费那个劲。

可我万万没想到，自己一百个放心的物品偏偏就能被检查出了问题。矮胖短发看到里面夹杂着的几本画册上那些婀娜多姿的女人体后，眼睛直接放出了仇恨的光芒，几乎要为自己身上严严实实的工作服骄傲了：

“这是什么？请你告诉我这是什么？！还大学生呢，这是什么？！”

我真是糊涂了，那是什么你看不出来吗？长得都大同小异的。怎么就跟发现了炸弹似的兴奋！随后才搞明白，她是把那几本画册当黄色书刊论处了，也难怪，祸国殃民的威力无异于炸弹！

矮胖短发正气凛然，目不斜视，拉整着身上严严实实的工作服，有法可依地要查封不说，而且还非要违法必究地罚款不可。陆篱看问题严重，便惊慌失色地去找她的同学。在车站派出所当公安的。

矮胖短发正不依不饶地执法必严着，警察同志在陆篱的陪同下健步走了过来，和我握过手后，便转过脸去把那还以为是援兵到了的矮胖短发一顿喝呼：

“什么都好罚吗？人家是学美术的，懂不懂？懂不懂？！”

矮胖短发为自己的工作作风委屈得不像样，一边躲闪着我的目光——像是能具有X射线的功能穿透了她严实的衣服似的，一边不服气地低声嘟哝着：

“怎么，学美术的就可以看光屁股女人啊？！”

34

无巧不成书。我在美院的宿舍恰恰就是二哥毕业后腾空的707，床位也正是他曾经睡过四年的那一张。我进去的时候，宿舍里面没有人，靠窗户的那张床已布置妥当，遮挡的布帘也重新安装完毕。其余的两张床铺上也各自堆放了行李，但都还未开包。正收拾着，一个瘦小的油头从门缝里挤了进来，随后，手里的几样日用品也捎带着一同顺了进来，未经介绍，便哥们儿长哥们儿短地与我自来熟了。就觉得有点儿眼熟么，原来是在面试时曾经向我探视过病情的。只因眼前已梳得油光锃亮的小背头，我没认出人家，可人家却并没有被我如今也已披散在肩头的长发妨碍到识别的能力，一眼就认出我来了。真是有差距呀。

放下了手里的日用品，小油舒舒服服地坐在已妥当了的床铺上，掏出一盒烟来，问我抽吗，但并不看我，麻利地点上一根后，根本不等我回话，便早把烟盒很随意地放回到了床头不起眼的地方。我只好说不抽。小油嘴里吞吐着细细的烟雾，用手扶了扶定型良好的发式，大大咧咧地聊将开来，说今年拢共招了七个，四男三女，四个男的就是我们宿舍这四个了，三个女的，有两个住在602，另一个是北京女孩儿，走读。又说这一届多招出了一个，肯定是被照顾上来的。

都初来乍到，我怎么就什么情况都不了解呢？看来差距不但有，而且还真是不小啊。

小油依然在拉大着差距。问我考了多少分，显然是捎带着调查那个被照顾了的。掌握了我报上去的数字后，不免为自己失败的调查有些懊恼：

“啊？不可能吧？早知道有个天文数字的，原来就是你！”

然而，很快他也就显示出了良好的心理素质，不但没为自己遗憾，反而为我惋惜了起来，说今年的录取分数线才370分，他刚好压线，不卑不亢，而我竟白白考了那么多分，真是不怎么经济。笑容就那么裸露在脸上，丝毫不含有褒义的成分。紧接着，又开始排查起了其他几个。

就在小油苦苦排查的时候，同屋其余的两个被排查中的对象相跟着回来了，手里也都是日用品，和我点头，互致问候。

很快也就都熟悉了。一休是湖北人，岁数最小，虽然个子不太高，但长得十分帅气，且聪明伶俐，像卡通片里的小精灵似的，人见人爱；入学的分数也不怎么经济，没比我白考多少。乱炖是东北人，除了装束外，从长相到脾性都有些像箩筐，见了谁都“大哥”、“大哥”的，有啥说啥，憨态可掬，从不担心自己会吃亏；自然，入学的分数也没占上什么便宜。擅长调查的小油是唐山大地震的幸存者，现旅居河南，什么事情都能抢到别人的前头弄个一清二楚，就像头上那背过去的发型一样，一天到晚就没见散乱过，但性格却不如发型那么容易归类，既不像一休那样聪明得坦荡，也绝不肯如乱炖一般憨厚得淋漓，极力不露痕迹的实诚总是处处会露出痕迹。

那几天，我们三个开包晚的还在继续四处搜刮着日用品，而早已安顿妥善了的小油却已经开始到院内熟悉起各个部门了，或者从系秘那里领取些任务，忙忙碌碌地完成着，或者去两个女同学处随便坐坐，看有没有能帮上忙的可能。我们不但每次买回来的东西总是不如小油买的便宜，而且晚上就寝前讲的段子也总是不如他的新鲜，什么黄的荤的国内外领导人的，都能如数家珍。

军训的前一天晚上，小油不知从哪里得来了亢奋，非要请我们去台湾饭店下面灯火通明的排档上喝啤酒。那时反正我是从来没领教过通明到那种程度的阵势，不太敢去，怕喝出个岔子。一休和乱炖也都推托得委婉。可小油丝毫容不得你迟疑，一个个上来拉扯，坚决得让人感动。我们便感动得怯生生地跟在后面去了。怯生生地落座后，小油用熟练的手势立刻唤来了服务生，根本不问价钱就稀里呼噜地要上来几扎。从面部表情判断，四个当中只有小油是意气风发的，其余三个喝得都不怎么是滋味儿。我和一休倒还能入乡随俗，跟着适应，只是苦了乱炖，可能一时半会儿还倒不过来那啤酒的区域性差异，一口一口低头强抿着，像灌药似的。

听小油东拉西扯了大半夜后，结账的时刻终于来临了。我的心都提到了嗓子眼儿。果然喝出了差池：150多元！那时我们每个月的生活费也就100来元，初来乍到的还没咋地，猛然间就出现了这么大的逆差，谁的心脏能受得了？别说是我们三个，就连小油都面如土色，眼睛都绿了，要过单子“不可能，不可能……”地一通自语。唉！世界这么大，有什么不可能？啤酒一扎就28元，他倒以为是他家影剧院前的冷饮摊呢！

小油起先风发的意气早已土崩瓦解，也顾不得让额头上垂落下来的那绺头发及时回归原位了，声嘶力竭地冲着面面相觑的三个直嚷：

“你们倒是说话呀！操！怎么都跟没事儿似的！”

好像只有他自己是被绑架来的。

其实用不着他提醒，我们都或早或晚下定了有难同当的决心，尽管心如刀割。只是被他拉得仓促，身上都没带那么多钱。在小油的主持下，四个人慌乱地商讨了一小会儿，决定由手脚和脑筋都一样麻利的一休回去筹款，我们留下来做人质，等事后再平摊。小油的情绪安稳了下来，坚持要陪一休同去。

好一阵子，一休才匆匆赶来抵押出了两个人质。乱炖不放心地问，小油哪去了？一休说，一回到宿舍就躺下了，喝得头痛，都无法同去筹款。乱炖便不再担心，只是有些不解地自言自语道：

“什么鸡巴事儿！”

由于这一次的惊吓，小油从此落下了病根儿，见了账单就心悸。在以后的日子里，每次同聚的时候虽然也都坚持出席，但再也没见他买过单。

35

我们军训的地点是远郊的一个防化部队营地。刚驻扎进去的时候，情况还是不错的，大家的心情也不错，对身上的军装和营地里的军事设施颇有些兴趣，秀发上扣着顶大檐儿帽，肩膀上斜挎着武装带，像香港片里民国时期的警察似的，美不滋地直往女生的营房边儿溜达。可从第二天开始，山寨里却风声鹤唳。首先是来了个理发的小兵，在排长的怂恿下，不由分说，一阵咔嗒，顷刻间让所有的秀发应声落地。都这样了，还是不肯放过，一个手势，小班长们便跑步前来把各家的秃瓢认领回自家，关在屋里继续清算残余的帅气：脖子下面的第一颗纽扣一律系严实，压在眉沿儿的军帽一律往上提高两公分，斜挎在肩头的武装带一律扎在腰间。生活上的琐事儿也都有了一律的规定：被子一律叠成豆腐块儿，牙膏牙刷一律头朝上插在牙缸里，牙缸一律放在脸盆的当间儿，脸盆一律与床沿边儿对齐，吃饭一律排队，出营房一律请假，晚上九点一律躺在床上。看实在没什么可一律的了，便排好队一律到太阳底下操练。小班长们一遍一遍不厌其烦地纠正新兵们的站姿和步伐，终于让每个人的脸色一律都变得不怎么好看了。唉！真没想到，活了这么久其实走站得一律都不正确！

稍稍走站得正确了一些，又开始学爬了——匍匐前进。邻班上的一个大胖子因为先天不足，怎么爬也不正确，撅着屁股，惹得操场上的新兵们一顿大笑。可能是嫌动摇了军心，严明的小班长便上前杀一儆百，照着那撅起的部位狠狠往下跺着，嘴里还配着音：

“他妈什么东西！”

一定是那撅起的部位遭到的压强过大了，大胖龇牙咧嘴地挣扎起来，一拳向那小班长抡了过去，回敬道：

“我他妈是美院的大学生，你他妈是个什么东西！”

抡得操场上一片掌声。小班长扯下皮带冲过来要打，几个新兵都用身体上前拦阻。在旁观者们“住手！”“住手！”的喊声中，带队的老师匆匆赶了过来。

小油挺立在我的身边，怒发冲冠：

“丫子敢打！大胖的爷爷是海军上将！”

第二天不冷静的小班长和冲动的大胖都不见了。操场上的班队都在恢复了的平静中整顿着军纪。我们的小班长用自己刚入伍受训时的血泪史，语重心长地教育身在福中不知福的新兵蛋子们，说他们当年挨两下拳脚算什么，吊单杠吊不够数就被捆绑在上面几个小时，见到长官忘记了敬礼就被一脚从楼梯上踹了下去，他们到哪儿诉苦去？谁不是爹妈养的……说到动容处，眼睛湿润了。几个感情脆弱的女生也陪着流出了泪。我们都低头不语。擦干眼泪，小班长话锋一转，说现在不也挺过来了吗，不愿忍受委屈的士兵绝不是好兵！他感谢当兵的经历，感谢军旅生活磨炼了他的意志，如果再次选择，他下辈子还是要当兵！

一休捅捅我，轻声说：

“这不贱坯子吗？！”

经过这次整风运动，小班长们纠正错误的手法都变得收敛了一些，新兵们也进一步学会了忍受。在一些善于交际的战友带领下，我们和小班长的关系也越来越近乎了。其实小班长们也都是人，讲起段子来并不比我们无知。在女性的生理卫生方面，也一样地并不无知。几个女兵只要提交上“来事儿了”的申请，便可坐在树荫下悠闲地防晒。

乱炖每每看不过去，发几句牢骚：

“操！净鸡巴整关系！她们就特殊啊？上初中起就看不惯这种事！还整到部队来了！”

那时我们这些新兵最怕的莫过于夜晚的紧急集合。白天里走一走站一站，挨些晒流些汗都不算什么，只是夜里能不能让人睡个囫囵觉啊？刚一入梦，任务就来了，真是想着法儿地让人一刻不得消停！或者时间提前点儿行不行？本来早早地在床上百无聊赖，可偏要等夜深梦酣的时候出事儿。或者不要求穿戴齐整也行，猝不及防的，谁能那么从容？可硬是不允许你有一丝一毫合理的省略，别说少穿只袜子了，就连衣扣和鞋带没系好都得挨罚。或者假装布置布置任务，解散了也就算了，还硬是逼着你为了那无中生有的紧急情况玩儿命似的狂奔出两三里路，然后再平安无事地折回来。谁能成晚上地陪着这么玩儿啊？！幸亏只训短短的十几天，这要是长年累月的，我敢肯定这批新兵都得一律起义！

和小班长混熟后，我们也尝试过让他小不溜儿地犯回错误，不为别的，只为提前给泄露一下晚上紧急集合的情报。可老兵就是老兵，即便小油以最新鲜的黄段子贿赂了，也还是撬不开嘴。几个有经验的偷偷穿着衬衫、袜子睡下，想为随时都有可能出现的险情提前做些准备。本以为不露声色的小班长心中有数，毕竟听了段子，终归抹不开面子来管吧？谁知人家根本不理那个茬儿，及时发现后非让脱了睡不可，笑嘻嘻地说：

“没事没事！今晚没有！都把心放在肚子里吧！”

可等你刚一脱光了入梦，又出事了。心还得从肚子里再调拨出来。

唉！就遇上了这种交不透的人，你能把他怎么着？真是干气没治。还能动手不成？咱也没有当上将的爷爷。再说人家吃的就是服从命令这碗饭，又没做错什么，都是上方的指令。只好盼星星，盼月亮，盼着复员的日子能早点儿到来，哪怕早一天也行。

军训过了半程，学生处的女处长率领着几个辅导员带了满满一车物资来慰问新兵。终于盼来了亲人，别说还真有些激动不已的意思。多么想上前去拉住亲人的手，顺便帮着提了慰问品啊！可我们忘记了自己只不过是军训的成果：被检阅罢，都得一律笔挺地坐在小板凳上，双手一律放在膝头，目光一律不准斜视慰问品。

女处长对军训的成果相当满意，眼中充满了喜悦，把苹果一个个塞在子弟兵的手中，对着一座座默默不动的雕塑直夸：

“真乖！真乖！”

一休由于和这位阿姨沾亲带故，于是在给他塞苹果的时候，情不自禁地噘起嘴问道：

“我们什么时候回去啊？”

阿姨捧着一休的小脸儿心疼地说：

“哟，想家了？快啦！快啦！”

亲人们检阅完成果后就走了，苹果没几口也就吃完了。我们依旧得掰着指头度日如年。

军训的最后一天要打靶，我们都兴奋异常，当了一回兵，总算和战争沾上了点边儿，虽说还只是战争的物资。为了那可以夺人性命的物资在和平年代不会真的夺走了性命，连长亲自来给新兵们训话，求爷爷告奶奶地一再嘱咐千万不可麻痹大意，扯着嗓子喊道："别看这玩意儿打靶不准，可打人却打得倍儿准！"就怕有个好歹。

我们每人五发子弹，都觉得少了，这么几枪，怎么打还不都在靶心上？护在跟前的小班长却嗤之以鼻，说只要能保证不脱靶就不错了。没人愿意理他，都憋了一肚子怒火煞有介事地瞄准着，好像对面的靶心变成了小班长的脑袋。可刚开了一枪后就都明白自己不是"小马哥"了。那玩意儿的后坐力怎么那么大呀！肩膀头子被震得生疼，哪还顾得了子弹射出去的方向。怪不得连长会那么胆战心惊呢。不过我终归是小时候看打靶长大的，恐惧感没那么强烈，忍着一声声枪响过后的酸麻，还将就着打上去三发。一休、乱炖和小油都像过年放鞭炮似的，闭着眼睛只听了些动静。

要复员的那天，即将转业的新兵们都一律伤感起来，眼睛红红的，抢着去拉小班长的手，尤其是女兵，一律流着泪给小班长写地址，非让以后去看自己不可，但似乎没有哪一个表示愿意下辈子还当兵。后来小班长还真去美院看过那些留下了地址的女生。可招待他的，却是我们这些男生。

通过军训，回到家中的人们终于懂得了要珍惜来之不易的自由生活，都尽情地散漫起来，以前走路还直直腰，现在连腰也懒得直了，以前起床还叠叠被子，现在连被子也懒得叠了。

尤其是早操，出勤率极低，惹得管生活的退休老头在各楼层间爬上爬下，一遍遍吹哨子，一遍遍敲门。那天敲开我们宿舍的门后，实实惠惠地劝说着：

“不能睡懒觉啊，睡懒觉容易引发手淫，赶快起床锻炼，保肾，保肾啊！”

乱炖若有所悟，一骨碌爬起来跟着去了。等我们到了操场，乱炖已经跑了好几个来回，尽管气喘吁吁的了，可一休还是跟不上他，便骂道：

“你丫子玩儿什么命呀？！”

乱炖并不放慢脚步，上气不接下气地回答：

“锻炼身体，锻炼身体，迎接性解放！”

第二天一大清早，小油没等叫，就一个人蹑手蹑脚地先下楼去锻炼了……

36

我们的教室在U字楼的底层。教室的墙面上没有窗户，向里向外都是直抵屋檐的大门。向外的三扇门斜对着小花园，里面的两扇与各个画室的走廊通连。由于上课都需要用幻灯来看作品，所以教室的门上常年挂着密不透光的黑色幕布，室内的空间愈发显得私密而幽僻。我们的课桌可以在地板上随意占据适宜自己的面积，强求一致已不再是这里的规矩。小油的桌子紧贴着讲台边上北京女孩儿的那一张安放了，说自己的眼神不好，需要靠近些。一休的眼神好，选择了靠后门边上的位置，可以纵览到小花园的全景。班上的山西女孩儿不止在一种场合表示过喜欢南方湿润的气候，理所当然地在一休的前面做了邻居，想从后面拂来的旖旎得到些随时可以湿润自己的气息。我喜欢昏暗些的地方，以便隐匿青春痘的质量，将桌子安放到了靠内墙根儿的角落。乱炖还在举棋不定。那个漂亮的杭州女孩儿也始终没有确定下桌子的位置。最终杭州女孩儿选择了靠近内侧后门的地方。于是乱炖便在边上安营扎寨，阻断了她与一休的视线。

虽然这一届只有我们七个，但新生见面会上那种隆重、热烈的气氛却并没有因为人数少而遭到一丝一毫的克扣。老师们都来了，无论业内的泰斗巨擘还是后起之秀，都被“某某先生”、“某某女士”地一一介绍着，书刊上那么多如雷贯耳的名字就这么轻易地在眼前对应上了平平常常的面孔。我喜欢那种称谓，似乎让每一个名字因此都有了可以沸腾起来的血液。其实只是这种沸腾的血液，而非枯燥的知识本身驱使着我们在时间中寻找自己的名字，希望有朝一日也能一样地鲜活起来。

已鲜活起来的名字每一天都想更加鲜活。讲史前美术的老先生每每面对被幻灯机打在幕布上的出土文物，都会情不自禁地重复同一句话：

“当时，我恰好在场……”

为了寻找回那种在场的鲜活，课程结束后我们被拉到一处猿人遗址实地观摩学习。我们洞里洞外翻找着，觉得哪一块儿石头都像是被祖先使用过的物件儿。老先生在旁边“嘿嘿”直笑，劝弟子们都别再费心了，早被他们当年捡光了。看弟子们都像着了魔似的停不住手，老先生出于保护文化遗址的考虑，便把我们带到附近的野山坡去接着翻腾。

不曾料想野山坡如今已成为一处旅游风景区，山清水秀的，早已无处寻觅原始人群生活的痕迹。我们只好尽情地在场于后代们休闲中的鲜活了。小油照顾着北京女孩儿，一步不离，决不肯给别人让出照顾的机会。乱炖想跟着漂亮的杭州女孩儿一起走，可有些力不从心，总也跟不紧密，便折回头来找一休，嘴里念叨着：

“胸大无脑！胸大无脑！”

一休正被山西女孩儿缠得毫无办法，便借机给乱炖腾出了空，兔子般去撵往山上走的杭州女孩儿了，只留话道：

“你丫子就笨！她背着两袋儿奶粉能跑多快？”

我想着陆篱，无事可干，只好陪了老先生在水边儿坐定。也不知是不是有意影射在场的鲜活，老先生慢条斯理地追溯着：

“原始人可没有今天这么复杂的审美情感，在选择配偶的问题上，一切都以生殖的需要为基本目的……”

我们的绘画课一般都安排在下午。别看我们是搞史论的，但国画、油画、版画、雕塑等科目的基础训练却一样也不少，主要是为了了解各个画种的性质，以备日后研究之用。由于只是基础性的了解，所以课程的安排也就非常随意，一上来就要画女人体。为了提前掌握一下人体的结构，我和一休跑到王府井书店，想多找些画册看看。那时的书店还不像如今这样可以自己随意翻找，裸体的画册虽然也不少，但都摆在玻璃橱柜里。一休让拿出来看时，那位眼珠子有些发黄的男售货员像罩着自己的媳妇似的，瞥了眼一休，很生气地低下了头。再让拿时，便很有些叽歪了，不耐烦地说：

“有证件吗？这是专业书籍，小孩儿不能看！”

一休不耐烦地把学生证丢在橱柜上。仔细核对后，售货员只好把“媳妇”端出来让翻看，并神秘地问道：

“你们，画人体？”

一休说：

“我们，画啊！”

售货员的黄眼珠子便有了些猥亵的神色，看看四周，压低声音问：

“真脱啊？”

……

下午走进画室的时候，女模特儿真脱了。由于已是个三十多岁的过来人，女模特儿便颇不把脱当回事儿，本来墙角边儿设有专门的脱衣室，可她不进去，就那么敞摆摆地坐在模特台上，通过肩膀头子和腿弯，一件一件若无其事地往下褪着。我曾以为女人脱衣服无怪乎两种脱法：或私底下主动地脱，或人前被动地脱。私底主动地脱，自然是愉快得毫无负担；可人前被动地脱，即便并无暴力强迫出的苦大仇深，也应该极力显示些躲躲闪闪的难为情吧。像这种与私绝无利可图，与公却暗发萌蘖的脱法真是没有想到。其实脱光了，赤条条在那里，倒没什么值得忍受的，只是双眼看着一件件地往下褪，真有点儿把人撩拨得不轻，尽管都是为了艺术。

小油眼神不好，占了尽可能靠近的位置，嘴都快要碰到模特儿的乳房了。老师进来后，劝他还是撤后些为好，距离太近，不利于整体观察。再说，也阻挡了后面的视线。小油有些不太情愿，说看不大清楚，眼神不好。老师问他，你想看清楚什么？那些省略掉的细节其实更有益于增强艺术表现。小油便不得不撤后了一米。

乱炖可能在闹肚子，一趟趟往厕所跑，回来后，位置和光线都不对了，问老师怎么处理。老师觑觑着眼睛，看着他的画说：

“怎么处理？告诉你个秘诀啊！”

乱炖憨厚地凑近了耳朵。老师温和地说：

“擦了，重画！”

休息的时候，女模特披了件衣服在裸露的身体上，看小油和乱炖都垂头丧气的，便给欢快的一休讲起了段子。说美院有个女生在画室打扫卫生时不小心碰断了《大卫》雕像上的阴茎，便用乳胶粘上了，天衣无缝。第二天老师不知为什么还是看了出来，问是谁弄断的？女生只好承认下来，但申辩说，我不是都粘上了吗？又不是故意的。老师很恼火，说粘不要紧，你怎么能向上给粘反了呀？！女生有些疑惑不解，问老师，那我看到的怎么都是朝上的？

画室里笑成一团。见调节了气氛，女模特儿更来劲儿了，紧接着又讲了一段儿，说她们的一个同事前不久和某个男学生好上了，不慎有了肚子，被校方看了出来，要处分男学生，经过一再推敲，处分的理由是：恶意损坏教具，并致使其严重变形。

班上的山西女孩儿跟着把眼睛笑成了一条线，但肩膀在剧烈抖动的同时，也还是不忘要保留应有的矜持，嘴里不停地嘟嘟着：

"嘿嘿嘿，真流氓！真流氓！"

杭州女孩儿像被谁惹到了似的，苦着个脸，淡淡地说了声"无聊！"便出去了。

37

"十一"陆篱要来看我。陆篱被高考留在了区内，在一个艺术学院进修。去接她的那天，在一休的倡导下，整个宿舍全体出动。隆重些。几个人都看过陆篱的照片，可能想尽快核对一下本人是否真的有照片中那么理想。由于不知道陆篱会从哪节车厢下来，怕错过第一印象的几个便在站台上分段儿蹲守。车上下来的人真不少，但一个一个的都不是陆篱。就在我怀疑陆篱是不是没坐这趟车的时候，一休喊着我的名字，带着陆篱兴冲冲地走近。陆篱剪了短发，身上斜挎着只有半导体那么大的小包，很别致，很洋气，连蹦带跳地过来牵了我的胳膊。一休愉快地聊着，说陆篱长得很像他喜欢的一位画家的女朋友。少顷，乱炖宽厚地笑着过来点头，一言不发。从另一个蹲守点儿匆匆赶过来的小油，眼睛像评委似的直盯住陆篱不放，嘴里打着最高分：

"不错！不错！"

可随后又秃噜出了最低分：

“已经相当不错了！”

收兵回营稍事休整后，我和陆篱去逛天安门，几个哥们儿倒都不见外，跟着一同去了，一路上对陆篱照顾得相当缜密，像不能亏了自己的女朋友似的。中午我们隆重地坐进了学校附近的东北馆。这里的饭菜物美价廉，我们已经吃惯了。二哥分配在一家博物馆工作，每周来看我时都会把同宿舍的几个一并带到这里解馋。所以，同屋的几个一到周末比我还盼着二哥来。每次二哥一进门，几个都会围拢上去说：

“大哥，大哥，想死你了！”

二哥也会颇有自知之明地质疑道：

“想我了吗？是想东北馆了吧！”

东北馆里的人气还是那么旺。这可能与那位色香味儿俱全的老板娘不无关系：人不但漂亮利落，而且也地道实诚。每次我们点了菜后，老板娘都会操着浓重的东北口音冲着后厨喊：

“花儿，猪肉炖粉条子！菜里多放肉，啊！”

不论菜里的肉是否被她喊多了，我们的心都无疑是被她喊热乎了，为了这被提升了的消费质量，下一次总是又坐了进来。

这次也不例外地喊了。我们便心满意足，等着上菜，热热乎乎地唠着嗑。猪肉炖粉条子是乱炖每次必点无疑的传统菜目，小油的钟爱是宫保鸡丁。不一会儿，一休为陆篱点的几样也都陆陆续续地上全了。几个同窗都“大哥”、“大哥”地叫着，敬着，让陆篱吃得十分开心，为我身边儿能有这样好的友谊感到欣慰。让我感到欣慰的是小油，转变不小，不但点菜时学会了节约，看一休不管不顾地乱点，总要及时制止，而且结账时也不顾自己的病情，起身死死拉住我，成功地掩护一休和乱炖到老板娘的身边去争抢。

晚上，三个哥们儿像是为我布置新房似的，在夜色里一趟趟往画室运送着被褥。一遍遍嘱咐了不要开灯后，替我严严实实地锁上了房门。陆篱躺在我的怀里，再次为我身边的友谊感到欣慰。

38

陆篱走时一再叮嘱我，抽空去看看她的表妹，北师大中文系的学生。周六我便抽空去了。真是不去别的学校不知道我们的宿舍小。表妹们的寝室里没有别的玩意儿，横七竖八的，全是四六不靠的上下铺，衣箱都塞在床底下。如果没有专人引导，恐怕谁去了谁都得迷路。然而不去别的学校也不知道我们的宿舍乱。人家总共住了十好几个人，可却像临时医院似的清洁而有序。由于冷不丁地来了个长发披肩的，又不是女生，所有的目光着实往这面瞟得不轻。邻床的小姑娘正抱着吉他艰难地蹦着单音，见我看着她，不好意思地笑了笑，放下了。搭了几句话后，我拿起来弹，优美的和弦让小姑娘激动不已，直说好听，好听，真好听！其他床位上的目光也都被惊动了，长时间地向这边定了位。几个胆大点儿的不约而同地聚拢了过来。

一曲下来，气氛已相当融洽，知道是美院的，也就原谅了不男不女的长发，纷纷点播着，让继续弹。表妹坐在我的身边儿，很自豪。

又弹了几曲之后，来了个团干部，让去上团课。看到我，皱了皱眉头，一边说弹吧不要紧，一边却像遇到了瘟疫似的躲闪开。姑娘们都意犹未尽，有些不舍，央求我在宿舍等着行吗，回来再弹，还没听够。看在眼里的团干部把一个女生叫到墙角耳语了几句，走了。被耳语的女生很烦躁的样子，对着关上的门嘟哝道：

“事儿妈！”

我知道是不妥了。把个男生单独留在宿舍里，四处高高晾着的都是女人用品，不太像话。我起身要走。几个又苦苦哀求，说到宿舍边上的小花园里等好吗，她们去点个卯，很快就回来听我弹。我从来不知如何拒绝女孩子的请求，只好去等。点上的第二支烟还没抽完，一个个便叽叽喳喳地跑来了。在花园里直唱到大半夜，我才被依依不舍地释放。

回到宿舍后，我及时汇报了这次探亲的情况，几个同窗认真听罢，激动得摩拳擦掌，带着憧憬睡下后，都有些反夜。

周三的下午，我正在图书馆看书，一休一阵风似的奔了过来，说北师大来了四个女孩儿找我，已被小油和乱炖接待到宿舍坐了。往宿舍赶的路上，一休向我进谏，晚上是不是办个舞会？我说非年非节的，费那个劲儿干什么。一休给了我一拳，说我明知故问，饱汉子不知饿汉子饥，不费那个劲儿他们能吃上吗？

还没进屋，就听见了小油爽朗的笑声。一进屋才看到乱炖也陪得不怎么腼腆。客人们毕竟是师范的学生，谈话相当正式，说这次来的主要目的是看能不能建立一下友好宿舍。一休说宿舍友好不友好无所谓，只要你们能来玩儿就好。乱炖的话也能跟上了，忙说欢迎，欢迎，随时欢迎！相当融洽的气氛中，小油扶了扶定型良好的发型，问哪一个家是湖南的。因为我曾说过她们宿舍有个湖南的女孩儿相当不错，显然小油当捎又开始调查了。得知来的人当中没有湖南妹子时，小油便也改口得快，热情洋溢地表示都欢迎，都欢迎，只要来的都欢迎！

姑娘们连口水也顾不上喝就要回去，无论哥几个怎么劝，就是不留下来吃饭，说晚上有课，耽误不得。但答应一定会再来的。

宿舍在友好中等待着。周末，天刚一擦黑，真的给盼来了六个。一场舞会也就在所难免了。小油不动声色地坐着，和我一同招呼客人。一休只好带乱炖去买些啤酒和花生米什么的，以备舞会之用。等我和小油陪同客人来到教室，各个门上的幕布都已自然地垂落下来了。一休可能嫌灯光白晃晃的刺眼，买来几支蜡烛点上取代。为了脱俗，也为了不至于跳得唐突，首先还是让我给弹吉他，四周随意坐着的手里都拿着啤酒或饮料，极自然地摇头晃脑，跟着哼唱，并不急于彼此联络。唱完了罗大佑，就都交递上了眼神，纷纷起身极自然地跳了。坐下来，接着再唱齐秦，过渡得心为形役，天从人愿。唱完了崔健，在场的一切陈规戒律便都处在了摇滚中，每一个似乎都有各自被压抑了的方面等待释放。一休已经和女孩儿开始搂着脖子跳了，小油和乱炖也在伺机调近着距离。

由于有表妹在场，我是不敢轻举妄动的，正规地跳罢，一个人躲在教室外面抽烟。不一会儿，一休带着女孩儿出来，到小花园里去单独纳凉了。又不一会儿，一个女孩儿掀了幕布，愤愤地走出来，气哼哼地冲我说：

“你们同学怎么回事儿？”

我忙问发生了什么。女孩儿愤愤的，满眼委屈：

“还没咋地，就说要吻我！”

我知道肯定是小油在作乱。这事干的，也太性急了。怎么不考虑妥帖自己的魅力呢？我虽然心里责怪着小油，可家丑不可外扬，也只好以艺术家的个性为他做挡箭牌，来暂时宽慰了眼前被伤害到的耳朵。女孩儿的耳朵被艺术的个性修复后，也就减轻了委屈，顽强地进去了。

不一会儿，刚修复不久的女孩儿又掀了幕布，依旧是气哼哼的，冲我喊：

“你们同学怎么回事儿？！”

我忙问又发生了什么？女孩儿愤愤的，满眼加重了的委屈：

“怎么又和另一个女生那么说啊！”

乱了！乱了!小油这个兔崽子，偷偷摸摸的艺术怎么这么不高级呀！为了不再给耳朵添堵，我只好进去叫停，唱了首离别的歌后草草收场。

回到宿舍，乱炖反馈说收场得过早了，本来与女孩儿的距离已经调整到只有一嘴之隔了。小油像什么都没发生似的，用手扶着发型，嘴里吐着细烟，坐在桌边翻看画册。我忍不住旁敲侧击地指导了小油两句。小油反倒像那事儿已经做成了似的，喜不自胜地埋怨起了人家女孩儿：

“我操！这事儿也往外说？说出来就不好玩儿了！”

一休很晚才回来。一进屋就如释重负地宣布，那个湖南女孩儿已经是他的女朋友了！随后得意地看着我说：

“怎么样，大哥？湖南女孩儿！”

我有些诧异，忙问这个女孩儿也是湖南的？我说的那个湖南女孩儿根本没来啊！

一休像卡了壳的磁带，呆站了片刻，随即恶狠狠地瞪着我说：

“你丫子就害我吧！”

39

友好宿舍就友好了这么一次后便解体了。一休的女朋友虽交得阴差阳错，但两人的感情却相当好，小日子过得风风火火，今天用小酒精炉下饺子，明天又借来电饭锅煲鸡汤。乱炖也锁定了目标，一天三四趟地往北师大跑，忙着与中文系的女孩儿探讨诗歌。只是小油为自己那一夜的多情付出了沉痛的代价，只能硬跟着乱炖去玩玩儿。跟得久了，也就没了兴趣，于是折回来再为自家班上的北京女孩儿当起了保姆，像回了头的浪子似的，更添重了悔悟过后的殷勤，每天早早就把饭菜打回教室，并适时取悦道：

“看！我给你打了什么？宫保鸡丁！”

乱炖虽然凭借出色的文学才华在北师大的中文系占据了一

席之地，但恋得也绝不轻松。每每从北师大来了信，总会被一休攥在手里，大老远地就喊：

"炖哥！来信啦！"

乱炖瞅着，自然是喜上眉梢，咧着一嘴四环素牙"嘿嘿嘿"地笑。一休不会把信轻易递上去，只是不紧不慢地问：

"别光乐呀。中午……"

乱炖便连忙熟练地回答：

"东北馆！东北馆！"

等到了东北馆，菜也上齐了，一休这才慢悠悠地将信交到火烧火燎的乱炖手中。但并不算完，还得当众宣读。写满诗意的信件往往读到一半儿，就会被乱炖准确地概括出了中心思想，先前还喜洋洋的脸色急转直下，惶惑地说：

"这什么都没提呀！"

我们可不管提没提，下次见到信，还是东北馆。就这样，在东北馆一直吃到了年根儿，才好不容易听到乱炖说"提了"。

小油听"提了"，便着实为北京女孩儿依旧琢磨不透的口味有些着急上火，因为整天宫保鸡丁的，似乎让人家倒了胃口，显然已接受得心不在焉了。于是，永远不甘人后的小油不知从哪儿淘来一张女护士的照片，端端正正地贴在床头一睁眼就能看到的地方，只要一有人来宿舍，就主动要求人家走近了看。自己的眼里出了西施，成竹在胸也就罢了，可还硬要装出不经意的样子问一句：

"怎么样？我的女朋友。"

待人家"哟，你女朋友啊？不错！不错！"地肯定了，也就不出所料地发出“哈哈哈”的硬朗的笑，随即，欣慰地摸着亮得都可以映照出女朋友容颜的头。可完成了任务的人下一次进来，他还是要求人家去执行和上次一模一样的任务。就因为这个，我们宿舍有好长一段儿时间都没人敢光顾了。面对日渐萧条的行情，小油只好主动到走廊里去拉客，连楼道里打扫卫生的阿姨也不放过。那天瞥见系里一位刚留校不久的前辈从门前闪过，小油便赶忙出去拦截了，邀请他进屋观瞻。也还是要问：

“阿炬，怎么样？我的女朋友。”

美院的青年教师都很随便，擅长交际的学生一般都直呼其名。阿炬准确地回答完问题，让小油笑着满足地去摸头，抽出空来问我：

“听说你的女朋友很漂亮？”

我还没来得及谦虚，小油却先抢了话，不以为然地回答：

“进修生！”

我的心头好像落上了一只苍蝇，被“嗖溜”得的确不轻。

40

直到元旦前夜也没见小油领来照片中的佳丽，我们也就腾空了眼睛，准备到美院的化装舞会上去使用了。美院的元旦化装舞会在北京的高校里久负盛名，届时各色人等都会纷至沓来，济济一堂，如神仙下凡，尽显神通，因此历年积攒下来的传奇不少。听说楼里有个江湖上人送绰号“运输大队长”的，每年舞会时分都有成群的北影和中戏的女孩儿找到他的门下，可不曾料想都给邻近宿舍的哥们儿办成了好事儿，天还没等黑透，自己的手头就连一个也落不下了。可惜那一堆姑娘中日后成了星的还真不在少数。还有一个江湖上人称“恶虎”的，每年舞会上的标志性装束是身涂黑墨，条纹如虎，下体只留条短裤，见人便做咆哮状，由于浑身墨臭，无人敢近。也有“中腿传人”的故事：新疆来的一个哥们儿总爱给人讲关于“中腿”的段子，说他们那里建设兵团的女知青刚到连队的时候，由于在城里封闭得幼稚，偶见一匹公马把生殖器耷拉在外面老长，都快垂到了地面，便惊呼：

“连长连长，那是什么东西？”

连长实在无法解释，只好误人子弟道：

“别怕别怕，中腿！”

正是从这个典故中得到了灵感，新疆的哥们儿便有了推陈出新的品牌，每次舞会的时候，总爱把自己化装成一匹高头大马，腰间别着根儿黑白相间的警棍充当“中腿”，四处游荡，见人便拔出要抽打，威风凛凛，终于在江湖上赢得了“中腿传人”的美名。

下午还不到六点，校园里果真热闹起来了，人头比平日多出了好几倍，一张一张戴着面具的脸，好像都附着上了即将被承认的重要性，招摇过市，往来穿梭。走进昏暗的舞会现场，更是不得了，只觉得天崩地裂，山呼海啸，不知哪来的几只摇滚乐队，轮番敲打，都疯狂地甩动着狮子般的头。据说崔健曾在这里玩儿过，“黑豹”、“唐朝”也都是这么闹腾出来的。

仿佛浸泡在了染缸里的群众腰松胯散地扭动成一片，奇异的装扮令人目不暇接。不远处，一个长发飘飘、身着超短迷你裙的女郎忸怩作态，搔首弄姿中被这个在胸部摸一把、那个在大腿上掐一下，“哎哟”、“哎哟”直叫唤，一边半推半就地说“讨厌”、“讨厌”，一边不时往肩头拉拽垂落下来的乳罩带儿，也抽空扶整扶整丰硕的胸部。正想着这女子未免有点儿太那个了吧，身边一根儿粗壮无比的大辫子幽灵般地游荡了过来，猛然转过身，却不见有脸，前面还是根儿粗壮无比的大辫子，让我的头皮一阵发紧。紧绷的头皮马上也就被闯入眼帘的一身鲜亮的丝绸给按摩了，一个领口低垂到乳沟的小妇人，发髻圆浑，厚粉遮面，长眉细眼，乌膏注唇，眉心的朱砂也点得浓艳，颇具唐朝仕女的风韵，纨扇霓裳轻歌舞，粉胸半掩疑暗雪，真是美轮美奂……

平日里看惯了的秩序已被眼前陌生的欢乐冲击得七零八落，人群中飞扬的情绪肆意溅落在我的身体上。我突然感到在仿佛染了色的人堆里找不到自己了，好像有一股无法遏制的自卑穿透了我的身体，让我的心苦苦地填充着别人的狂喜。我失重的躯体只能用被摇滚乐手们激情的演奏所加热了的血液强撑着。此刻，为了与无法骄傲起来的躯体中的那些痛苦拉开距离，我只能幻想自己已是他们其中的一员了，让四周那些狂热的欢呼声只为了我的存在而沸腾吧。然而，看着他们活蹦乱跳的身影，我好像压根儿就不会弹吉他，那种上下快速转换的指法我见所未见，那种强劲的旋律和节奏我也闻所未闻。这种巨大的反差无疑又加重了我的痛苦。我知道那是电吉他独特的拾音器所爆发出的穿透力，普通的木吉他就是弹破了天也是无法激烈到那个程度的。

哪里有痛苦，哪里就有欲望。我的眼睛尽可能地靠近那些受拥戴者们横亘在腰际间的家把什儿，贪婪地盯着不放，想让里面流露出的欲望尽可能地吸食些聊以自慰的安魂剂。从那一刻起，拥有一把电吉他便成为了我人生最大的心愿，那股欲望之强，就是用美若天仙的女孩儿来换，也未见得能动摇得了我坚强的意志。

正迷惘地贪婪着，音乐却戛然而止，四周一片漆黑。再亮起来的时候，颁奖开始了。获奖的几个都被请到了舞台中央。唐朝仕女和大辫子都在其中。那个风骚的女郎站在最前面，挥动着手中的大礼盒，得意扬扬地把塞充胸部的两个馒头拽了出来丢向观众。原来是个小伙儿！我说怎么能放荡成那样子呢。在一片起哄声中，切除了乳房的女郎打开了奖品，里面还是礼盒。再打开一层，还是。到最后，只剩下香囊那么大小的纸袋里装着一块儿臭豆腐。四周的嘘声、口哨声一下子被调大了分贝……

然而，哪里有欲望，哪里也就有痛苦。第二天，我跑到王府井的乐器行，反反复复摸着竖立在琴架上的那一把把形状各异的电吉他，手指从那光溜溜的琴面上滑落下来，眼中的欲望也顺着一把一把地消亡殆尽：连外观和音质都极差的国产电吉他都得一千多，更何况那些舶来的“FENDER”、“GIBSON”、“SAMICK”、“EORT”和“YAMAHA”呢。唉！即便一次懒觉都不舍得睡，一堂课都不肯旷，玩儿了命地拿了奖学金，也就是百八十块钱，用什么买？难道能不吃不喝吗？

或许，欲望产生的根源就在于我们是人，无法像上帝那样要啥有啥，什么都不缺。然而，随之产生的痛苦的根源也正在于我们是人，不吃不喝也无法满足自身的欲望。

41

得不到的痛苦是长久的。可得到过的快乐却总是短暂的。元旦平安夜的狂欢很快就被考试紧张的气氛所置换。小油和我一样，不得不收回精力，再也顾不上去料理各自稍嫌奢侈的欲望了。但与我不同的是，对阿炬教的那门最难缠的理论课考试，他显然又滋生出了另一种简装的欲望。小油的意思是想趁元旦欢庆的余绪，动用他与阿炬能搭上话的关系，邀请出来参加班上的聚会，然后在幽暗灯光的推波助澜下，派班上的山西女孩儿拉起来跳舞，只要情不自禁地贴上了面，便可见机行事了。英雄难过美人关嘛。更何况平日里阿炬对山西女孩儿就颇有些照顾。其实比起高考那阵子，现在的学习强度已降低了不知多少个百分点，但我们的惰性似乎永远都不会满足于已减轻了的强度，得到的轻松永远只是想要的加倍轻松的起点，于是，春困秋乏夏打盹儿。而眼前正值睡不醒的冬三月，有这简捷易行的对策，哪个不跟着动心？我们答应小油，一定会帮着促成好事。

不知小油私下里什么时候做的工作，下午山西女孩儿便雷厉风行，亲自找我出去密谈。但整个过程中并未提及小油，好像只是她自个舍生取义的决定。待各项事宜落实罢，一再叮嘱我道：

“这件事我可只对你一个人说了，你可千万不能告诉其他人啊！”

可傍晚从一休和乱炖汇总上来的叮嘱看，她至少暗地里和三个人都说了这件事。我们倒并不在乎她叮嘱的风格，只是全神贯注于经她舍生取义后即将取得的共赢的结果。

小油就是有面子，晚上阿炬真的来了。随后抵御不住幽暗的灯光，也就上钩了，和山西女孩儿果真贴了面跳在一起。我们都躲在足够远的外围献殷勤，特地为阿炬留出可供密谈的私人空间，一曲放完便利欲熏心地赶快再续上一曲，好多留些时间给山西女孩儿趁热打铁。

圆满地送走阿炬后，我们按照事先的叮嘱，一个一个单独去和山西女孩儿接头，满足各自的那份儿欲望。之所以一个一个分头行动，主要是想让她放心，她只对一个人说过的话绝对没有传到第二个人的耳朵里。可从眼前的结果看，这次是白忙乎了，山西女孩儿又用同样的风格打发了我们：

“老师只说让我去找他，单独辅导。这件事我可只对你一个人说了，你可千万不能告诉其他人啊！”……

不知是否被单独辅导了，山西女孩儿守口如瓶的，连小油也无从调查。但杭州女孩儿肯定是没捞着的，因为在考试中垫着笔记本不管不顾地抄时，被抓了个现行。其实考试作弊的心理人人都有，因为它完全符合人类惰性的原则，只是这人性袒露的胆量各有千秋而已。像她那种视死如归地大力弘扬人性的抄法可真够得上烈士级别了。咳！虽然令人钦佩，但我们又绝无勇气跟着去做维护人性的斗士。显然，英雄永远只能是少数人可以享用的名号。

有英雄的悲壮，自然就会有庸人的窃喜。我和一休极不人性地瓜分了这个学期的奖学金。请罢客后，便凡夫俗子般地带着回家过大年了。

42

上大学虽说其实只是踏入人生的手段，然而，至少在那时，担负的却是人生价值实现后的结果，不但让家长们就此可以找到光宗耀祖的线索，让家人的眼里跟着生出扬眉吐气的依据，而且连自己似乎在人前也有了经天纬地的才华和指点江山的资本。这一过早闪现了的荣光一年一度总会让接站的人群盲目地煽动起无可推卸的重要性。下了火车后，出站口的两旁早已迫切得沸沸扬扬，里三层外三层，满眼尽是被重要性拉长了的脖颈和踮高了的脚尖儿，只留下一条狭窄的甬道以供辨认各自家中扬眉吐气的依据。我理解人们依据的快乐，因为我也曾从相同的依据中得到过有过之而无不及的快乐。小时候，每次从书信中得知大哥即将回来的消息，我便掐算着日子，召集一群小伙伴在团部供销社的大道旁等候，虽然等待中喧闹的规模无法与眼前的情形相提并论，但眼中重要性的质量却也绝对不让分毫。我们上午等，下午等，几天来，等走一辆又一辆，直到看见大哥下车为止。其实重要性也是相互实现的过程，大哥或许从我们的等待中接受了他无法推托的那一份儿，而我和帮着提东西的小伙伴们在路人不断的招呼声中，以及在那些无权帮着效力的小孩儿们艳羡的目光里自然也就领取到了我们主动采购的那一份儿。显然，物以稀为贵，那时整个团部只有大哥一个需要等着接回家的人，因此，重要性在价值实现的过程中还未出现疲软的迹象，如若换了如今这般接送过热的行情，我想甭说只是轻微地沾上些光，就是以奖金刺激，或许旁人也未必再会有投资的冲动。在随后的日子里，哥姐们两年一个考得勤快，自然也让我接得紧凑，在频繁的接送中，其间的重要性就难免有些贬值了。而轮到我这儿，通货膨胀得果真爆发了重要性危机，虽然绝对货真价实，但也只是外人看着眼馋，而在自家却早已是生产过剩，不名一文了。唉！只怨家里光宗耀祖的线索太多，惯坏了父母，即便没有人手，也懒得亲自出马来接。都考吧！都考上了有什么好？只能让先前的重要性渐渐变得平凡和麻木。

突然听到伸长了脖子的人堆里有人在喊我的名字，等扒拉开了阻挡的视线，才看清是箩筐。我的心中一阵感动，还是哥们儿好啊！无论何时都会认购你的重要性。可又不免为自己有些担心：能那么重要吗？他并不知道我今天会回来呀。自己多情的本质、不自信的惶恐很快就被证实了：还没等我感动上几句，箩筐的脖子便又繁忙地伸长了去张望，果不其然是等着接自己女朋友的妹妹的。在信里虽然知道由于发奋学会了吉他，箩筐终于心想事成，交上了女朋友，可绝没料到交得却是如此的辛苦，不但要忙着证明女朋友的重要性，而且连女朋友妹妹的重要性都一并承包了下来，一刻也顾不上自己的了。我只好心疼地告别了干正事儿的哥们儿，独自拖着不重要的身体往家中挪动。或许过两天陆篙回来时我也可以干些正事儿了。

我那似乎已经丢失了的重要性不久又被送上门来：猴子的妈妈不知怎么从美院的一位老师那里捡到了它，大年初一上午便慌忙带着自己立志成才的儿子满脸堆笑地来家中物归原主，手里还大包小卷儿地拎满了贺礼。由于多年前就与我们下乡搞“四清”的先生相识了，私人关系悠久，而如今手里又拎满了礼品来攀那一点经天纬地的才华，逼得我也就实在不好不指点江山了。猴子和他妈都是天生的外交家，毫不外道的亲热劲儿总能让你顷刻间接受所有的请求。儿子三天两头叫我到家中吃饭，还从不空手，本地的“钢花”烟就那么成条地拿来。妈妈也不落后，不但换着样烹调，而且吃饭时总会将满桌子的好菜一摞一摞地往我的碗里搛，还时不时趁给儿子买衣服的机会顺便给我带上一件。我得说，妈妈是个好妈妈，为了让儿子尽快重要起来，不惜一切代价；可儿子并未见得是个好儿子，只是明白舍得的奥妙而已，只顾用父母的“舍”来换取自己的“得”，却丝毫不怜惜父母“舍”得多么辛苦。我敢肯定，他的舍得想换取的目标似乎永远不是才华，希望自己有一天也能一样货真价实起来，而只是虚夸的名头，最好什么都不用去学，就能一夜之间摆在自己的姓氏前。因为他只知道用迈克尔·杰克逊的名字来彰显自己的憧憬，但似乎却并不真的就热爱摇滚乐，更不想弄明白什么是摇滚乐的末品。他只关心美院学生头发的长度和装束的怪异，如能再搭配上一两段儿风流韵事就最好不过了——因为相信自己早晚也都能享受得到，可对那些还需耗费汗水和泪水的附加的琐事显然缺乏热情和兴趣。

然而，吃了拿了人家的，我的嘴自然也就只顾勤快，不管爱不爱听，懂的不懂的似懂非懂的都一并掏了出来。不为雄才大略的儿子，只是为了含辛茹苦的父母。就这样，我的重要性整个年节都没捞着休息。我真不知道那妈妈从我的重要性中得到了什么。但我清楚地知道自己的重要性终将有一天会被那儿子识破，从此就变得不再那么重要了。

开学要走的那天，猴子的妈妈从市委的朋友那里弄了辆小轿车送我到车站，还塞给我一包本地的土特产路上吃。我坚持没让专车开到站台上，怕自己的硬座车厢损坏了送行的级别，从而在那儿子的眼里产生出有悖于这高档仪式的负面影响。

43

回到宿舍，乱炖带的是咖喱牛肉。一休坐飞机回来的，带了几只芒果。小油从家乡二大爷的厂子里带来一箱子袋儿封的凤爪，各个宿舍一袋儿一袋儿兜售罢，就把剩下的两袋儿打开了放在桌上。于是，我们四个便可以在各自的土特产前坐了，就着小酒聊聊一个月来的见闻。小油吃腻了凤爪，只顾去抓咖喱牛肉。

可能是吃得过杂了，半夜里，在小油的鼾声中我们三个一趟一趟地往厕所跑。直到第二天其他宿舍几个也拉了肚子的来质询小油一块钱一袋儿卖出的鸡爪子，我们才对夜里的闹腾有了初步的线索。小油摸着头直喊委屈：

“操！肚子也忒脆弱了点儿吧？我每天都吃怎么就没事？一块钱也值得往回要？操！还是不是哥们儿？”

哥们儿便不好意思让退钱。因此小油不但没有损失什么，反而还收回来一批开封和未开封的鸡爪子。为了证明只是别人肚子的质量问题，小油暗地里服用罢痢特灵后，专找人前的场合坚持吃着召回的货物。还真是有效，以后隔三岔五继续倒腾的货物销路都没怎么中断。

春季写生回来，校园里又热闹了，四面八方的考生们都来了，像一片蜂拥而至的蝗虫，纷纷叮落在老乡和同学的名下。真是不对比不知道自己当年的无用，人家很多考生在美院根本就无亲无故，但却也能各个教室和宿舍转悠得自若，哪像我当年，走一步都得有二哥陪着才行。尤其是一些姿色不错的女孩儿，见宿舍门开着就敢进来坐坐，整洁的衣裙清新可人，能不让你带着懵懵懂懂的潜意识赶快给辅导两句？还有些精通世故的哥们儿，不管认识不认识，见了就要请吃饭，一口一个大哥地叫，你能忍心不和他熟悉起来进而介绍一番考试的经验吗？所以每个学生的手头除了一两个固定的客户外，自然也都有些计划外的散客。善于交际的小油就更不用说了，小脸儿每天都喝得红扑扑的，手头倒腾的货物自然也就跟着畅销。因此，每年专业课考试期间，通常是小油最为舒心的旺季，吃喝不愁，堆压的货物也都能清仓。可惜一年只考这么一次，如果天天如此，小油肯定会成为先富裕起来的那一批人。

猴子也来考试了。坐专车来的，由妈妈和妈妈市委的领导朋友陪同着。晚上，我被载到北京饭店去吃饭。由于有门卫把守着，又听猴子说是国家领导人曾经吃饭的地方，我不免进去得有些紧张。在一张大到显得有些空旷的转桌旁坐下后，我的腿还在瑟瑟发抖。猴子妈的领导朋友把菜谱递过来，让我点条鱼吃吃。说当学生的太累了，补补脑子。我身上一股暖流涌过，觉得自己一定要懂点事儿，这么好的人请客，绝不能挑贵的点啊，于是就极力去搜索菜谱上最便宜的鱼价。其他的品种都两三百一条，只有鲍鱼后面标着“88元”，我便毫不犹豫地点了。上菜时，当女服务把一只小小的碟子放在我的面前说“您要的鲍鱼”时，把我羞得呀，脸可能比女服务员头上戴的那顶贝雷帽还要红……

我因把床位腾给猴子下榻，晚上睡在画室里，故而本就缺乏禀赋的交往委实打不起多少额外的精神。而猴子似乎在我的床铺上养足了精力，哪热闹往哪钻，又舍得使钱，因此在美院认识的人比我还多，各个画室和宿舍都能如鱼得水，渐渐地对我所能提供的照顾也就颇有几分看不上，跟着去食堂吃饭时总是觉得委屈了父母的能力。于是，为了让父母的经济尽快补充些活性，暗地里便老是找情投意合的小油出去见见世面，开开眼界，刺激刺激消费。那天从台湾饭店的通明处喝回来后竟兴奋异常，说是看到林青霞了！但也兴奋得让人有点儿丈二和尚摸不着头脑，说林青霞爱上他了！

一休怕是真的，慌忙问：

“你怎么知道她爱你？”

猴子很肯定，说林青霞用眼睛告诉他的。

一休便放心了。回道：

“那你就用眼睛去操她吧！”

显然考试的结果并没有以被林青霞爱上没爱上而定。猴子即便是跟着小油见足了世面，这一趟也不得不先空着手回去，只好等着明年再来让林青霞爱了。

44

然而世面是不可不见的。只是我们的世面见得颇多辛苦。每年放暑假前，大热天的本不愿出门，学校却要特地发了钱逼着你出去采风。不去，都得挖空心思找到合适的理由被批准了才行，因为观看外面的世界也是课程的一部分，记成绩的。我们研究的是学问，所以出去考察的重点是各地的名胜古迹。但捎带着，也就把各地的名山大川和风味儿小吃一并给饱览了。黄河中下游流域是华夏文明的发源地，自然成为了我们研究的首选。出发前，班主任请了一个曾经到那一带采过风的画家来给讲讲，主要是想增强一番我们的憧憬，提醒提醒出门的注意事项。可中年画家却不管不顾，一上来就打消了我们憧憬的积极性：

“都说‘米脂的婆姨绥德的汉’，别信那事儿，去了一个都碰不着……”

不过我们的憧憬很快也就谋到了另外的出路：中年画家建议我们一定要到霍去病墓看看，好啊！那个深沉雄大！他学生时代去的时候是个雨天，穿过一片麦田看到后，那个深沉雄大！让所有同学都跪在地上痛哭流涕！好啊！

于是我们的脑海里便带着他多年以前摄制下的镜头，由阿炬和另一位随行的女讲师率领着出发了。一路的憧憬，都恨不能长出翅膀来，立刻就飞到那一片深沉雄大前，一样地跪了，流泪。可不曾提防，时过境迁，如同宫殿般围起的高墙外都是拍照留念的游客，不但麦田不见了，而且买过门票进到里面，连“马踏匈奴”、“母牛舐犊”、“卧虎”、“卧象”等经典石刻也早已被红红绿绿的栅栏围得严实，顶上还都罩了公园式的棚子，保护得那个精微苛细，好啊！再加上老天也不下雨，炎炎的烈日火一般烧得人一个劲儿地冒汗，也就没有谁肯费那个力气去跪倒在地流泪了。

我们只好再往远处走，流不出泪来誓不罢休。在我的推荐下，一班人马穿过沟壑纵横、支离破碎的黄土坡，找到了我逃考途中曾经路过的那一处山崖。依旧是苍凉笼罩下的四野。我受不了记忆中重复出现的影像，终于抽搐着流出了泪来。其余的人也都在一片凄凉中，记录，拍照，只留下山西女孩儿不明原委地守在我的身边，像安慰失恋者似的试着安慰。

来时就知道这一带盛产民间剪纸，我们便顺便进了村子。

那个穷啊！即便下榻在了村委会的大院儿里，也绝无像样的整洁和舒适可供匹配。村长家的窗户和其他屋舍的拉不开多大距离，一样黑咕隆咚，不怎么敞亮，单是屋里的水缸比别人家的大出一圈，缸面上黑绿色的釉子要光鲜得多。村长的小脚老娘是远近闻名的剪纸高手，前年曾被美院采风的老师请到系里做客，被照料得难忘，因此只要听说是北京来的，就亲人般地给剪，要多少剪多少，从不觉得劳累。从美国留学回来的女讲师早有准备，捎来了由自己整理出版的印上了老太太剪纸作品的画集。老太太盘腿坐在破旧的炕席上，嬉笑得像第一次抱上了孙子的婆婆，欢喜地摆弄着，舍不得停手。但又不太敢相信自己的剪纸能是那么的水灵漂亮，一个劲儿地摆着手说：

“这不是俄（我）剪的，俄可剪不出这么袭人（好看）。”

当女讲师把八十块钱的稿费递过去的时候，老太太被这一桩紧跟一桩的好事弄得都有些蒙了。尽管一辈子都没见过那么多的钱，可说什么也不要，说给她印上去了，那么袭人，怎么还能再给钱呢？唉！乡下人只知道自己用剪刀剪出来的玩意儿年节时可以贴在门窗上增添喜庆，哪里懂得就成了艺术，不但可以到世界上去争夺民族的个性，而且还可以在国内帮助评比职称的高低。真说不清楚两个人谁该感谢谁。但要以钱衡量，似乎便有些俗了。

老太太将一双小脚探到了地上，跌跌歪歪的，到大缸里舀水和面，非要给做面条吃。女讲师出门本是很谨慎的，怕坏肚子，一路上只食用鸡蛋，因为鸡蛋带着壳，细菌无法进去。此时看着老太太连手也不洗就去和面，明知细菌肯定是少不了的，却也实在拦阻不住。

村长的小孙女和几个娃娃挤攒在屋里唯一的红躺柜旁偷偷地仰望着家里来的陌生面孔，一身身洗旧了也不怎么洁净的衣衫，一双双只要遭遇到迎对的目光便即刻就低垂下去的眼睛。活泛的一休从包里取出几枚小徽章，试着靠近了，想分发给娃娃们。老太太赶忙搓了搓沾满湿面的手，麻利地趑趄过来，捅捅一休，强力使了眼色，想让他立刻心领神会，那些她眼里的好东西在赠予时无疑也该分出个里外远近不是？一休便抱起小孙女问她爱吃什么，给她买。小孙女把手指咬在嘴里，头撇得老远，极不自在中倒也信了那千载难逢的美意，一个劲地去看锅灶上忙碌着的老奶奶，见阻止得并不怎么坚决，便勇敢地小声唧哝道：

“方便面。”

她显然不知道还有“康师傅”，村头小卖部里一毛五分钱一袋儿的就已是眼中不可多得的佳肴。而这的的确确是村长的孙女儿，真不知道那些不是村长家的娃娃们爱吃点儿啥。

老太太的面做好了，热腾腾地端给每一个人，锅里还有。只是屋里没有桌椅，随便你端着个小盆似的大碗圪蹴在哪里。小孙女已打发走了几个伙伴儿，倚靠在炕沿边儿上干净利落地嗑着袋里的方便面，都来不及泡水，时不时仰起头来，将手中的碎渣往嘴里倒。怪不得小孙女儿把方便面吃得那么香甜呢，老奶奶做出的面条那个难咽啊！除了醋味儿就没别的味道了。北京女孩儿从背包里翻出出行前父母为她准备好的酒精球，一遍遍慎重地给筷子消毒。女讲师被老太太的热情缠得实在放不下碗筷，只好要来几瓣儿大蒜就着预防。老太太也端了一碗坐在门槛上，稀里呼噜地往嘴里扒拉，好像连气也没换就吸溜进去了。起身再去盛时，看见半碗半碗堆放在锅台上的汤面，老太太还是怀疑不到自己的手艺，只以为亲人们都是在客气，便撇着干瘪的嘴巴啧啧道：

“年轻轻儿的大后生、大闺女还吃不过个俄（我）？”

老太太把剩在各个碗里的面连汤带水倒进了锅里。女讲师可能看得恶心，便迅速把视线挪到了炕头那只刻着花纹的木枕上。其余的也都三三两两到院子里透气。

其实亲人们也都不外道。女讲师相中了老太太睡了将近一个世纪的刻花木枕，还有一双装老用的绣花小鞋。小油和一个自费跟着出来见世面的进修生从小卖部里买来新碗，换那几只都已龇牙咧嘴的粗瓷货，至迟是民国时期的。老人乐得合不拢嘴，愈发加重了亲人般的热情。于是眼中不值钱的破烂便都在每个人的手里了。听老太太说往乡里走的路上还有清朝时期的古墓，小油的眼里便顿时生出不易觉察到的求知欲来。

不知小油带着进修生什么时候去的。傍晚时分只见进修生跑得满头大汗，回来报告说出事儿啦，出事啦！小油给乡里的派出所扣下了！等阿炬带着我们几个男生赶到派出所，却不见人。扒在另一处宽敞的窗户上往里望时，才看到小油一边爽快地笑着，一边和两个民警碰着杯，早已老朋友似的了。

第二天村长硬让我们到油坊旁破败不堪的小学给光临指导上两句。可能是极其难遇那一口一口的普通话吧，几个民办教师都羡慕地腾出讲台来，让给娃娃们好好教教。我这时才知道乱炖的毛病，一到人多的场合就紧张得结巴。在领读“日子”一词时便出了差池，脱节中努力连贯道：

“日日日子。”

终于说上了普通话的娃娃们并不明真相，跟着“日日日子”起来，舍不得丢掉每一个字的发音。

乱炖连忙纠正：

“不不对，是日日日日子。”

娃娃们集中起注意力，又跟着多加了一个音节。错得乱炖那个急呀，只好解释着再次纠正道：

“不对，老老师可以日好好多次，可你们只能日日一次。”

除此之外，乱炖还给娃娃们留下了一个完全错误的常识：鱼儿离不开开水……

黄昏，我一个人在村口溜达。突然从草垛那边传来一阵熟悉的喊声：

哦嘘！哦嘘！

是几个小女孩儿，带着小弟弟，在看自家的糜子。只要麻雀一被轰走，就立刻将彼此的腿搭在一起，嘴里边唱歌谣边拍着手跳。

我被吸引住了，站在草垛旁远远地看着。我无权惊扰那一方欢快的世界。

正呆看着，却冷不防有一声“哦嘘”从我邻近的那一堆草垛旁传来。是杭州女孩儿。戴着顶白色的旅游帽，帽檐长长的，遮住了眼睛，在夕阳的斜照下笑着向我走过来，确实有些动人。我们坐在草垛旁聊了很久。没别的，都是关于童年的记忆。

终于又住进大城市的旅馆了。不用检查被褥上是否会有虱子，也不必太担心饭菜的卫生，都用自来水，且都是一次性的筷子。洗过热水澡，每个人的精神便都振作，“AA制”罢一大桌子的晚餐后，山西女孩儿带着恢复了的精神头和北京女孩儿坐到我们的房间里来查账了。为了出纳的方便，学校给每个人下拨的款项都统一保管在我这个班长的身上。尽管像买车票、门票，住旅店和会餐等这样大部头的支出的确节省掉了不必要的中间环节，提高了不少行动效率，然而毕竟会计、出纳一人当，也不免会招来假公济私的嫌疑。我把一摞摞的票据和账目公开在床铺上，任两个女孩儿去查，让眉头紧锁的乱炖在旁边陪着，只拉走已开始指桑骂槐的一休，一同去买明天到恒山的车票。虽然山西女孩儿一再表明绝无不信任的意思，只想做到心中有数，而且程序也合理文明，可我在情感上接受得还是有些屈枉。我本不愿在身上附添那么多并不属于自己的贵重，可从老师到同学都信任得让你也责无旁贷，只好接受下来加重自己的神经。谁知那本该更为贵重的信任到底还是不如身上装着的贵重。咳！这班长当的，贵贱不是物啊！我决定下学期就辞职。我实在不习惯这被监督下的信任。

真是不登高山不知天之高也。眼前的恒山巍峨得的确无愧于“五岳”的殊荣，累得几个可以额外开支的都纷纷爬上了红红绿绿的马背，由搞旅游的农民牵着，继续往上登，惹得马儿身上的铃铛一路作响。到了山顶的庙宇，几个可以额外开支的又去信命了。小油抽到一支下下签，面色沉重，六神无主，急问似乎也搞了旅游的和尚怎么解。和尚不慌不忙，让把与那签相对应的符火化掉喝了，入肚后即可逢凶化吉。由于肚子早已训练有素，小油毫不耽搁地就着矿泉水照做了。经过一番讨价还价，不得不又多交出十块钱来破财免灾。杭州女孩儿被算过后，不知怎么的，竟被六根未必就真的清净了的和尚一口咬定是有孕在身！便屈辱得红了脸，丢下十块钱和一声“无聊”后，远远地走开了。咳！这和尚也真够无聊的，单从装扮也应该看出来人家还是个大姑娘啊！但转念一想，杭州女孩儿也确乎有过一大清早拎着个装满化妆品的小包急匆匆从外面赶到教室上课的情况，而且山西女孩儿也确乎只对我一个人讲过杭州女孩儿傍了个大款的底细。也还真不敢保证就没那个呀！可即便不幸言中，那和尚也还是无聊，天机怎么就给泄露了呢？况且还当着众人的面。

本来是在农村吃得不怎么卫生，可女讲师和北京女孩儿周密防护的肚子反而在城里拉得个欢实，你一趟我一趟，就像铆足了劲儿要比赛似的。

45

再开学的时候，每个人都起了些变化。我不当班长了，无官之后补齐了信任，一身轻松。为了消除退下来了的抑郁反应，我总爱溜达到乐器行去解闷儿，让手轮换着摸个够。那一把一把的进口货依然还是带不走的欲望，但却也可以暂时填饱眼中的贪婪。可越是去靠近摸了，欲望反倒变得越强烈起来，像是已结束了休眠期的火山，渐渐活跃到即将要喷涌而出的程度，任凭体内那一堆早已烧得炽热的岩浆滚动着，一刻也不愿冷却。杭州女孩儿好长时间不见来上课，似乎又要添生出“有聊”的举动。山西女孩儿也开始夹着个小包成天价往外跑了，忙忙碌碌的，不肯留下照面的机会。由于没人再给讲只让我一个人听到的话，所以杭州女孩儿为什么总不来上课的原委也就断了可以知晓的渠道。一休迷恋上了话剧，总能搞到人民剧院的戏票，看剧归来后便眉飞色舞地讲述那“鸟人”演得有多么多么的精彩，轻而易举就能让所有没去看的人立刻就觉得精彩。乱炖跟着北师大的女朋友提前去参加了英语四级的考试，惨败后也并不气馁，雄心勃勃地表示要继续考“托福”，随时渴望着外面精彩的世界，一刻也不肯清闲。变化最大的还要数小油。首先，和北京女孩儿有情人终成眷属，上课前便可以把熬夜赌来的饭票从后面递过去，厚厚的一沓让北京女孩儿攥在手中清点。其次，不知是那次上恒山结下的佛缘，还是从北京女孩儿身上沾来了慧根，反正开始信起了一种据说是与弘扬佛法有关的什么功，整天“师父”、“师父”的，和北京女孩儿神秘地叫在口中，充满了优越感的谈话内容配以稍嫌激动的语调总也不难让旁人听出，两个人有生之年的最大心愿莫过于就是能和“师父”见上一面了。姑娘确实信得执着。那天去邮局取一笔款项，路上摔了一跤，回到教室后便立刻通知小油，说师父在点拨她，这笔钱不能要！于是就当众焚烧起了汇款单。小油痛心疾首地劝阻不住后，自然佩服得五体投地，也就跟紧了信得坚定不移，课余在教室里盘腿打坐时，嘴里总要发出如飞机盘旋般的“嗡嗡”声。倒也提前吩咐到了，那时断不能去惊动他，如若不然，是会危险到出人命的。我们便都不敢去惊动。即便一时疏忽，忘记了，去叫他，也是听不见的。据说那已是到了相当高深的境界。可后来才知道，小油明示的危险以及那莫测的境界也都还可以破例：那天下午，学生处的女处长在教室外并不知道里面有已打坐入境了的人，只喊了小油一声，连我们都还未听真切，小油却早已“哎！”“哎！”“哎！”地应声动起来，麻利地将盘上去的腿伸直了，双脚满地划拉着座位下的旅游鞋，快速套进去后，连鞋带也顾不上系就一缕轻风似的出去了，飘然若仙。其间似乎并未见到发生了什么被吩咐过的危险。

九月底，杭州女孩儿回来上课了，消瘦了许多。但依旧是见了什么都无聊。我们几个忙着跟一休去参加美术家提名展的研讨会，都顾不上用探询的话语再去加重她的无聊。按说，我们都是美术评论界的后备力量，去参加个画展的研讨会本是小菜一碟。只是，我们还想跟着把研讨结束后的宴会也一并参加到，这就不得不靠一休的料理了。一休的父亲是业界著名的批评家，又是这次大展的主要策划人，儿子身边多出来几个蹭饭的同学也就并不在话下，只管和我们轻松地聊着天，一并进入到餐厅中。其实吃起来才发现，宴席上是绝不会有人闲到去察觉多出来的人头的。不但毫无觉察，知道是一休的同学后，还都兄弟般地敬起酒来。推杯把盏中，我们进来时怕遭核实的担心也就渐渐松快了，胆子越来越大，纷纷把筷子伸向了远处的盘子。

酒过三巡，菜过五味，各张桌子上的人员开始流动起来，往来穿梭中三五成群地组合成讨论艺术问题的最佳阵容。一位蓄着大胡须的画家走过来搂住一休坐在了旁边，摸着他的头，不住气地夸他下午的言发得好，中国的美术评论界后继有人！一休谦虚的寒暄看来也没能动摇了他深信不疑的断言。随即，一圈儿人又聊起了几个深刻的问题。一休总能搭上话，颇有见地的言辞游刃有余。我在旁边像个哑巴似的，只能默默地坐着钦佩。我向来无法主动发言，这是从小养成的毛病，由于在课堂上总也概括不正确中心思想，所以久而久之，除非老师点到我的名，否则就是再有自以为正确的概括，也要低着头，硬憋着把发言的冲动烂在肚子里。而此刻这么重大的场合，也就更怕插错了嘴。我觉得自己学这一行真是多余了：总也不愿张开嘴巴，就无异于锁闭了表达的门户，思想的泉水还能指望从哪里涌出？本来论考试成绩，我每门功课都不在一休之下，可如今那么多并非是课堂上教过的词汇，人家怎么就能张嘴即来呢？况且还总也不见说错。

又一个蓄着胡须的画家端着酒杯摇摇晃晃地过来了，搂罢一休刚一坐下，便哭起了鲁迅，渐渐泣不成声，一再重复地说中国没有真正的文人了！没有了！而后又捶胸顿足、撕心裂肺地诘问道，为什么中国再也出不了鲁迅了？为什么？

一圈儿人都跟着怆然。边上的一位老评论家摘下厚厚的眼镜，擦了擦被浸湿了的镜片，又戴在了眼睛上，安慰道：

“这样说恐怕不准确吧。分一下层面，分一下层面……”

我显然没有学会分层面去对待自己的欲望，还是忍不住要跑到琴行去摸那一把一把的进口货。我也没有学会分层面去应对突发的愤怒。那天刚从乐器行失落地回到宿舍，欲壑难填中却见一休阴沉着脸，受了委屈的样子，用手捂着左腮上红红的一片。我问他怎么了？一休委屈得不愿吭声。一连问了几句后，一休才强忍着悲愤说和小油打起来了。我急问为了点儿什么呀？一休终于气不打一处来，说今天在教室里丫子又和北京女孩儿大声地谈论着“师父”，没完没了，一休在看书，让他们小点儿声，可几次交涉未果，忍无可忍，一休便顺手把桌子上的一只空墨水瓶砸向了黑板。可能响动过大，惊着了北京女孩儿，于是就连锁地惹怒了小油，一记右勾拳打将了上来。两个有师父的人都像恶狗似的直扑而上。一休哪里有师父？也就没敢恋战，安全地撤到了宿舍。我对小油一贯的表现早已烦躁，此刻又得知他打了哥们儿，怎么可能不听得火冒三丈？于是，怒骂中一下子忘记自己已不是班长了，起身要去找小油算账。一休知道我的身体素质，怕惹出点儿乱子拿不到奖学金，便一骨碌从床上跳下来，紧紧地跟着。刚一靠近教室，小油嘴里发出的“嗡嗡”声就已盘旋在耳了。我顾不了小油的安危，一脚踹开门，走了上去。一休连跑两步，把我挡在身后，但也再次愤怒起来，指着小油的鼻子骂他不像个男人。小油被眼前突如其来的势头搞得有些发慌，倒也并不申辩，嘿嘿地笑着，问怎么啦？好像真的不知道发生了什么。可终究还是被骂急了眼，拿起邻桌上别人的饭盒要砸一休。我一个健步冲上前去，一记左勾拳打掉了小油手中的饭盒。接着想再抡出右勾拳的时候，一休从背后拦腰死死抱住了我。小油也顺势躲得个利落，带着做好了防守姿势的双手连连往后直撤，只留出前腿在空中灵巧地蹦蹬着，嘴里焦急地喝道：

“我操！我操！还真打呀！”

乱炖也闻声赶来了，一同骂了几句小油，劝我和一休消消气。买来几瓶啤酒后，气头都过去了。小油流着眼泪愤愤不平地列举着我们对不起他的罪状，一幕一幕的，让人怎么听都觉得应该得出相反的判断才是。最后，小油用手使劲捂着胸口，一副身体出现了危险的样子，眼睛红红的，喘着粗气说：

“算了，都不跟你们计较了！就拿今天的事儿来说吧，啊？明知我打坐时是不能被惊动的，可你们管我的死活吗？操！还是不是哥们儿！呜呜呜……”

46

一休那一腰确实抱得关键。我又拿到了这学期的奖学金。可和几篇文章的稿费以及为一位准备出国留学需要论文的女孩儿捉刀所得的润笔加在一起，那数字依然离买把电吉他的欲望甚远。我被分不出层面的欲望日夜焚炼，实在煎熬不过，也就只好任体内烈烈的熔浆喷涌而出了。我决定去找二哥一吐为快。

二哥已从单位辞职了，在一家广告公司搞设计，一个月的工资要比以前高出好几倍。但依旧还是放不开手脚花，租住在一家旧工厂腾空的房子里。由于没花上好价钱，所以住得也就不怎么宽敞和舒适，保留了美院风格的陋室内，除了风干的羊头和一串木瓢可以毫无负担地挂在墙上外，画架还是只能支在角落里，一摞一摞的画框依然没有堆放的地方。星期天一大早，二哥还赖在床上，我便坐在他的床头好生述说起来。二哥只是听着，并不吱声，睁开后依旧蒙眬的睡眼掉转向里面的白墙。二哥终于被我絮叨得起了床，洗脸，搽雪花膏，套衣服。

穿戴停当，二哥突然用土话朝我喊道：

“赶快给爷走了哇，还等上菜的了？”

我忙问去哪儿，二哥没好气地说：

“还能去哪儿？取钱给你买吉他！小疙泡，咋就知道爷刚存了三千块钱！”

由于所生长的地域，我和二哥私底下说话都习惯用方言。虽然打小就在北京知青的耳濡目染下讲一口流利的普通话，也一直打心眼儿里崇敬能讲普通话的知青们，总觉得都和毛主席住邻居，形象自然也就跟着漂亮，需仰视才见似的。可不知怎么个事儿，等真正来了北京，生活在非讲普通话不可的地方，哥俩对话的时候不用方言就别扭得慌，昔日羡慕不已的腔调怎么也无法在嘴里调度得自然。唉！还是在口中养活了多年的土话厚实啊，用了总觉暖和，因为好多词汇蕴藏的情感和典故用普通话是无论如何也无法准确传递出来的。比如，自称为“爷”；比如，叫对方“疙泡”，本来都是骂人的话，可亲近的人之间用了，不但转化成了完全相反的意思，而且那种亲近的程度不知就此会被放大多少个倍数。为了这难改的乡音，我们这些离家在外的人就不得不见什么人说什么话了，如果和与故土有关的朋友相处，就总情不自禁地爱在乡音中深度挖掘彼此的亲热，唤醒关于那片故土的共同记忆。可这怀旧的情结有时弄不好也会变成一厢情愿的乌托邦：猴子第二年考美院未果后，凭妈妈的外交能力终究还是在离北京不远的地方进修上了，来找我玩儿时，我的热乎劲儿自然被长久的不见惹得高涨，迫不及待地就用乡音挖掘起来，可一辈子也料想不到，那离北京不远的人竟能皱着眉头，在满脸不屑的神情配合下，秃噜出一句还不太地道的普通话：

“怎么，在北京呆了这么久，连个普通话也没学会？”

……

唉！情分其实和重要性都一个鸟样，就是这么一种被动的玩意儿，全看人家认不认了。

我终于拥有了自己的电吉他。欲望虽然让二哥给满足得并不彻底，只是进口货中靠后的品牌，没有摇把和弦锁，音箱也只是国产配置，可我已经满意得云里雾里了，成天用最柔软的布擦拭好几遍，不舍得让灰尘和外人的手指在那油光光的琴体上停留片刻。我像一个没出息的燕尔新婚的郎君，离不开那迎娶到手的娇妻半步，没早没晚地抱在怀中亲热，没人的时候插上电源狂造，有人的时候拔掉电源轻抚。可哪里稀罕得够？为了不影响别人的睡眠，每晚十点半左右，只要打坐的小油从教室里一撤，我便把那里当成了自己的新房，与我稀罕不够的新人夜月花朝。

我疯狂地购买吉他方面的书籍和国外各种乐队的打口带，

什么Beatles、Rolling Stones、Police、Led Zeppelin、Eagles、U2、Pink Floyd、Metallic、Nirvana等等，堆了一抽屉。于是，能弹奏的东西也就越来越多样，Blues、Country、Reggae、Funky、Heavy Metal什么的，闭着眼都能来上个一段儿半段儿。我深深地陶醉在自己的世界里不愿出来。我好像拾到了一个不同于别人的眼睛所看到的自己，并在那里暂时忘掉痛苦——作为别人眼中的那个自己的痛苦。我在属于自己的快乐中跋涉，寻找可以享受的孤独。

然而享受孤独的人却并不见得就会被世界轻易遗忘。星期天的下午，教室里没人，当我练熟了《加利福尼亚旅馆》，细品着那段儿Solo里降3音和降7音的布鲁斯味道，几乎要忘掉世界上还有孤独的时候，两个女孩儿掀开了教室门上的幕布，冲我笑了笑，坐下来静静地听着，并不多言。我尽量自然地接着弹奏，可手中的拨片儿还是有些不怎么听使唤，错了几个音后，只好草草地结束在了主和弦上。两个女孩儿或许根本没有听出那几个错掉了的音符，拍手叫好的时候，我便从容地将目光落在了她们身上。广播学院的学生，都是北京人。周末闲不住，来美院熏陶些艺术。果然没费什么周折就找到了线索，顺着我的琴声进来。其中的一个明显比另一个更具备迷人的条件，皮肤好得让我不敢多看上一眼。我和并不吸引我的那个相当正式地聊着，而眼角的余光却被自己管理得并不怎么安分。

这就是我和程潇潇第一次见面的情景。下一个星期天我应邀去北广玩儿的时候，程潇潇并不在宿舍。虽然我去之前就一再告诫过自己，一定要抱有纯洁的目的，对每一个都要一视同仁，但程潇潇冷不防的缺席却让我的决心一下子有了说不出的失望。然而，歌还是要唱的。直到唱得另一个不自觉地感受到了自己的一份儿重要的时候，程潇潇才匆匆从外面回来，鼻翼间渗出了细汗，皮肤好得照旧让我不敢靠近。我觉得她肯定有男朋友。于是，失望中，为了证明自己此行的纯洁性，便和另一个更多地聊了。可即便这样做着，依然还是消不灭心头想和程潇潇单独呆在一起只唱给她一个人听的余烬。也不知为什么，只要她稍稍离开片刻，我手中的吉他就弹得心不在焉。可她坐下来听的时候，我的心又怦怦直跳，总也避免不了要弹错几个音符。

一个多礼拜的时间里，我并没有收到程潇潇对我的额外的好感。而另一个却跑得频繁。频繁得让程潇潇那似乎一把就能被攥出水来的皮肤越发加重了我遐想的质量。况且，她双眼皮的眼睛也再次唤醒了我尘封已久的审美。再一个礼拜后，一切还都难以平静下来。程潇潇冷不丁来了，手里拎着包橘子，身上沾满了橘子的清香，给一休、乱炖和小油分发过后，便乖巧地坐在了我身旁的床上给我剥橘子，皮肤靠我靠得很近。我喜欢那种距离，因为让小油的眼中一下子就生出了恐慌：这可是北广正儿八经的本科生啊，那长相以后弄不好是要在电视上当主播用的呀！

周末，我拗不过一休和乱炖的纠缠，就一并带到了北广。程潇潇端着个塑料盆正要去洗澡，只好顺路谈笑着把我们带到了学校的放映室先看会儿片子。放映室其实只是间简陋的教室，被幕布挡黑了的空间跟我们的教室差别不大，只是四处随意堆放着的桌椅板凳要密集得多。看的人可真不少，歪歪扭扭的东一堆西一堆，桌子上凳子上都是。正在放《Pretty Woman》，还没翻译过来，字幕的。我们三个拣了张后面的桌子坐了，眼睛四处胡乱寻摸了一番后，很快也就随着影片中那位迷人的女主角把美丽的心情一并安插了进去。过了好久程潇潇才进来。走近后，冲桌子上笑了笑，就不再顾一休和乱炖的位置，径直坐在我前面的凳子上，把头靠入我的怀里，双手也向后放在了我的手中，还没干透的发丝一阵阵淡淡的清香。我已辨识不出一休和乱炖斜睨的眼神中微笑的内容到底含不含有艳羡的成分，只感到面腮上那一片湿漉漉的清凉。

47

就这样，我没费什么周折就和程潇潇好上了。过程中，她并没有问我有没有女朋友。当然，我也就没提。那时我显然还无法做到值得人们日后去传颂的专一，实在无法像一头骟过的马儿那样对异性的美丽冷淡应对。为此，陆篱再给我打电话的时候哭得很伤心。我能理解她如我当初失恋时一样痛苦的理由。只是，我此刻感觉不到她的痛苦。唉！要怪就怪那一段儿好得不能再好的年龄吧，让那么多回过头来想想本该节余的情感奢侈地浪费成一段段只能去回忆的往事。

我有些担心宿舍里的几个会帮我念起陆篱的好，可后来发现，只要我自己不再去惦记，其实也就没有人会帮着想起她了。

我体内蛰伏已久的荷尔蒙又活跃起来，浑身上下有使不完的劲儿，夜里骑着个破自行车一趟趟把程潇潇往回送，零点时分还能跑个来回。好在美院是人性的，从不锁校门。程潇潇很会体贴人，每次从家里来都会给我带几样好吃的。程潇潇也很有生活的情趣，总能买到不俗气的小玩意儿装点我的床位。父母回老家路过北京的时候，程潇潇表现出了充分的可爱，忙着买这买那，母亲的胳膊也被她一步不离地挽在手中。于是，我俩在北京和父母的留影就被满意地挂在了姥姥家的相框子里，供表哥表姐们一拨一拨地赶来称赞和喜悦。

程潇潇的家住在西单的一个胡同里。门口脱鞋的程序让我还没进屋就感觉到了以往上田遇和陆篱家从未经验过的拘谨。果然室内的装修和陈设就是我只在影片中看到过的样子。可即便是换上了洁净的厚绒拖鞋，我也还是无法将脚踩实在客厅中央铺设的地毯上，浑身上下像是有千百条虫子在抓挠，手脚怎么也找不到该放的地方。程潇潇的房间里有很多新鲜的玩意儿，什么签过名的橄榄球、宝马小跑车的模型、水晶做成的高跟鞋、里面的小人一转动就会响起音乐的盒子、羊皮面的《圣经》等等，把床边的木头格子填充得满满当当。也难怪，叔叔在美国，姨妈在香港，就是一人每次拿来一件儿，这么些年怎么还不给塞满了？我只在程潇潇的家中意外地碰到过她父母一次，说话虽和气周到，可总是淡淡的，让我到老也没明白他们究竟是哪一级的干部。程潇潇父母的余威似乎无处不在，即便家里没人，也让我紧张得要命，好像总有钥匙在门锁里转动着。

程潇潇出现的日子里，洒落在我自信上的光线很充足。我的自尊心不再为小油那句“进修生”的隐性骚扰所累了。程潇潇一口流利的英语在岸哥的画展上帮的忙，也让我的心情公然在几个老外的众目睽睽下莺歌燕舞。人总是无法逃过别人的目光而活着，如今，只要程潇潇呆在我的身边，就总能过滤掉别人的眼神中随便怎么降落下来的轻蔑。只是，我还是不太敢再次去遭遇程潇潇父母脸上那淡淡的神情，好像都和眼睛商量好了要卸去我身上的重量似的。我只能用在那段儿岁月的躯体中流淌的毫无经验的血液为自己配备上武器，并寄希望于我还来不及实现的优秀有一天能让自己不再心慌。

我开始着手去寻找踏实起来的理由。没过多久，我便和美院的几个哥们儿一道组建了摇滚乐队，唱崔健，唱黑豹，唱唐朝，也唱自己写的歌，整天把那几样家把什儿自娱自乐得好不得意。但也绝不肯落俗，总要为音乐安装些文化的穿透力才觉稳妥，偏于柔软的东西总也不好意思唱出口来被人笑话。为了突出那种颠覆、破坏的力度，哥几个把破棉袄塞在脚鼓里，添增节奏的沉稳与厚重，用失真效果器串联吉他，凸显音色的强烈与躁动，似乎只有驱逐走了一切与柔软有染的东西才够得上现代主义的标准。为此，那些在美院的元旦舞会上跳腾的队伍里终于出现了我们这一拨儿的身影。其实在这方标志中国前卫文化的阵地上公开娱乐也是件极为冒险的事情，如若掌握不住文化的风向，弄不好是要被轰下台的。似乎总有人在为文化把脉。可又总也不怎么能把准。记得我的吉他启蒙老师，县歌舞团的大愣那时也辞职来到了北京，为了不错过任何一次露脸儿的机会，也带着自己的“盲点”乐队来凑热闹。结果过于通俗柔媚了，还没唱几句就被轰了下来。可谁知人家的“盲点”后来却火得都要吸毒了。咳！那时只知道世界活在现代主义的天地里，不和大众分出个差别就难受，可谁能料到这还没过几年就全面后现代了呢。

被号错了脉的人自然是不会被轰下场的。于是，我看到了程潇潇在那一阵阵热浪般的欢呼声中为我如醉如痴的样子。那一瞬间我真的是激动了。唉！她为我的自信付出了那么多别人看我的目光，我也终于可以用这错误的欢呼声回报她了。这欢呼声让我感到安全。

48

就要毕业的那一年，美院要搬迁的传言到底还是尘埃落定了。每个学生都不情愿接受！尽管U字楼的墙壁上年年都枝繁叶茂的绿藤的确是再没有了爬伸的空间，尽管丢弃在小花园四周的雕像也的确是显得有些破敝零落，但这里终归是早已与意念中的那个家联系在了一起的去处啊，想想就要拆得不见了，每个人自然都忙着收拾起往昔的记忆，一趟趟往伤感上运送，似乎闻不到厕所里历年积攒下来的那股习惯了的味道，都要滋生出些难以适应的抗拒。

在搬迁动员大会上，“搬委会”的领导临时从墙角边拾起个秃扫把指点新校舍的规划图，耐心地说服：一定要用发展的眼光看问题，学校的地皮卖出去盖了商场，得到的资金足可以再盖一片大出十倍的学院！可学生们哪里肯领情？远处的一个声音就高喊道：

“想地方大，干脆就搬到河北去吧！那里更宽敞！”

搬到河北当然大得有些离谱了。新校址还是理性地选在了四环外的一片空地里。由于新学校五年之后才能竣工，所以还来不及毕业的学生就只能随同生活物品被十好几辆大卡车搬运到一片已亏损倒闭的旧工厂里姑且过渡几年。好在我们这一届再稍微凑合一阵子就毕业了，只是苦了新入学的骄子们，四年的光阴都得先这么过渡着。

身体和行李虽被迁动得毫发无损，可人的心绪却都无一例外地坏掉了。不是有人说过这样的话么：想要一天不得清闲，请客！想要一月不得清闲，搬家！光是去商场收罗些用来装书籍和日用品的纸壳箱子就已不是件轻松的事情，更何况，破家值万贯，东一件西一件的，都得收拾归拢，都得打包，然后再搬运，再开包，再收拾，要停当，谈何容易！真无异于小死一回啊！

我的心情就更糟了。呆惯了的学校离我远去，倒还可以用报纸上那篇《金钱直起了腰，艺术低下了头》的评论配合着骂几句，无奈一番也就可以了事儿，可正离不开的恋人也要离我远去，就不得不用痛苦来解决了。程潇潇比我早一年毕业，也不知谁的主意，非要去香港发展什么事业。那时，香港可不是随便谁想去就能去的地方，能留下来生活，就更是享受着旅居海外一样的目光了。这么好的机会你能为了儿女情长给耽搁了吗？更何况我也做不了主。程潇潇也真是争气，没多久，相貌还真就被用在了电视上，主持一档子娱乐节目。我为程潇潇的名字在别人的嘴里被羡慕地传送而沾上些骄傲，却也不得不为她走后留给我的距离暗自伤神。自己的恋人能被羡慕得牵连到自己，虽说是件美事儿，可也只不过是装饰了别人的眼睛，让落在自己身上的目光美丽些而已，至于缠绕在心头的烦躁与不安却是从羡慕的目光中无论如何也领取不到护照的。即便是程潇潇打电话说过永远爱我，即便是香港没几年就要回归了。咳！怎么说呢，爱兴许由于曾经消耗掉的快乐还可以被抵押在这里，可身体却是完完全全被距离扣留在那里的呀。只要身体在那儿，思维就跟着在那儿，时间长了，谁又敢保证爱随着身体会溜达到哪儿？你说都为了事业着想，可事业只顾带着别人羡慕的目光在距离炮制出的浪漫中旅行，留下身体经历过的快乐在痛苦中排队等着买票，而眼下又都值生命的旺季，谁敢担保还能排上排不上？因为距离从来就没有应允过爱情托付的事情啊。唉！成熟得人好不痛苦！以前只知道高考会把一个留下来，谁知熬到头来，这工作也还会把一个留下来！

可我还得毕业，也就不能由着性子乱痛苦了。那一纸有文化的凭证可非同儿戏。不只是为了吃饭。其实话说回来，就是真分了手，毕竟爱过我的女孩儿是电视上能看到的某一个，也该知足了，至少在人前已证明了自己的质量。不只是为了爱情。况且，这不还没分手吗？其实人要决定了安慰自己，就没有想不开的事情。即便安慰过后夜里也还是无尽的痛苦。

课早上完了，这一年的任务就是写毕业论文兼找工作。我工作的去向虽然是在国内，也还未最后敲定，但令人羡慕的苗头已露端倪：由于岸哥女朋友父亲的关系，我早早就在一家著名美术期刊的编辑部实习上了，没过多久，就被名字在出版物上早已耳熟能详的同事们“小王”、“小王”地叫在口中。只是，我的论文准备得有些拖沓，在学校的资料室里总也找不到感兴趣的研究。过了好久，与指导老师一次偶然的交谈中，我得知河北有一处墓室壁画前年才新鲜出炉，尚无人来得及研究。我立刻就去翻找。的确新鲜。除了《文物》杂志上那篇短短的发掘报告外，没有半点儿被人研究过的痕迹。真是机会难得！诚如导师指出的那样：从未被人碰过，就意味着首次接触的人弄不好是要出成果的！但不利的因素是，我不得不自己掏腰包去收罗些资料。

写！为了事业嘛，自己出点儿血算什么！我正想为程潇潇做出点儿让她离不开我的成就呢。

我带着导师的一封举荐信来到了石家庄的那家文物研究单位。研究文物的单位也快成一件文物了，楼里楼外那个破旧呀，连一块儿完整的墙皮都没有。我不免有些担心：连活人的墙面都无力养护，还顾得了挖出来的那些吗？果不其然，从那墓坑里取出的墙面带着红红绿绿的图画被一摞摞码放在仓库的一个角落里，上面的灰层足有一寸多厚，已经三年没有人动过了。唉！也真是的，保护不了何苦要挖出来呢？费工费力又费地方，省下那些钱修缮修缮大楼的墙面该有多好。最起码能让活人过得体面点儿不是？

然而文物单位到底是文物单位，虽然对挖出来的东西保护得不咋地，可对那些东西的相关资料却保护得相当严密，即使递上了导师的举荐信，也只是夸奖了一番我这个年轻人的治学精神而已。我被拒绝的理由很简单，他们还没来得及研究的东西这么快就被别人研究了，传出去恐怕不太好听吧？真要出了成果算谁的？你有工夫研究不行啊，因为东西恰好是被堆放在这儿的。按我的脸皮厚度，本该扭头就走，可转念一想还是冲动不起，自己花的旅费回去没人给报销不说，再把论文的写作计划搭进去了，岂不是双倍的损失？于是，我下定决心，不要脸了！非磨他个你死我活不可！可直磨到傍晚，人家主管的领导都下班回家了，也没拿到半点儿资料。看来力拼是不行了，得智取。我跑到不远处的菜市上买了一斤猪头肉和一瓶二锅头，拎到了揣着库房钥匙的那个老头的房间，一口一个“大爷”地陪着喝了起来。就这样，我赔进去半个多月的猪头肉和二锅头，才好不容易瞅夜里人去楼空的时候拍完了所有壁画的照片，也断断续续摸清了挖掘时的一些情况。按孔乙己的理论，读书人窃书不能算偷，那么搞学问的人背地里弄些研究的资料也许连窃也够不上吧。

返回的那天我的脚步格外轻盈。毕竟钱和时间都没白花，程潇潇离不开我的日子也指日可待了。为了尽快离开这个鬼地方，我实在等不及坐火车，便顺脚上了一辆已经启动的长途大巴。可谁知，就上错了。那大巴磨磨蹭蹭地开出后，转了几个弯儿，又开回了车站后面的街面。然后就是几步一停地装货，车顶上装了有一米多高还不肯罢休，车厢里的过道也都给塞了个满满登登。都是服装贩子的货物。早串通好了的，只要埋伏在路边的贩子们一招手，司机根本不管那已经摇摇晃晃的运输工具是货车还是客车。至于一车的性命，就更无暇考虑了，随车卖票的只一个人，一路忙着收取定额之外的钞票，还要时不时讨价还价，哪里顾得上？就这样，本来六个小时左右的路程竟被摇晃了一天多才到，还不敢开到正儿八经的市内。下车后，在一片三轮、四轮和摩托车的噪声包围下，我已是浑身瘫软，晕晕沉沉地挪不成步，只好蹲在路边，呕吐起来。唉！这论文要是真出了成果，那造价可不低啊！

49

论文接近收尾的时候程潇潇回来录一期节目，住在一家星级酒店里。那几夜过得我真遭罪，总怕有警察来查结婚证，连淋浴发出的声响都让人觉得提心吊胆。

说实在的，我真的很欣赏程潇潇夜里在怀中对我说的话：她永远爱我，可不一定会和我结婚，我可以有自己的选择；但无论什么时候，只要她和我在一起，她就无法不爱我。因为除了第二句，都是我曾经向她表达过的思想。只是，我表达时是想让她能更坚定地爱我，当时她也撒了娇，笑着打我，说我坏，想甩掉她没门儿！可如今我那时还不怎么完善的思想经她这么一补充，却让我无论如何也感觉不到丝毫的解放了。咳！思想者自有思想者的苦，思想一旦不是顺着自己的意愿被践行的，未免谁都受不了。那时别看我在美院呆得貌似前卫，可到底还是在小地方被绑缚得更久，观念上肯定烙下了地域的局限性，总习惯把爱留着以备日后结婚之用。

虽然我为自己的爱已享受不到足够传统的尊严而感到伤心，可我毕竟已经能成熟得很平静了。我把自己写的那一首《你留下的口红》唱给程潇潇听，她默默地看着我，说很有深度，也很感人。其实没什么，歌词的内容是现成的，都源自于生活，那次洗衣服的时候，我偶然发现了程潇潇留在我衣袋里的一支口红，于是就有了感物伤怀的证据。曲风也并无独创之处，完全是从程潇潇给我的礼物中得到的启示。她临去香港前曾买了一盘郑智化的磁带送我，一遍遍地放过后，让我不得不发现自己其实骨子里还是更喜欢柔软的东西，照着那种柔软的心情写下来，没想到就携带上了感动。

艺术果不其然是相通的。我一时柔软的曲风影响到了文风：我的毕业论文里由于缺少别人说过的话，显然立不起来那些新鲜的论点，答辩时，不但没有被辨认出什么可以把爱留下来的成果，反而分数还破天荒地第一次排在了全班的末尾。唉！看来昂贵的造价不一定就是产品质量的保证。造价只关乎个人投入的态度，而质量最终还是得由别人验收了才行。我那时依旧无知，总担心专家们这一次会不会是看走了眼。现在弄明白了，其实专家们的话，说对了，再正常不过，即便说错了，也很深刻。

好在我还有另外的安慰。一位知名编辑和我的班主任是老同学，一次去班主任家闲聊时偶然从一摞作业中翻到了我那篇论文，看后便发表在了知名的杂志上。由于里面引用的别人说过的话都很有力度，所以获得了那年史论研究的一个奖项，名字被登在《光明日报》的科教版上，害得奶光从遥远的深圳看到后，专程打来电话唏嘘不已。一千元的奖金可是我亲手点过的最厚的一叠人民币了。我除了把好消息转告给了程潇潇，还把钞票原封未动地存在折子上，等着程潇潇回来给她花。程潇潇虽然替我高兴得不得了，还寄上一张她在埃菲尔铁塔前的留影以资鼓励，可再也没顾得上回来给我一个到银行兑现的机会。

一休在外头租房子住，好几个月没见面了。那天急冲冲地跑到宿舍找我，拉到暗处后，说我被告了：和女朋友在画室里过夜。匿名信就在学生处女处长的办公桌上。我虽然不知道告的是我和陆篱的事儿还是和程潇潇的事儿，可我知道为了什么。我们班只有一个留京名额，为公平起见，只好按学习成绩的先后次序分配。虽然我的名字是成绩单上读到的第一个，可只要有一点违法乱纪的线索，就可能跌落到最后一个。显然我毫未设防的秘密帮别人提供了这种可能。

一休骂着小油，安慰我说，你等毕业聚餐的时候，非拿一杯啤酒泼在丫子脸上不可！泼完后扭头就走，还什么都不说，让丫子自己寻思去！

毕业聚餐倒是如期举办了，只是一休一直被一双双伤感的眼睛纠缠着，始终无法找到合适的动手气氛。再说，那个留京名额已旁落到了山西女孩儿的手中，小油并未染指，无疑减弱了被泼的理由。加之，小油好像透过风，和一休一样也准备报考研究生，弄不好还得做同学，我毕业不在身边，一休也就不太敢过于愤怒了。

其实用不着别人帮忙，我早已没有了在北京呆下去的兴趣。这首先可能是由于程潇潇再也没回来的缘故吧。我觉得还是到没有痛苦的地方去碰碰运气为好。其次是因为我越来越发觉学的这一行与自己的血型不相符了。我实在是一个只能自己做出事来让别人去说的人，对别人评头论足，似乎总也调动不起我的热情。可你说闷头搞研究吧，又缺乏查阅资料的耐性，说句什么话都得去翻找能立得住脚的依据，好生烦躁。最后，也怨自己实习的时间太长了，整天挤车去陪几个老头子出那本儿期期都亏损的杂志，早晚两次横穿城市倒没什么，可就连分间宿舍都是遥不可及的奢望，久而久之，即便是再人才济济的地方也不免会成为滋生疲惫和厌倦的沃土。

离校前的那几天，每一个人都能把自己伤感成初识时的样子，思维一下子都变得相当的简单，于是什么事情也都好理解了，毫不犹豫就可以忘掉四年中任何的过节儿。都轮流请着吃饭。每次席间总免不了有人要带头流起泪来。似乎都很痛苦和厌倦，有些快乐和美好也只是从前的事情。

我真没想到杭州女孩儿会请我单独吃饭。哭得很伤心。唉！作弊被抓，没拿到毕业证，以后找工作会有很大麻烦的。我劝了。但杭州女孩儿说，她并不是为此难过，自己以后根本就用不着工作。她只是为四年里能呆在一起的时间就这么一晃而过而感到伤心。这几年来有谁知道她的心思被错怪得有多难啊！我默默地听她哭。很理解。她问我，记不记得刚入学不久，班里出去春游，在野山坡一起骑马的情节？我说记得。她说那次回来就有点儿喜欢我了。她又问我，记不记得那次出去采风，傍晚她和我坐在草垛旁一起聊天，有几个小孩儿在看糜子，“哦嘘！哦嘘！”地轰鸟？我说记得。她的泪流得更多了。我默默地听她哭。很难过。觉得四年中真的忽略了很多。为什么单单没有学会严谨地对待每一个人的感情呢？

一休和乱炖也都闲了下来。一休的女孩儿因为一休的电话簿上还存有以前女朋友的号码而负气离去，一休始终懒得往回找。乱炖的女孩儿因为乱炖在对方的电话簿里查出了新近添加上去的一个男孩儿的号码，大动肝火后就怎么找也找不回来了。于是，哥仨相约来到即将被拆除的教室前，坐一坐，唱些老歌。追忆到刚入学时的单纯，眼中都有泪花。也不总是伤感，谈到兴奋处，都为没有管理好自己的力比多而悔恨得沾沾自喜，但也都教育自己把再次绝对合理的分配放在以后某个绝对美丽的相遇中去。哥仨就这么呆了一宿，轮换着一趟趟跑到校门口的小卖部买啤酒回来。

50

我到这座海滨城市任教是缘自随父母回老家省亲时眼睛偶然拍摄的一个镜头。

从姥姥家的相框里取下与程潇潇的合影后，我陪父母去看望多年不曾谋面的大姨。儿时的记忆中，大姨家的院子傍晚可以乘凉，门外的那片苞米地雾气腾腾，现在都开发成了城市，新新的矗立在海风中。听表哥、表嫂、表姐、表姐夫你一句我一句热热乎乎地帮大姨父补充完意犹未尽的新生活后，我带着被感染的喜悦骑自行车往海边奔去。

这片命运多舛的海。早年如若不是被拯救得及时，差点儿就沦为了外国领海。如今，却因为那一段屈辱，让海水增加了可以收藏的往事，率先拥有了富裕的资格，让靠近她的人们快乐了起来。我被海浪中的自由汹涌得心动，便决定让自己结冰的心情一同从海上走过。

带着湿润的呼吸，我走进海岸边那座新落成的大学。整个校舍背靠青山，面朝大海，宽敞、清爽而又崭新的校园让我久被嘈杂和拥挤压迫的眼睛顿生快意，就像拉肚子的人一下子找到了厕所一样。在艺术楼的走廊上，逆着斜阳，一个女孩儿，也不知道是老师还是学生，对我莞尔一笑。那一瞬间的美好，仿佛让我脑海中收藏的有关田遇、陆篱和程潇潇的记忆叠加在了一起。我没敢抬头再看。但心情已很澎湃，觉得今后整个的生活都将是这样的未经开始的愉快。就在我低下头去的那一瞬间，眼中摄入的镜头就决定了让我留在这里。无论留下来的日子是骄傲的还是愚蠢的，有一点都可以肯定，我并不是为了填补什么，更不愿再次收藏。

系办公室里只有一位四十岁左右的大姐，笑笑的，问我有什么事儿。不用我多说，便打电话给系主任。大姐报告得很热情，电话那头也回复得很干脆：留下！后来熟悉起来，已提升为系办主任的大姐还一再对这一场面津津乐道，笑笑的。

第二天我应约出现在楼道里的时候，提着暖壶正要去打开水的系主任握住我的手，立刻折了回来。坐下后，系主任介绍说，这里并不缺教师，有几个专业都已经超编，所以要想进个人是件极其困难的事。其实这话根本就没有让我产生丝毫的紧迫或危机感，当时我之所以皱起了眉头，只是为可能要剪辑掉昨天眼睛拍摄的镜头而感到有些不忍。系主任看在眼里，以为火候到了，便话锋一转，说：

“但是，你，我们要！”

我知道，我能被这么痛快地留下来，是毕业学校的大名帮的忙。那时，由于我们这一品种的稀缺，很少有人爱离开北京。于是，地方上似乎就有了约定俗成的规矩：只要是我们学校毕业的，不但可以免检进货，而且那质量，是本科生要充当其他院校的研究生使用的。由于对这一行情心里有数，所以我也就没客气，学着人家传授的经验乘胜追击：用不用坐班啦、工资待遇怎么样啦、有没有房子啦什么的，都问到了，详细得还真像那么回事儿。其实我问也只是瞎扯淡而已。我早已被昨天的镜头预定了。

本科生第一年得坐班，但我可以按研究生对待，第一年就不用坐了。工资都是全国统一的，少不了，而且由于学校地处开发区，月月还有额外的开发费津贴。每逢重要节日，米、面、油、鸡蛋和月饼什么的系里也都分。房子新盖了一大片，就在学校附近，只要登记就有。

都这样的条件了，你还想去哪儿？

于是，我没给系主任递一支烟就被留下了。只是明天还要考核，我有些不悦。系主任看我脸色不对，连忙解释，都是学校规定的程序，不必当回事儿。除了教务处师资科主管该项工作的满科长和人事处的小于，考核小组其他的成员都是娘家人。随便讲讲达·芬奇、米开朗琪罗就行，说到底咱是专家，要不要咱说了算，他们只不过帮着验验货而已。

第二天我被考核得很有底气。准备了一个小时的东西才讲了二十分钟不到，系主任就打断了我，说，好了，就讲这么多吧，小王的简历大家都看过了，系出名门；讲的东西大家也都听到了，反正作为专家我是挑不出毛病。其他的成员也都跟着笑呵呵的。满科长说她没什么意见，小伙子长得挺干净的，适合教学的形象。散了后，人事处的小于在走廊里拍着我的肩膀，问，达·芬奇真的是同性恋啊？

报到的时候，系主任为了表示些重视，也怕我不熟悉各个部门的位置，亲自带我去了。可即便是熟门熟路的主任带着，也还是转悠了一上午好不容易才在单子上盖满了那十几枚大大小小的公章。我算看明白了，其实只有这几个红红的印记才是你留在某地的明证，身体从来都微不足道，至于心思，就更是无关紧要了。因为，当你再想离开的时候，你会发现，自己的身体和心思面对自己的去留居然是那么的无能为力。

各式各样的表格填得我好不痛苦。自己的生命来源和流程要追溯清楚也就罢了，怎么连旁支的走向也不放过呢？七大姑八大姨有没有历史问题、犯没犯过罪的，和我有什么关系！再说了，别说我还真不清楚，就是知道，我敢写上去吗？于是，整块儿整块儿的页面上就有了一个“无”字。也不知那些表格是什么时候印的，一连几页都要填“革命经历”，我一直都在念书，哪来的革命经历？经人指点才清楚，学习的过程就等同于革命的经历。于是，我从五岁起就参加了革命。最后还得“自我鉴定”一番。你说说，既然要鉴定，似乎就不该自己干。把自己说得太好了吧，别人不信不说，还显得自己不谦虚；把自己说得太坏了吧，别人倒是都信了，可自己又于心不忍，觉得不太谨慎。难死我了！

没有过不去的坎儿。填完表格后，我真就被系里当研究生对待了，不但破了新教师第一年必须坐班的规矩，而且还免去了岗前培训的环节，第二天就直接上课。就是被优待成了这样，可我还是觉得不怎么对心思。因为一连几天，无论在走廊里还是在课堂上，我怎么也找不到眼睛拍摄下来的那个女孩儿了。姑娘倒是比比皆是，一个个也都陌生得有靠近的意愿，然而，总不像那个女孩儿般让我不敢抬起头来。况且，一想起系主任那句让我误读了的话我就窝火。我是按照他说的去登记了，可只分到一间宿舍，还不是单人的。原来系主任说“登记了就有房子”，“登记”是指结婚登记！我是个喜欢独处的人，四年的群居生活真是过得我够够的，每次和程潇潇都呆不私密，尤其是宿舍里四个都带回来的时候，真不知道该怎么统筹各自的私密才好。如今又是宿舍，离艺术楼远不说，同屋的两个还都不是专业上的同道，住在一起怎么可能方便呢？再者，我虽然“性本爱丘山”，可谁知这丘山清静得厉害了，也就绝无了“守拙归园田”的闲适：开发区的位置已在城市的边上，而学校的位置又在开发区的边上，一下班，呼呼地开出十几辆巴士，把清早才拉来的一堆堆老师又清理得个干干净净，只留下我这样市里无家的单身汉在夜晚的海风中孤守了。唉！

又得靠吉他安慰自己。

有人敲门进来。一个高瘦的长发，扁扁的脸像蟑螂，可带着的那个女孩儿倒是真不错，举手投足间总暗藏着一些私有制的什么东西。是系里的同事，我没见过，住在楼的那头。我就知道我的吉他动静一般是不至于招引外人的嘛。由于也是前年才毕业的，所以心境相差不远，没用个把钟头，我们就喝上了啤酒。蟑螂也喜欢弹吉他，可拨拉了几下后我就知道他不是搞音乐的料了。因为音乐是感觉的事情，实在与自信无关。待得知我的毕业学校，蟑螂简直愤怒了，说我，你那儿毕业的人跑到这儿来干吗？兔子不拉屎的地方。去年来的一个清华的哥们儿，才呆了一晚上，第二天就不见人影了，户口、档案什么的都不要了，去海南了。我郁闷了起来，联系到当下的心情，觉得自己真是错大发了。

不仅如此，陌生的刺激还一阵阵从远处逃来。第二天我便不管不顾地跑到市内去找其他的学校。可不是住房待遇连我们这边也不如，就是根本没有艺术系，更不用说值得眼睛收录的东西了。本来没毕业前海南那边到我们学校要过人的，可那时好像没有谁愿意流落到天涯海角。如今，由于境遇的不佳，以前认为差的地方也一下子变得令人向往起来。更何况人家清华的哥们儿都去了。回到宿舍，我不得不亡羊补牢，给海南那边寄了信，介绍自己的情况，看有没有治病救人的可能。结果石沉大海。我有些搞不懂，江湖上不都盛传我们这一品种的稀缺吗，怎么就杳无音讯呢？唉！看来事情一经传说就美丽得与现实无关了。我只好一趟趟往山上跑，坐在林间遥对了大海，非常的郁闷。

八成是我的眼睛暴露了我的心情。系办的大姐问我为什么总是闷闷不乐的。我无从说起，只是疑惑不解地问她，为什么蟑螂和阿短也都是单身，就能单人住着宿舍？大姐说，人家在这儿都熟悉了两三个年头了，办法自然就容易找到些。比如，和家在市内的同事共同申请下宿舍，市内的并不来住；比如，过年过节给管宿舍的主任送去一些问候的土特产，等等，办法多啦。

可我才来了几天，哪里熟悉得过来？即便是再多给我些时日，按我的潜质，熟悉的难度也很大。我知道自己，从来就不擅长归拢出一整套有利于自己的人际关系。于是，我只好垂下头，继续闷闷不乐。大姐绝对是个热心肠，爽朗的笑总像夏天一样，见不得任何人的脸上让乌云遮盖了她解决问题的能力。大姐偷偷地告诉我，可以住在我们系二楼的一间空房子里。只要她不说，没人管的。大姐一直笑笑的，让我真不知道怎么感谢才好。

我住进了艺术楼，就在上课的教室隔壁。尽管离眼睛摄下镜头的地点只有几步之遥，可第二个星期都开始了，我依然还是没有碰到录在眼中的那个女孩儿。课间休息时，我在系办翻着了来到这里以后收到的第一封信件。是一休写的。那个亲切！像昨晚上做的梦一样。梦里我们还没毕业，打饭时一休看到我饭盒里的炖肉，急得呀，怕自己轮不上，连忙插到另一行乱炖的身边。

信刚读了一段儿，我的手开始颤抖起来：杭州女孩儿自杀了！为了无聊的感情瓜葛。那个大款家里有老婆，时间一长，也就没有刚开始那么愿意离婚了。杭州女孩儿又没拿到毕业证，几次找工作碰壁，难免心灰意懒地活不动了。

上课铃响后，我站在讲台上一句话也说不出来，直想哭。我不得不把讲台下密密麻麻的眼睛强行留在教室里自习，回到屋里哭了出来。我不是在哭她，而是和她一起在哭。泪水是我此刻能给她寄去的唯一的东西。因为泪水曾经是她留给我的最后的纪念。直到晚上，我一直把自己关在屋里用泪水帮助回忆过去的琐事，几次有人敲门，我都没开。我一遍遍去脑海中搜索那次出去采风和她坐在草垛旁的所有细节——一边看地里的孩童们“哦嘘！哦嘘！”地喊，一边聊各自的童年。那是为数不多的和她靠得那么近的记忆。我一遍遍地听曾经和她在教室里一起听过的那盘“甲壳虫”乐队的专辑。听着听着，记忆中和她呆在一起的次数似乎变得越来越多，情节也越来越细致，好像就是昨天的事。

我不知道自己什么时候睡去的。恍恍惚惚中，同学们都在屋子里坐着，谈论她的事儿。正悲痛着，她推门进来了，我一阵惊喜，说，这不是活得好好的吗？你们尽胡扯！

51

没有淡不下去的痛苦，也没有热乎不了的陌生。和同事们渐渐熟悉起来后，我觉得自己仿佛是上了水泊梁山，哥们儿三天两头聚在一起踢球、喝酒、瞎侃，好不快活！都有传奇的高考经历。蟑螂抗战八年，由于长期坚持在报考院校的各个画室里打游击，搞得老师们晕头转向，都以为他是老生呢，从不过问。阿短离家学画期间，每天只能靠从居民楼里顺手牵回来的大白菜过活。饼子第一次参加文化课统考时，所有的科目加在一起还不及格。也都有独树一帜的爱情故事。蟑螂从不和国产女孩儿谈恋爱，只要是西方女性，年龄和婚姻状况就都不嫌乎。由于地处偏僻，交往不便，去年只好划拉了个四十多岁的俄罗斯外教将就。老娘们儿的三个孩子可真是把蟑螂给折腾稀了，每每进城时，脖子上卡一个，怀里抱一个，后背上还得趴一个。我觉得哥们儿的叙述似乎有些出入，那天夜里蟑螂带到我宿舍的可并不是个金发碧眼的呀。哥们儿解释说，那只是青黄不接的时候，最次也得刨弄个韩国制造顶替。我恍然大悟，怪不得那姑娘身上总有些非公有制的气质呢。别看饼子四十好几，头顶都谢得一片荒芜了，可人家却找了个漂亮的女学生。第一次到女孩儿家的时候，称呼便成了问题，因为女孩儿的妈妈比饼子还小三岁。

唯有棒槌的感情生活比较稳健，早早就结了婚。媳妇比他年长三岁，虽然在外是伶牙俐齿的，可在家对棒槌呵护得却像个老娘。棒槌是个典型的东北彪形大汉，缯着标准的美院式锅刷子发型，肩膀上肥硕无比的大头几乎没给脖子留下什么位置，同样，大得都有些不要脸了的眼睛也绝不肯给其他器官让出多少面积。令人称奇的是，仿佛怀了五六个月身孕的肚子下却独能撑着两条细细的腿，所以整个身体无论从哪个角度看都

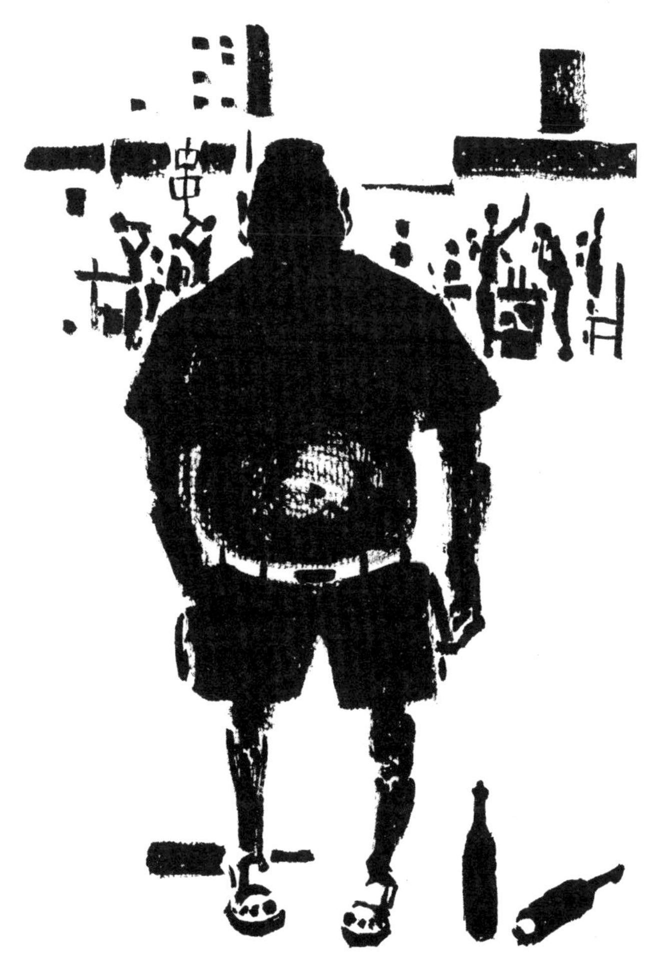

棒槌是个典型的东北彪形大汉，缯着标准的美院式锅刷子发型，肩膀上肥硕无比的大头几乎没给脖子留下什么位置，同样，大得都有些不要脸了的眼睛也绝不肯给其他器官让出多少面积。令人称奇的是，仿佛怀了五六个月身孕的肚子下却独能撑着两条细细的腿，所以整个身体无论从哪个角度看都像是立起来的棒槌。

像是立起来的棒槌。由于大学期间总好喝两口，喝过后在哥们儿的唆使下又管不住自己的拳头，所以没拿到毕业证，只好到此落草了事。棒槌和媳妇都是本地人，同学朋友一大片，没有摆不平的事情。前几年果然就干了工程，早早住上了一百多平米的大房子。当然也就总能掏出酒钱，赢得一帮哥们儿围绕左右。棒槌很擅长结交，和我相识后，也就把我当小弟似的带在身边了，每次喝酒时总不忘招呼上我，无论是他请别人，还是别人请他。

棒槌对我相当够意思。那时我想得还挺长远的，得知户口对孩子今后的入托和入学都会有影响，便找到棒槌，看能不能把户口转到市内某个条件方便点的区域。棒槌二话没说，也真有能力，轻而易举就通过媳妇在派出所的同学把我的户口落在了他父母的家中。我这个千恩万谢呀，恨不得以后的日子里每时每刻都可以报答人家。棒槌和媳妇身上的穿戴动辄就要上千，所以显然从不把别人送的东西看在眼里，只要我跟紧了当哥们儿，似乎就已心满意足。于是，我的感激中不得不又增添了一层由衷的敬佩，除喝酒随叫随到外，自己不值钱的文字偶然能被棒槌夫妻派上用场时也就像土特产似的从不心疼地往上直送了。

我初来时浮躁的情绪终于像户口一样安稳了许多。由于住处给学生们提供了靠近的可能，所以下班后，总有一些擅长交际的敲门进来坐坐，或者在画室里做好简单的饭食叫我一起去吃，或者邀我一同借着月光爬上观音阁长长的石阶以消磨过于漫长的夜晚。一来二往的，日子也就没那么寂寞难熬了。我喜欢和学生们呆在一起，像美院的先生留给我的印象那样，总不习惯把老师的头衔搁在彼此的姓名间碍手碍脚。或许是因为年龄相差无几因而身体上血液的黏稠度还比较接近的缘故，或许是我的高考经历帮助我降低了交往的门槛，反正总有学生愿意上门来送给我受拥戴的理由。也都喜欢听我弹吉他。也都喜欢讲男女之间的那点事儿。我曾审时度势地打听过收录在眼睛中的那个女孩儿的线索。可男生们似乎压根儿就不知道这里还能有那样的女孩儿。几个女生听过后倒是坚信这样的女孩儿一定是有的，但好像都当成了自己。有很长一段时间我也曾试着在她们中间核对过多次。可她们确确实实都不是那一个。

阿短也喜欢在各个画室转悠。那天转累后，闯入门来，心血来潮地策划着，要搞一次露天聚会，就在艺术楼的大门口支巴起我的家伙把什，一起唱摇滚。都好久没有这么干过年轻人的事儿啦。我当然没有拒绝的道理。于是，周六晚上棒槌、饼子都留下来没走，带着几个学生搬器材的搬器材，往外接线的接线，往回买啤酒的买啤酒，合理地奔忙在各自被拥戴的场面中。蟑螂自然也错不过兴奋，搂着青黄不接中的女友赶来助阵，挎着我的电吉他在器材前一遍遍不厌其烦地调试音量，一会儿吉他的声音高了一会儿麦克的声音又低了的直叫唤。由于吉他挎得太低了，又绝不肯抬高些干扰到帅气，所以和弦怎么也换不利落，“嗡嗡嗡”的，总是一个动静。而蟑螂显然已被围观得相当满意，一遍遍地冲我喊：

“老王，听出点儿意思没？Punk！”

来的人可真不少，黑压压的一片欢闹声，已分辨不清哪些是本系的学生发出来的了。大家都在跟着唱，唱完了跟着叫。每曲一结束，饼子总是第一个站起身来玩儿了命地鼓掌，待我要开口说话的时候，便赶快面向人群，做出先静一静的手势，但只要我的吉他一响，又准确地把手拍在掌中去带动新一轮的热浪。阿短的手不知什么时候和一排女生的手拉在了一起，高高地举在空中不停地左右摇摆，带动得下面的一排胯也有了反方向的节律。蟑螂搂着非公有制的女友把手里的啤酒瓶一次次碰在一起喊“cheers”，有时也舍得撇开女友一会儿，跑到我的身边儿，怀中抱着空气充当吉他，疯狂地甩动散乱的长发配合一番我的演奏，归位后，便拿啤酒瓶子出气，狠狠地摔到墙壁上，像不太满意女友国度的私有化程度似的。每当那时，棒槌都会把红塔山从嘴角先撤下来，冲着蟑螂喝道：

“老蟑，稳点儿。素质！”

惹得哥们儿哈哈大笑。因为这句话是有典故的：崔健带着自己的摇滚乐队到沈阳演出时，一群黑社会的哥们儿也来观看，其间一个小弟兴奋得不能自已，拔出枪来请求道：

“大哥，开两枪助助兴？”

那大哥不紧不慢地把雪茄从嘴角拿掉，阻止道：

“三儿，把枪放下。素质！”

棒槌随时随地可以入戏的能力真是不可小觑。聪明人就是聪明人，只要稍一留意，生活中处处都能找到出彩的时机。

人越聚越多。情绪也就越垒越高，像夏日的谷仓，用姑娘们不停舞动的身体保护着。女孩儿们脸上的笑容就是此刻的世界，在夜色的掩护下好像都隐约成了让人寻找的样子。那一片没有开始的美好，让所有想要开始的人等待得莫过于此时的心急火燎了，都情不自禁要用呐喊宣布自己没有被发现的样子。

然而声波传送的速度是可想而知的，学校保卫科的人员不被惊动也实在有点儿太说不过去了。但毕竟是自家的员工，又有棒槌在现场顶着，所以喝完阿短递到手上的啤酒抽完棒槌丢过来的红塔山后，也就通情达理地走掉了。其实完全可以放心。那一夜除了喊哑的嗓子和拍肿的手掌之外，校园里的硬件儿绝对未遭任何一点儿损失。

第二天，被快乐击中过的情绪随处可见。一大清早，窗外电线上的麻雀就抢先给了我额外的问候，太阳好像也要给我送来个暖水瓶似的。课堂上也都是一派崇拜的景象，好像我说的话句句变成了真理，频频被记录在笔记本上。中午去食堂打饭的时候，窗口的小师傅带着景仰的眼神多给了我一勺子菜。他昨晚也去凑热闹了，问我什么时候能再搞一次，还不解渴。往系里走的路上，一个医学系的小伙儿紧赶慢赶地撵上了我，头上冒着热气，说他哥哥是市内“煤气罐”乐队的鼓手，得知昨晚的盛况，无论如何也要和我见一面，共谋大计。我正有组建一支乐队的想法。因为我不想错过已经被箩筐预测出的成功：前两天他特地来信告诉我，说第一次听到老狼的歌声还以为是我唱的呢，并一再保证，如果春节联欢晚会上看到我的身影是没有人会感到意外的。

“煤气罐”的哥们儿对我都很热情，虽然没念过大学，但却能像高原上的牧羊人一样，懂得哪里水草丰美，把自己的理想和抱负直往那赶。也都喜欢用崔健标榜自己的志趣。他们的乐队晚上在一家俱乐部搞伴奏，白天闲下来的时候排练自己的歌。别看一个个穿戴得张牙舞爪的，其实心地倒也善良，几次吵闹着邻居后，就不好意思再麻烦片儿警，乖乖把排练场所租在了靠近公墓的地方。哥们儿听了我在美院曾经的闹腾就已产生了浮想，当得知我与当下正走红的“盲点”还有渊源时，更是让先前的浮想蹁跹成一片，力邀我入伙，共同朝着“盲点”的目标迈进。由于彼此不甚了解，所以畅想得也就更加融洽。聊到高兴处，每个人仿佛就已经是参加过春节联欢晚会的人了，意念中早给哥姐们买好了大房子，父母也随着自己住进了靠近海边的别墅。接受采访时的说词也都准备得颇为慎重，好像谁也不舍得删节曾经吃苦的经历。

然而接下来磨合的过程中，我要应对的现实却没有畅想的那么令人移情。首先是排练时间的问题，我白天有课，而“煤气罐”的哥们儿已习惯了夜出昼息，真是不太容易尿在一个壶里。其次是住宿问题，每天排练完后往回赶，辛苦倒没什么，只是过了点儿就没公交，实在不怎么方便。老凑合在哥们儿那儿日子久了也不是个事儿，可自己租房子吧，每个月的工资都搭进去都不够。关键是各自的音乐趣味也尿不在一个壶里。我写的歌他们表示怀疑，怕以后流行不起来；而他们写的东西我又实在看不上眼，虽然“姑娘”、“姑娘”地叫得令人心酸，但却总觉得缺乏些真实的热情。本来还想着退一步海阔天空算了，一起搞伴奏先挣点儿钱倒也无妨，等自己的经济基础壮大些再作计较不迟。可我的眼睛又偏偏人文得不争气，每次借着幽暗的灯光看到那些漂亮的小姐们露着柔嫩的肩膀被老头子搂着直往嘴边送，就着急上火。其实光被对了嘴倒也眼馋得还行，只是每每裙子底下又被伸进了手，就委实看着有点儿不负责任了。我并非要反对发生在身体之上的人性的动机，只是无法忍受这眼睁睁地被放大了的单纯的目的，况且执行者又不是自己，就更觉得实在是与美好无关了。唉！别看也是自家盛产的东西，可一旦被他人糟蹋成寻欢的边角料时，怎么可能不心疼哪。我虽然无权决定别人享受的快乐的口味，但起码可以选择自己播撒的快乐的品种。所以我决定还是让自己的音乐留在家中自给自足的为好。只要不让眼睛看见，欲望些许不会那么辛苦。

俱乐部的司仪是当地电视台《你行？你秀！》的主持人，参加过去年央视的“青歌赛”，虽然只以91.62分得了个优秀歌手奖，但名气已十分够用，每每被穿着松糕鞋的女孩子们把出没的地点围得个水泄不通。其实在身边呆久了你就会发现，这哥们儿也绝没什么两样的，每当走台的女模特们到后面换衣服的时候，也总爱挤进去看看。唯一不同的地方可能就是，姑娘们从不把他当外人，每次都被看得任劳任怨。听说我要走了，哥们儿略带伤感和沉思，诚恳地宽慰我道：

“对呀，老王。我要是大学老师才不这么累呢。唉！实在是太累了！”

咳！哪个不累啊？可累和累能一样吗？至少那欲望的恩格尔系数是绝对不可能等同的呀。

那一夜往回走的路上我的心情很低落，以往许多足以令自己兴奋起来的想法仿佛都患上了感冒，无精打采的，不怎么适宜活动。心情不好的时候似乎总有雨乐意来帮忙。雨滴顺着车窗玻璃一道一道往下流，借着满街无人照看的灯光把城市变成白天从未见过的模样。车里很空，空得司机都懒得报站了。当有人走上车来的时候，我的眼睛依然在窗外，收不回被雨打动的情绪。脚步声很明显停在了我的面前，叫着“老师”。是她！被雨水打湿了的发丝贴在前额上，像窗外被淋湿的城市，无限贴近我眼睛中珍藏的心痛。那一刻，我的心情有些跟不上了。我的心痛像胆怯的波浪，无数次来到岸边，却从未离开过家。我虽然知道她并不是我此刻心痛的原因，可为了此刻的陌生和窗外的雨，显然她就是答案。车上没有别的声音。我告诉她，我一直在找她。找得好苦。她还是莞尔一笑，说自己去北京考试了，就是我们学校，我学的专业。那笑声像窗外雨的颜色。我一阵激动，想带她到宿舍里坐坐，晚上正好和二哥一起吃饭。U字楼周围涌动的考生还是那么多。一休和乱炖刚面试出来，忙着给我透露里面的情况，说“拉斐尔前派”是个重点。我连忙去找她，想让她尽快知道里面的消息。她在小雨中挤来挤去，好像依旧不认识我，陌生得让雨都有些难过了。我的心开始紧张起来。不是考上了吗？怎么又得考呢？我顺着雨走进去。雨是绿的。考场怎么在车上呢？大愣坐在靠车窗的位置上，被人围着，弹手中的吉他，看到我带进来的雨，好像很不高兴，冲我嚷：

“哥们儿，再不下车可要被拉回去啦！”

我一下子醒来。是司机在喊。

城市还在雨中。雨虽然改变了别人观看城市的角度，但雨中的城市却依旧从不聆听任何人的秘密……

52

放假前忙了起来。得监考，还得判一摞一摞的试卷。太累了。

监考对我来说是件苦差事，我的目光真不知道该往哪里放才好。因为我也曾无数次被那种目光严密监视，所以实在不太容易让自己的眼睛一下子脱胎换骨到全无了罪证，赫然充当起警察的角色。一路考过来的记忆还十分清晰。我深知被监视者没有写在脸上的对那种目光的痛恨或厌恶。当你不会作弊的时候，那种目光自然是逼得你无处逃生，的确不太容易找着把小动作完好地隐秘在光明磊落里的办法；可当你会的时候呢，那种目光也还是盯得你发慌，让你又不得不在假设的廉洁中损耗掉证明自己的眼睛绝对没有藏污纳垢的精力。其实无论你带着什么样的神情也都坦荡不得，只要你坐在那种目光里，就甭想脱身于被监视出来的紧张，因为在那里你永远都是个预设的盗贼。

然而，似乎只要还有考试的存在，就不可能杜绝得了作弊的发生，就像只要男人们还存在多余的性欲，无论女人怎么教育和防范，伤心或愤怒，也无法真正清除干净一些不正当房事的发生。只不过前者的情况是，你或许本无完成的兴趣，却不得不在监视的目光下苦苦证明自己优异的能力，而后者的过程往往是，你得先在防范中努力证明自己绝无额外的能力，而后才可伺机实现多元性交的乐趣。秋去春来，男人们在一次次与自身无法克服的陋习的艰难作战中继续完满的婚姻，考场上日臻隐蔽的作弊方式也在与监视者的目光从未间断的对决中默默支撑各自满意的教育。时至今日，高科技作弊手段的应用早已不是什么新闻，但或许是因为造价偏高的缘故吧，显然还是非常规性武器，并未普及开来，在考场上使用最广泛的其实还是眼神、耳语和小抄等几样陈旧的传媒。不过，人类面部表情的不断齐备，的确是给眼神和耳语所指与能指的界定与确认造成了些难度。至于字条的隐匿方式，也有了性别上的差异。就男生们的办法而论，仍未割裂传统，显得老套而直接；而就女生们掩藏的区域来看，却似乎具有了重新评估身体上一切部位价值的勇气，每每把字条掖在长筒袜边或胸罩旁这些你想看也不方便总盯着看的地方，让监视的目光或在遐想中逗留，或在传统纲常前抑制本应具有的功能。

监考之累还不仅仅在于传统自身尚无力解决的悖论。如果说眼睛无所适从是人性自愿负担过重的结果的话，那么两个钟头左右的时间里身体配合着直挺挺地站立，有凳子也不能坐，可就纯属强行规定的劳苦了。要知道，监考不光是我们这些老师监视学生，还有学校专门派出的巡考人员在监视我们这些老师，脖子上挂了形似代表证的牌子，冷不防地就会推门而入：学生们是不是都把准考证放在左手旁啦，书包是不是都堆在讲台上啦，手机是不是都关掉啦，几个老师是不是凑在一起说话啦，你是不是坐着监考啦，眼睛是不是哪都看就不看学生啦……哪一样被查出来了都是责无旁贷的教学事故啊。于是，监考者的神经自会和答题的学生们一样紧张。其实巡考们也不轻松，有教务处长管着，不像模像样地走上这么一走，在夹子上画上一画，空白成一片回去总不好交代。教务处长也不容易，有主管教学的副校长管着，不这么办了，整个考试总显得不够正式，一年的工作总结会缺少相当大一块儿内容呢。副校长也不能打哈哈啊，有校长看着，如不把自己主管的项目落实到位，抓出些成效，还怎么往上竞聘？校长又有市里领导看着，市领导又有省领导看着，省领导有中央领导看着。中央领导就逍遥了吗？得由人民监督着。说到底还是人民最大，都得由人民滋润。可人民偏偏想不开，正是为了成为本由自己滋润的一级一级的人物才心甘情愿地坐在那种目光里被监视着要有文化。然而，文化是能被监视出来的吗？况且，也没有谁可以为这个世界准确地命题。因为我们生出来的时候都没有被告知过关于这个世界的答案。

接下来的批卷打分就更累了。咳！自己曾经因考试而受到的袭扰和苦痛还历历在目，可如今却又要忙着用分数来鼓舞或惊吓一个一个绝非靠分数就能预测出前程来的生命了。判卷的累还在于与正确答案无关的人情。棒槌老婆的外甥，你能忍心给个不及格吗？人家给你落了户口还没报答上，这又专门请你吃饭谈这点儿举手之劳的小事儿。系办大姐老同学的姑娘，你又怎么好意思不照顾？人家大姐可是一直都笑笑的没让你感谢过一次啊，这又拿了一条烟来。就算没有帮过你的同事说了话，你就能不给面子吗？抬头不见低头见的，还想不想做人？更不用说教务处、人事处、财务处、房管科等上级单位打电话来直接通气的指令了。

正一个一个倾心办理着，这不，老姜又拖着两条龙钟的腿进来了，为了他不争气的侄儿。老姜是系里每年雷打不动的先进工作者，也是学校前两届监考“火眼金睛”奖的得主，荣誉无数，德高望重。不知道为什么，只要你一见到老姜，对生活的态度就总能积极向上起来。或许是因为他身上随着四季更换的年轻人朝气蓬勃的装束吧，或许是因为他衔着大烟斗的嘴边哼唱出的小调吧，说不清楚。但或许更是因为流传在他名下的那一段段趣闻逸事。老姜对工作有用不完的热情，都快退休的年龄了还积极学习电脑，去年就主动要求上电脑设计的课程。课上也不知他怎么捣鼓的，电脑停止了运行。但老姜立刻就能因势利导道：

“同学们，这就叫死机啦！”

而后又沉着冷静地分析：

“那，死机了，该怎么办呢？嗯？”

环顾四周，见无人应答，便颇有成就感地讲授：

“重启！”

老姜的电脑水平一定还需要努力，但永不言败的精神和临危不乱的气概你得佩服。老姜一丝不苟的工作态度我也是领教过的。远的不论，就拿前几天的监考来说吧，每场监考完都能揣着满满一兜子纸条回来，还不算被及时制止了的眼神。看来今年的“火眼金睛”奖又非他莫属了。但老姜的语言表达却似乎总也不如精神和态度那样明确，每每词不达意。比如，有一次一名学生因不满自己的成绩与主任争嘴，老姜实在看不过去，便上前帮忙。我想老姜的本意一定是想让那个学生立刻明白，无论什么原因，都应该严格要求自己，刺股悬梁以求头角峥嵘才是正道，可老姜却鬼使神差地拍着学生的肩膀激励道：

“你这孩子！我告诉你吧，君子报仇十年不晚！”

激励得主任眼中一阵冷意。

还有，那次系里的例会是在我上过课的教室里召开的，看着我写的漂亮的粉笔字，老姜由衷地夸赞道：

“小王的板书呀，可真是文过饰非！”

老姜的名下也不光是荣誉，也有被系里的女书记批评的言辞旁敲侧击的时候。正值盛夏的那次例会，老姜穿着印花短裤和蜡染背心出席。受过艺术训练的眼睛是能够品评出些味道来的。可就忘了，人家书记并没有受过训练啊，眼睛怎么承受得了这样赤裸的压迫？果不其然，会刚一开场，不堪蹂躏的书记便立刻站起身来，严正地强调道：

“我一再说过，啊？男同志不要穿内裤来上班不要穿内裤来上班，可有些人就是不当一回事，居然还穿着裤心背衩来了！！啊？”

看来书记的词不达意也并不比老姜差到哪里去。

老姜偶尔也理不太清学生之间的关系。有一次上色彩构成课，老姜解手回来，看到一名男生不好好画画，却在膝头抱了个女孩儿嘀嘀咕咕的不成体统，便教育了那名男生，不分时间场合，怎么，想耍流氓啊？可不曾料想被抱过的女生已受到了伤害，把男生罩在身后对老姜不依不饶，气得呼呼的。老姜不免有些糊涂，关切地问：

“你说你这孩子，我在训他，你倒上的什么火呀？你俩什么关系？”

单枪匹马的女生决不妥协，直扑而上道：

“你说什么关系？你说什么关系？俺俩什么关系你看不出来啊？！你看不出来啊？！”

咳！现在的孩子，真是不懂得体谅喽。生在半个世纪前的人哪里能看明白80后的关系？况且还又是男女之间的。

从那以后，我就下定决心要体贴老姜了。他交代的事我不能不办。不能再让老姜寒心啦！

可话又说回来了，与其一个个都这样牵牵扯扯地难以公断，倒考他干什么玩儿？真是脱了裤子放屁，多费一道手续。早说文化不是监视出来的不是监视出来的，就不听吧，就不听吧。咱也不管了。

累的事情还远未结束。什么试卷分析、工作总结、思想汇报、听课记录、本学期的教法优劣、下学期的授课计划等等，五花八门的事情又接踵而来。还都有量化的指标。哪一项不交上个三五页的稿纸都说不过去呀。真没想到学个艺术还有这么精细的规定。谁说艺术是自由的？谁说大学老师过得清闲自在？光看不用坐班、还有两个假期吗？可是我的心情却从未捞着过放假啊。

学生们带着各自的分数都回家歇息去了。空空的校园被凛冽的北风和厚厚的积雪肆无忌惮地占领着。我的心情也跟着开始结冰，闲置在收割不到目光的窗口，斗争着，与苦恼同时认出了对方。于是，爱和孤独都有了着落，播撒在我不愿冬眠的执拗里，在每户人家的屋顶取暖。

唉！没有学生，这个冬天的心情怎么摆放？等学生们都回来了，以后的心情又怎么摆放？

空白从窗口消失，留在了我的屋里。

53

两年后的暑假我去了北京。出站后，往来穿梭的人流一下子就勾起了我对忙碌人生的向往。一休在上研究生，兼做一家著名画廊的艺术主持，名气已远播到了海外。约好了，晚上在老美院校外的东北馆聚聚。久违的面孔都来了，有欢笑，有酒，一切都热乎得像怀念中的一样。北京女孩儿在文化部艺术司工作，穿了一件“夏奈儿”的短衫，脚上的凉鞋可能也是相同的品牌，一听到对她的工作表示羡慕的话，就以“咳！名声好听而已！”这样不以为然的措辞再加重些那羡慕的成分。然后就矫枉过正，阐述起什么好运气还有待改善啦，钱挣得忒少还不够买一个真皮提包啦，真想有个假期全面休息一下啦。然后就是欣羡我的工作，多好，多清闲，又能看大海，真想和我换换。然后就是倾诉自己的苦恼，担心离开北京各方面的生活会不适应。山西女孩儿留校在院办当秘书，身上也用了名牌，但交谈中只提到自己的皮包是一千多买的，“登喜路”。依然喜欢用手捂着嘴嘿嘿地笑，讲院内一些男女私情的内幕，但不再说“真流氓”了，也不再叮嘱“千万别告诉别人”了。不一会儿，乱炖匆匆赶来，一进门抱住我就哽咽了。我拍着他的肩膀帮助抑制，一副已遭生活检验过的嘴脸。乱炖本来去东北的一家出版社当了编辑，可去年出差到北京让一休带着蹦了迪、泡了吧后，就辞职过来了，在一幢旧工厂里住着，做自由艺术家，头发染了颜色，牛仔裤的膝盖部位留了两个破洞。最后赶来的是小油，开着车。二大爷的鸡爪子厂发展到了北京。车是财富积累的凭据，用不着多说，就可以诠释别后的生活。

有我在身边壮胆，一休哪里肯放过小油，谑而不虐地夸赞着：

“傻逼了吧？开车了吧？从此吃饭可乐了吧？”

小油靠北京女孩儿坐了，在夸赞中“哈哈”笑着去摸依旧一丝不乱的头，豪爽地表示，哥们儿在一起他不会不喝的，说他越是喝了酒开起车来手脚才越是灵活。然后就是不停地接电话。没有电话打进来的时候就主动往外打，在一阵阵的彩铃声中忙得让人只有艳羡的份儿了。

席间，小油公布自己已经结婚了。一圈人忙端起酒杯为喜讯祝贺。乱炖又不失时机，谑而近虐地夸赞道：

“傻逼了吧？结婚了吧？从此失去自由了吧？”

小油从不在乎夸赞的类型，后背像是被人挠过了痒痒似的，一杯紧似一杯的啤酒直往合不拢的嘴里倒。

我不好惊动别人，只得在洗手间里塞给小油两百块钱。小油来不及系上裤子便趴在我的肩头叫着“大哥”，哽咽起来。唉！结一次婚不容易。弟妹肯定不是吃过那么多宫保鸡丁的北京女孩儿了。也不知是不是墙上贴着的那名白衣天使。

还是提起了杭州女孩儿。每个人都流了泪念她的好。山西女孩儿呜咽着说，杭州女孩儿的父母一直住在北京，把家里的房子都卖了，打官司，认定自己的姑娘不是自杀的，而是被人害死的，所以杭州女孩儿的尸体现在还在太平间里冷冻着没有火化。冷冻费数额不菲，前一阵子院里的老师和在京的同学还为此捐了款。

没有人通知我。我的那份是一休帮我出的。

小油很沉痛，策划着明天一道去看杭州女孩儿的父母。有车，方便。并觉得自己责任重大，以后只要有他吃的，就绝对不会让杭州女孩儿的父母挨饿。

我很惭愧，恨不得马上辞职，到北京寻找当大款的机会。

看来小油见到账单就心悸的旧病好得是差不多了，结账时连忙起身用右手拽住我的左手，在我的右手从反向的衣兜里成功掏出钱包的时候，他的左手还在做着要伸进同一侧上衣口袋里的努力。但从手腕上戴着的那串玉质念珠来看，还是依旧信佛。

哥们儿其实就是用共同的记忆砌成的一个可以落脚的地点。晚上我和乱炖被一休拖到了住处。一休把唯一的床铺腾给了我和乱炖，自己和女朋友挤在地板上。我们溜着小酒，谈别后不一样的生活一样的煎熬。乱炖劝我还是不要辞职，漂着也累，找到想象中简单易行的美好实在不容易。我的情绪有些受挫。但又不得不强调一下自己贴身的苦楚：学校正面临办学资质的评估，大大小小的动员会开了不下十次后，上上下下便众志成城了，掀起了伪造教学文件的运动：课程的教学大纲得补，教研室的活动情况得编，以往的听课记录得写，甚至两年前的考卷还得按照标准模式重新批改和分析。这样成天到晚忙着给以往留下的过失擦屁股不说，还得准备外语职称考试、计算机职称考试，辅导的地点又偏偏设在了市内，来来回回把人跑得真是屁滚尿流。所以，我坚决表态，不怕任何生活的艰难，我只要我的追求，还有我的自由。乱炖很诧异地问我，现在国家单位不都强调以人为本了吗？怎么，你们学校还没行动起来？我无言以对。你可别说，每次大会上还真是那么布置的。一休说，别扯淡了，还是考研吧。现如今想要出来透口气，最稳妥的办法还得数考研，兵不血刃，丰衣足食，便可一了百了。我茅塞顿开，立刻就有了初步的决心。一休强调说要死拼外语，考研说白了其实就是考外语，他为此吃了三年的苦头，如今依旧苦尽甘未来。我不怕吃苦。毕竟这是自己可以掌控的苦。况且我外语的底子也是有一拼的。就这么定了！于是哥仨就着我被唤起的激情又多喝了两瓶，对各自今后力比多的走向都充满了期待。

54

回来后，学校里一派繁忙的景象，显然并未觉察到我要离去的决心，不但迎接评估的热潮涌动得如火如荼，而且系里争夺主任要职的战斗又已打响。录用我的老主任就要退休了，两个副手也都到了年龄，所以学校决定借这次契机将系里的领导班子来个大换血，并要大胆起用年轻人。于是，系里五十岁以下的年轻人都积极行动了起来，上上下下、方方面面的感情联络得个不亦乐乎。

棒槌虽然偏年轻了点，但群众基础雄厚，所以不露声色中自然也当仁不让。棒槌的媳妇本是建系时的元老，前几年干了工程才功成身退在家中过幸福生活兼生孩子的，看这一次机不可失，便立刻出山，迅速恢复了教职，摇旗呐喊，簸土扬沙，助夫一臂之力。这嫂子，的确不同凡响，为了扳倒另一方实力较强的对手，隔三岔五就召集人马秘密喝上一次，十分舍得。于是每个人的感情就都被联络得那叫一个深厚和稳固，像被催了眠似的，纷纷在举荐棒槌的一份联名信上签下了自己的名字，恨不能让棒槌明天便可走马上任。最成功的联络要数宴请先行到系里摸底并主持工作的新书记那一次。新书记姓邢，男性，个子不高，手脚纤巧，早年又喜好艺术，曾在公社的墙壁上画过毛主席的头像，所以很适合这边的情况。当时我应邀作陪，为棒槌今后施政艺术的方向作些理论上的阐释与支持。嫂子亲自坐在书记的身边，斟酒，布菜，剥虾，忙个不停。有时书记被我阐释得顾不上吃，嫂子就极自然地用手碰碰他纤巧的手，含笑相劝。依旧顾不上吃的时候，嫂子只好极自然地把呈兰花状的左手轻轻搭在书记消瘦且略短的臂膀上，用右手搛了鲍鱼亲自给送到嘴边。酒足饭饱后，接下来的娱乐是唱卡拉OK。唱到《梅花三弄》的时候，嫂子起身主动陪书记献丑，亲密无间的站立中，手早已极自然地从后面搂到了书记的腰际。“红尘自有痴情者，莫笑痴情太痴狂”，早年喜好艺术的书记嗓音不错，头开得是一片掌声。“若非一番寒彻骨，哪得梅花扑鼻香”，本就科班出身的嫂子应接的功夫都在眼神上。然后，在作陪的几个饶有兴致地击节应和中，两人相视着合了：

“问世间情为何物？直教人生死相许。看人间多少故事，最消魂梅花三弄。”

间奏的空当，嫂子也没闲着，双手又轻抚书记消瘦且略矮的肩头，跳起“二晃”来。男人都喜欢女人额外的贡献。棒槌在旁边抽红塔山，眼中赔笑，对媳妇的牺牲很满意。可能还嫌火热得不赶趟儿吧，棒槌干脆直接加入到了媳妇的牺牲里，早早把麦克举在嘴边等着，当间奏的音乐一落，便用赵忠祥式的语调准确地旁白道：

“梅花一弄断人肠，梅花二弄费思量，梅花三弄风波起，云烟深处水——茫——茫——”

停下舞步的嫂子和书记执手相看醉眼，再次问世间情为何物……

从那以后，我尽管没有终止报答，可对棒槌嫂不免有了些成见。太过多情。

竞聘那天的场面隆重极了，虽然还做不到现场直播，但却也采用了央视“青歌赛”的模式。为了透明和公正，经验丰富的评委们都坐在前排当场举牌打分。自然，也是要去掉一个最高分和一个最低分的。棒槌的演讲得到了全场最热烈的掌声，尽管被去掉了一个最高分，可牌子上最终打出的数字也还是遥遥领先。这里面除了棒槌夫妇事先联络得好外，恐怕我的理论水平也功不可没。因为他的演讲稿是我熬了几夜写出来的。虽然外人并不明了属于我的那份光荣，但我也还是欣慰到了家，不管怎样，我终于用自己随身携带的微薄之力回报了棒槌夫妇的厚爱。以后就可以心安理得地敬而远之了。

我不等学校进一步讨论研究的结果出来，又匆匆忙忙赶去北京参加了当年的研究生考试。还是住在一休那里，戴着一休的棉帽子和棉手套，骑着一休的自行车一趟趟往考场跑。结果没考上。外语的确很难。看来不做长期的努力是不行了。

新学期开始的时候，棒槌走马上任，重新装修主任办公室，重新任命基层干部，重新制定规章制度，三把火烧得很旺。我在全力以赴准备考研，已顾不上接受他让我出任教研室主任的好意，而且每次棒槌嫂召集人马为新建的江山勾画蓝图时，我也放弃了酒桌上常占的席位，总是告假在家。我是想等到考研成功后再一并和哥们儿好好醉到一处。

紧张的学习生活就这样在我的决心下开始了。每天只要没课，我就坚持到校园后面的山林里背外语，坐在河滩旁那块儿平滑的大石头上，晨钟暮鼓，只争朝夕。我喜欢在户外学习，一个人清清静静的，用不着怎么集中，注意力就全都是我的了。况且，也不用担心有谁会来与我争抢树荫里那些取不尽的自由。只有柳杨偶尔会跑来看我。柳杨是第一个请我吃饭却不是为了分数的女孩儿。她的学习成绩像她的容貌一样骄人，不见怎么费力，便已木秀于林。柳杨高考时本来报的是北京的院校，专业成绩排在第一位，只因外语分数偏低，找过有关领导后在家等着特招，结果不知怎么，就接到了现在的这张录取通知书。柳杨有男朋友，在食堂一起吃饭时我遇见过好几次。但可能对曾经选择的高度还耿耿于怀吧，所以总喜欢找我这个曾经跨过那一高度的人聊天，让我帮助抒发曾经的抱负，或者梳理去外面的世界的思路。这一次我用了点儿经验，约束自己闭口不谈感情上的事。柳杨说过，她毕业后要去法国学艺术，而我可能等不到她出国就得去上研究生了。实在没有必要让意料中的烦恼来节外生枝。所以，我没忍心去破坏进行中的美好，只希望眼前的光景能像四五岁的孩童那样惹人喜爱，永远别再长大，学下一身的毛病。但无论怎么约束，整个过程中也还是无法避免地有恋爱的感觉。

由于经验运用得当，柳杨隔三岔五送来的美丽心情，还算没有影响到我所背单词的数量。但新的烦恼却又从别的枝节上生了出来：或许是我回绝的次数太多了点儿吧，不知不觉中竟让棒槌觉得生分了，以为我已决定不再听他的话了，便急忙把火烧到了我的身上给以颜色。第一次冲突爆发在毕业生的论文答辩会期间。一个巴掌拍不响，我知道这里面肯定有我自身的原因。当时我的情绪的确有问题，因为我实在是怕了学生们的答辩质量，论文是东拼西凑来的姑且轮不到我管，怎么连念一下都念不通顺呢？时间浪费得我本就觉得焦躁，可每次耐着性子听完那磕磕巴巴的陈述后，一排评委里棒槌却唯独要重视我，挪开红塔山的嘴偏偏非逼着我说两句不可。本来我的嘴是很勤快的，绝不肯像老姜那样说完“论文的选题很好，就是题目太大了点儿”就去喝着茶水沉默良思了，可坏就坏在前几天我不该跟着吃了一轮学生们的“谢师宴”。席间有学生向棒槌埋怨说答辩有点儿太艰难了，我听到棒槌的回复是:

“唉！都怨你们王老师太苛刻，太苛刻。”

谁不想像棒槌那样，每到元旦前后四面八方各种色彩的桃李纷纷寄来问候的贺卡？于是我勤快的嘴才悔悟了起来，当棒槌再要重视我让我说两句的时候，我也经验丰富地避而不谈，只顾去喝桌子上的可乐。可没想到我不吱声的时候别的评委没有一个吱声的，动辄就冷场五六分钟。尽管我熬不下去，后来还是说了两句，但可能是苛刻的程度已大不如前吧，惹恼了棒槌，休会时把我传唤到主任室瞪着眼珠子一顿咋呼，什么不支持他的工作啦，态度有问题啦，思想不端正啦，为了一已私利不顾系里的发展啦。我也一时犯浑，忘了自己是和主任在说话，用哥们儿的情绪回敬了一句“你装什么孙子！”后负气离去。这一次的冲突虽然影响到了我学习外语的效率，但并没有妨碍我对事态发展的乐观判断。我想，只要我忙过这阵子，考上研究生，棒槌的气自会消得差不多了，都是哥们儿，在一起坐坐，再喝上几口男人的酒，就没事儿了，眼前矛盾的主要方面可是不能浪费任何一点时间啊。

然而事实证明，我又一次犯了主观主义的幼稚病。因为那一次的冲突竟像后期的癌变一般一发不可收拾，扩散到新主任一连串严惩不贷的制裁里，不肯给我留下任何一点儿重修旧好的机会。先是因为我不积极迎接即将来临的办学资质评估工作，一连几个工作日都在家中私学外语，一天扣我五十块钱。紧接着就是查我的“作风问题”，存在师生之间搞不正当男女关系且夺人所爱的嫌疑，有棒槌嫂了解到的柳杨同宿舍的姐妹们夜里偶然听来的呓语为证。再接着就是查我的“经济问题”，以往的判卷过程中留下了受贿的把柄，有棒槌收到的“一抽屉”举报信件为证。为了惩前毖后治病救人，这一次判卷，新主任拟定，派老姜和另一名先进工作者全程看着我，卷子必须在会议室的圆桌上公开，会议室的门必须全天候开放，随时接受群众的监督。

我愤怒了，终于将辞职信摔在了书记室的桌子上。邢书记看事态严重，可能怕逼走了来之不易的人才学校会怪罪吧，于是忙起身拽紧我的胳膊直往沙发上拉，央求道：

“你先坐下来，你先坐下来，消消气，消消气，就算给老哥个面子行不行？行不行？”

见我情绪还难以稳定，邢书记递上一杯热茶，以人为本地笑着，了解起情况来：

“喃们（你们）以前不是经常在一起吃吗？怎么突然会闹成这个样子啊？”

我笑不出来。也不知如何解答他的提问。

邢书记坚持让我多坐一会儿，自己到隔壁的主任室去沟通沟通。为了提防我不辞而别，走前还特地拉严实了房门。我利用他去沟通的空当冷静了一下，觉得考研的日期就快到了，真是不必多此一举增添报名手续的复杂性，所以就决定还是把眼前有限的痛苦投入到远离后无限的快乐中去为好。不一会儿，邢书记沟通回来了，告诉我，可以在自己的办公室里判卷了，门也不必总开着。至于作风问题呢，证据太过偶然，可以忽略不计。我给足了书记面子，不再坚持先前的愤怒。书记显然为做通了思想工作而感到欣慰，一面连忙表示赞赏道：

“哎！这就对了嘛！这才是上策！”

一面将我的辞职信在手中撕碎了，以防夜长梦多。

我算是铁了心，这一次一定要报考“全国统分”类别的研究生。可这无疑又为报名表上“学校对考生的报考意见”一栏的签字、盖章平添了难度，因为按学校的有关规定，是只准报考“定向”或“委托培养”类别的，怕放走了人才。听罢我合法的陈述后，果然满科长不给签盖，让我去找教务处处长。教务处处长连同人事处处长会商后，仍然觉得还是不能给签盖，让我去找主管的副校长。副校长是新近才竞聘上来的，相当以人为本地关切后，并不急于表态，只是让我说说，你们系为什么留不住人才呢，前几天也有几个闹着要调离的，是不是和新上来的领导班子有什么干系？虽然我憋着一肚子的怨气，但人人都长着一张脸，我不喜欢单独去翻看哪一个的屁股眼儿。于是我只得托词说，自己此番出去只是想深造一下，以便学成归来后更好地为学校添砖加瓦，可偏偏我的母校规模小，容纳不下其他类别，所以历届只招全国统分的研究生。新副校长对我的理由相当重视，立刻就打电话给满科长，让给签盖了，并口头承诺，只要我回来就一定提拔重用，因为我们系实在是没有人才，临时凑了那么一个班子。我只能谦虚地笑着，说自己考上考不上还不一定呢。

然而，我一定要考上！并不是想尽快补充系里的人才，只为了完整地带着自己的躯体出去透口气。这一次我接受了一休的建议，提前两个星期就来到了北京，各个导师的门下都走上一遭。我实在不太擅长用编造的理由增进师生之间的情感，所以每次带着东西进去时都惴惴的。但导师们一概都微笑着，看不出哪一个怕给自己留下“经济问题”。由于经验又一次运用得当，再加上决心的坚定，我的专业成绩排在了前面。拼过两个半小时的外语后，我总算为自己的录取打下了不可动摇的基础。

55

接到录取通知书的那天黄昏，柳杨在海滩上等我，充满喜悦的脸染得海那边的云朵像一团火在燃烧。柳杨有些激动，扑进了我的怀里。我却像国产片中的警察一样，虽然也紧紧相拥，对依偎在怀中的美丽不置可否，但终于还是理智地没有迎接已递到嘴边的柔唇。唉！我倒不是有意装孙子，只是先前的一切已被别人引用成了不良品行的证据，不能再去增添这一个证据里的细节了。而且后来据柳杨说，如果我当时迎接了，她会就此下定不再出国的决心。

理智真是个好东西，不但保住了柳杨去海外求学的心气儿，而且当我去请棒槌两口子吃饭，顺便想提走自己的户口时，我的作风问题果然没再遭到进一步的纠缠。只是新主任的脸色还是不怎么好看，尽管给递上的是精品红塔山，也不接，至于出去坐坐，就更是不肯赏脸了。我也不好再用哥们儿的腔调了，还得用人家的户口本不是嘛，所以只能断断续续地说些掏心窝子的话，等着最后的审判。本来以为只有主任一个人在家呢，可没想到，里面屋子的门竟被突然推开了，棒槌嫂像一只藏獒似的扑了出来，冲我劈头盖脸地嗷嗷直叫：

“你还知道户口在这儿啊？！！你还知道户口在这儿啊？！！我告诉你吧，只要我老对儿（同桌）在派出所一天，你就甭想把户口提走！！！”

我被吓住了。一阵心痛。我知道嫂子是舍不得我了。嫂子一直疼我。记得在共商大计期间，得知当天是我的生日后，嫂子就现巴巴去买了只蛋糕回来，一根根地插上蜡烛，拍着手给我唱“生日快乐”。也记得那段儿随风而去的时光里，嫂子曾不止一次地贴近我，摆弄着我的头发，深情地讲夜里做的梦，说梦里只有我们俩，一起在芳草萋萋的绿地上打羽毛球，一起在夕阳西下的树林里奔跑，一起在鱼翔浅底的溪流间嬉水，醒来后腮边竟不知不觉挂上了泪。

咳！多情的嫂子。可即便再怎么不忍心我离开，也不该仇恨成这样啊！自家的男人就坐在身边，对于这番毫无依据的任性该怎么想。

嫂子可能也认识到不妥，连忙又怜爱起自家的男人来，疏远我道：

“你给我好好寻思寻思吧！！我们家棒槌怎么了？我们家棒槌怎么了？你咋能说对他不好就不好了呢？！！！”

唉！真不知嫂子早年到底是在哪儿学的艺术，这里里外外都是戏啊。

饭没请成。户口本也不让用。我只能伤感地跑到住在一个小区的饼子那里好好寻思寻思了。饼子兴冲冲地拿出一瓶珍藏多年的红酒要为我庆祝，可听罢我的苦闷，便没有心思再去开启酒瓶上的木塞，连忙打电话给蟑螂和阿短，让快速过来，商量商量，看看怎么弄这是。

蟑螂一进门就开骂了，说上个月他的女朋友以为自己在棒槌那儿喝酒，把电话打到了棒槌家，可谁知道棒槌嫂多年以来为了提防棒槌在外面养女人，只要电话那头传来的不是男声，就不问青红皂白地一通谩骂，自己女朋友的语言又不过关，急得直哭。后来在酒桌上蟑螂为此事才说了不到两句，就被绝不肯崇洋媚外的嫂子泼了一脸的酒。那个傻逼娘们儿！还不知道自己裤裆里夹的是什么卫生巾啦！如果不是看在棒槌的分上，谁会把她当盘儿菜啊！还泼我酒！

阿短也配合着骂，说前几天鲁迅美术学院办了个油画研习班，他的老师在里面任教，问他来不来。发研究生同等学历的文凭，机会难得。他便连忙去找棒槌。本以为也算是竞聘时的班底，总该享受一点儿功臣的待遇吧，可还没等棒槌发话，棒槌嫂却率先为难了起来，说你们都走了工作谁干呀，怎么就不为棒槌想想呢？这刚上来，哪个不盯着？还是从长计议吧。那个傻逼娘们儿！一天到晚脖颈抻抻的，能耐得就差会讲“相对论”啦！盯着就盯着呗，多大点儿事！打江山那会儿怎么不怕人盯着？！怎么不从长计议了？！

饼子已拔出了酒瓶上的软木塞，都给倒上后，独自品着。看其他两个还在那儿骂着收不住嘴，便不耐烦地说，和一个傻逼娘们儿一般见识，有意思吗？噢，现在嫌人家的生殖器智力水平低啦？当时你们一呼百应地跟着瞎鸡子喝时怎么谁也不用用脑子呢？那两口子是什么样的人你们知底儿吗？怎么干上的工程你们了解吗？什么人都好在一起喝吗？看我多咱跟着喝过？还有脸在这儿给我嘚啵呢，像会点儿什么似的！

不顾几个人的惭愧，饼子径自追溯起来。饼子和棒槌是从小一起长大的，一起拜的师，一起学的画，考上大学后才各奔了东西。而棒槌嫂是饼子大学时的同班同学，在校时就已出落成了有名的公共厕所，只要是男人都可以进。只有戴着博士伦的她自己看不出来，想装扮成MTV中麦当娜的样子，还得往胸罩里添些东西才行。饼子开始也并没有拒绝免费进去的机会。后来暑假带着在一起玩儿时，饼子稍一疲惫，也不知棒槌怎么就一见钟情地溜达进去了。但也迟迟没有改制，直到一对儿男女合作干成了工程，证明了搭配在一起的发展优势后，才决定自负盈亏的。工程本是饼子和棒槌学画时的先师揽下的，然而，自己却没先富裕起来。据先师追悔，当时只是想找个人来搭把手，帮着取富贵，可耽误就耽误在女的动不动就趁男的上厕所的空当倒在先师的怀里，劝说老人家年龄不饶人啊，在家里坐镇就行啦，具体的事有他们这些长成的晚辈呢。先师拗不过倒在怀里的次数，便欣慰地在家里等着分红，可直到男的买好了大房子都将女的改制为专用马桶了，存折上还是先前的数字。先师也不是没愤怒过，几次上门讨要，就是不给。不但不给，当男的躲在厕所里不出来的时候，还总也等不着女的再往怀里倒了。

借前车之鉴，饼子分析，我的户口想要拿出来可就难喽！我已六神无主，只顾闷着头去鼓捣手里的烟，像是能抽出个什么结果似的。蟑螂有些火了，说，操！还没有王法啦？实在不行就起诉他！我哥们儿是律师。惯他穷毛病！饼子冷静道，打官司不是不行，百分之一百能赢，可从起诉、受理、开庭到判下来，怎么也得两三个月的时间吧，你能等得起吗？更何况执行得了执行不了还不一定呢！阿短也有些火了，说，操！有什么呀！你就住在他家不走，跟着腚要！他吃你就跟着吃，他睡你就跟着睡。我还真就不信了！多大点儿事儿！饼子不无担心道，你以为棒槌是个鸡不蹬（无能之辈）啊？黑道白道上的可都认识，惹急了眼找个大哥剁你一只手，书也甭念了，就在他家养伤玩儿吧！问题啊，是老王被人家摸透脾气啦，要换了我，他敢吗？借他两个胆儿！爪乎（欺负）谁呀？！！

分析来分析去，饼子觉得以我的脾性，还是以情动人较为合适。户口不是上在他父母那儿了吗？你就买些东西去看看老人家。都是做父母的，这可涉及孩子出去念书的大事儿，心不可能不软的。我很佩服饼子的分析。关键是他做到了因材施教。

第二天，饼子把我领到棒槌父母住的楼下，买了份儿报纸悠闲地坐在不远处的花坛边上等我凯旋，说自己还得在人家手底下谋生，实在不好露面。即便只是友情支持了我的远走高飞，恐怕也会授人以柄。唉！咋整？老话说得好，宁得罪十个君子也不得罪一个小人哦！

我当时虽然无助得亟须有人陪同，但也不好就此增添了哥们儿谋生的难度，于是只得拎着沉甸甸的东西独自上去叩门。其实一切都没我担心得那么难。两个老人果然也是做父母的，听罢我的来意后，老妈妈知冷知热，一个劲儿往我手里递茶水，直夸我这个孩子有出息，老头子也跟着振奋，马上就去柜子里找户口本，怕耽误了大事儿。可坏就坏在我不该得意忘形，随口提起了孩子们工作上弄的那点儿小别扭，老妈妈顿时不放心地警惕起来，非要给儿子打电话询问不可。这一询问不要紧，电话那边轮番呼号得让老妈妈为了难，慌忙扭过头来制止老头子马上就要完成的动作。老头子是工人出身，脾气耿直得仍未失去劳动人民的本色，冲着通话中的老婆子不耐烦地嚷嚷道，就是再有矛盾它也是人民内部矛盾，怎么，还能不让人家去学文化吗？但也一直把户口本握在手中不递过来了。老妈妈放下电话不一会儿，棒槌嫂便穿着睡衣披头散发地闯进门来，夺过老公公手中的户口本，头也不回地带着阴沉的脸和吁吁的呼吸火速撤离了现场，像是我能动手上去抢似的。

只看我垂头丧气的样子，饼子就知道自己的分析失误了，于是也开始围绕那个娘们儿生殖器的智商问题发表起了意见。贬低够了娘们儿的生殖器，饼子终于又眉头一皱，计上心来，分析说，老头子的话不是还透露出些刚直不阿的意思吗？过几天你就再去看一次，以扶持老头子身上的正气为突破口！

结果饼子的分析又不准确。我第二次带着更沉的东西独自去叩门时，人家的父母从猫眼儿里认出人后连门都不给开了，而且老头子根本没等扶持已在里面破口大骂，说我凭什么破坏人家来之不易的安宁生活，再敲就挂110报警了！我真是欲哭无泪。唉！早知如此这般地成了十恶不赦的坏人，倒费死巴力考上这个研究生干什么你说？

饼子肯定以为是我成心与他的分析过不去，便懒得帮我分析了。但骂终归还是要骂的：

“那你怎么就不问问，你的安宁又是谁给破坏的呢？！还觍着个逼脸儿叫警察呢，老不知好歹！四五六不懂嘛？！……”

然而，骂声的激烈对我的脾性显然已起不到任何一点儿重塑的作用了。我没有骂的气力。精神遭受到的一次次打击只是让我感到孤独。我只想躲到自己的内心深处去，把一切都修复成未曾骂时的样子。

柳杨来看我，已办好了护照，就等着签证下来了。弄清楚我郁闷的原因后，也并没有影响到愉快的心情，非拉我陪她去看球赛不可。劝我别当一回事儿。她的舅舅在公安局，提出户口来念书不成问题。本来就是名正言顺的事嘛。但也埋怨我应该早点儿告诉她才是。上这个火！

第二天一辆警车来接我，让我受惊不小，还以为是棒槌嫂提前发火了呢。我从小看到警察就哆嗦，即便是根本没做坏事儿。这时我才知道，柳杨的舅舅不但在公安系统工作，而且还是上面的领导。警车直接开到了我户口所在地的派出所，陪同去办事儿的民警同志也不知道是什么级别，直接带我进了所长室，手包往桌子上一扔，让把户主传过来！不一会儿棒槌作为户主代表进来了，手脚哆不哆嗦我看不出来。民警同志显然不懂艺术，实在琢磨不出那锅刷子发型的脱俗之处，便没好脸儿地问他，有什么权力扣着一个公民的户口不给？棒槌的理由尽管相当地以本人为本，但无奈却是与法律相抵触的。民警同志的办事效率极高，不愿听什么废话，直接通知他，只有两条路可走——要么赶快取户口本来方便一下提取工作；要么做个笔录，说明户口本遗失的原因，我们只不过费点儿事，从电脑里调出底子注销就行了。棒槌无疑觉得第一条路体面，便垂着眼决定了。但户口本在老婆的手里。民警同志不耐烦地催促道：

“既然还知道在哪儿，那就麻溜（赶快）点儿吧！”

棒槌起身要去取了。我为他捏了把汗，因为除了他之外，也只有我最了解嫂子的任性了。所以当昔日的哥们儿硬着头皮往外走时，我是多么想给他一点儿友情的支持啊。可棒槌根本就不抬头看我，脸拉得还是先前的长度。咳！不管了。我们两个有一个牺牲，总比谁都不去牺牲强。民警同志也懒得体谅，依然不习惯艺术的眼睛只顾流露出不屑的神情，嗤嗤着鼻子问我：

“就这造型也能当领导？怎么竞聘上来的？”

我一阵脸红。怎么竞聘上来的？我们这些群众选的呗……

看我一脸痛苦的样子，民警同志又热情洋溢了，征求我的意见道：

“要不，把媒体招来给曝曝？”

我连忙谢绝了。没耽误去念书就行，我并不想把别人怎么样。况且是因为帮过我的忙才闹成这个样子的。

人们齐心协力真好。手续很快就办完了。送走了警车后，棒槌嫂在派出所的老对儿（同桌）客气地把我请到办公室坐了会儿，埋怨我怎么不直接来找他，这么点儿小事还惊动上面。咳！看来我当时真是病重乱投医啊。都想复杂啦。或许做些减法的处理事情早就解决了。然而，如果不惊动上面，棒槌嫂的威胁真的能不是威胁吗？我不知道。

到各个部门盖满和来时一模一样的那十几枚红红的印章后，我的身体和心思终于可以从这里提走了。可是我却兴奋不起来，几天里一直都怅然若失的，总觉得还有什么东西丢在了这里，想折回头去寻找。

走的那天我没告诉柳杨，怕送别会徒增她的感伤，也怕加深了自己的怀念。我已成熟得很会面对现实了，不愿再留下任何一点儿今后被证明依旧需要去成熟的素材。即便那样走过或许又会有另一份值得收藏的浪漫。

56

我之所以考研，其实和新落成的母校面貌也不无关系，那一片青灰色的建筑，像极了欧洲的城堡，尽管还是无法与记忆中的老美院媲美，却也在四周的繁忙喧杂衬托下，看过第一眼后就勾起了我对到里面重新思考人生的无限憧憬。于是，人也跟着新了起来，兴奋之余，也就难免想法高远了。这一次，一定不白白浪费一路成熟过来的经验，不把自己折腾得名满天下誓不为人！年龄已经不小啦！

还是得先到各个部门办理手续。然而，等候办理的队列如今已长到令昔日的骄傲无处栖身的程度，密密麻麻的全都是研究生和本科生，稠稠地混杂在一起，比从前来报考时的人还要多得多，让我在其中普通得总也等不到个头。母校虽然历来讲究人性，为了尽量避免等待中烦躁情绪的滋生和蔓延，已将各个部门的桌子都搬出来摆成一排联合办公了，可无奈增添的校园面积与扩招的学生数量相互抵消，所以办理者与等候办理者依旧没有可以让心情愉快的地方。

内外科的医生们也都被请到了校内临时挂起白色布帘的房间里，方便新生入学前的体检。除了以前例行的传统项目外，我第一次被检查了“发育状况”，生殖器和屁股眼儿都遭到了翻看。结果证实，发育得不错。另一扇挂着布帘的门外，女孩子们难为情地挨挨挤挤在一起，谁都不愿意进去被翻看了，一个个忧心忡忡。穿着一身白大褂的大姐在旁边耐心地做着工作，让不必思想负担过重，这一项检查只是为了科学地了解相应部位多年以来长成的质量，并不追究婚前不科学的行为。

好的东西都如出一辙，就像我们喜欢看到并乐于接受的那样。研究生公寓的设计理念一定是从国外精心借鉴过来的，里外居室相套的格局，再配以独立的卫生间和厨房，把学习与生活的区域分离与统一得十分讲究，只要你一进去就能不由自主地萌生决不虚度光阴的冲动。然而，缺憾也总是如出一辙，和我们遭遇过并不得不接受的一样。公寓的设计虽好，可就是没提前考虑到扩招出来的学生数量，所以还是得三个人一起分离与统一。不过，成人之间可以彼此担待些，别太讲究各自的私密，毕竟比在外面租房子住便宜，更有利于养活自己。这里可是北京的房价啊！我已为三年的学费交出了所有的积蓄，还外加父母赞助的一多半，哪里还有资格拥有奢侈的私密？不光是我拥有不起，同屋的博士大哥是和媳妇双双入学的，还带着个孩子，算老夫老妻了吧，又何尝不想只一家三口住着其乐融融？也拥有不得。另一位硕士老弟虽然还未领证，但和女友在一起也如胶似漆了几个年头，炉火正旺的，怎么不愿只留下自己的爱侣在身边？可一样也拥有不得。

唉，都凑合凑合吧。便宜才是硬道理。现在苦一些，等有了美好的前程，就会让以后怀念中的点点滴滴更有嚼头。况且没有私密只是精神上少了些满足而已。精神的不满足永远只不过是生命患的病，与无法维持生命本身相比，也就根本算不得苦了。

一休已留校任教，贷款买了房子和车。虽然文字已很值钱，但还贷依然困难，所以不得不向影视业靠拢，做编剧，兼制片。晚上来接我，非要接风洗尘不可。只通知到了乱炖和小油。北京女孩儿在日本留学，山西女孩儿到埃及旅游了。

乱炖漂得已很憔悴，头发上的颜色褪掉了，膝盖部位的洞破得更大了。小油也一脸倦容，接打电话的次数明显减少，也不再用手去整理发型。因为头发已脱得留成了光头。哥们儿聚在一起很容易忘掉独自面对生活时的烦恼，所以不一会儿，也就都像肚里的酒精一样热乎了，你一言我一语，争抢着回溯以前那些幼稚的快乐。绘声绘色的再现中，故事与事实已有了很大的出入。比如，一休追到手的女孩儿变成了友好寝室里唯一的湘妹子；比如，乱炖在东北馆宣读充满了诗意的信件时一眼就看出了有关爱的中心思想；比如，小油那一夜的多情不但被受害人欣然接受了，而且面部表情还十分的愉悦……然而，有一起值得回忆的内容才是最重要的，没有谁在乎依据了各自需要的情节是否真实。哪怕随着时间的推移说得天花乱坠。

话题还是转到了事业上。一休的学术始终令人望尘莫及，所以只有我新近的及第才会让其余两人深受刺激。乱炖当场就表示也要找回曾经勤奋的样子。考研！人生能有几回合？但对近年来的生活质量心有余悸，因此在报考专业的选择上相当理性，觉得还是学点儿与经济直接挂钩的艺术管理才不枉费已漂泊成熟了的心机。小油同样也对自己曾经勤奋的记忆难以割舍。然而，鉴于生活上的优势，也不得不忍痛割爱，表示就不一道做同学啦，北大已为商界成功人士办了MBA班。但一再重申，在哪儿学和学什么不重要，只要经过社会的雕塑，人人都是艺术家。

唱完歌泡完吧后已是夜静更阑。小油喝得有些高，摇摇晃晃，拽着几个人的手不肯放，说自己的心还是没着没落的，非让到他那儿一起睡不可。尽管放心，媳妇不在家。我们只是不放心他酒后驾车的能力，才让手脚还相当灵便的一休给一车拉了过去。

我第一次领略了小油那一套跃层房子的浪漫与舒适。楼梯下的水池子里鱼儿迟迟不睡，在莲花瓣儿间直游，挂在全封闭阳台上的一对儿八哥也无倦意，“恭喜发财！”“恭喜发财！”地叫得个欢。那一圈儿真皮沙发，睡多少哥们儿都睡下了，根本用不着实木地板上铺着的几块儿澳毛地毯。小油给每人倒上一小杯冬虫夏草泡的酒后，从隐蔽处拿出几张国外顶级的毛片儿，放上了。这可是最亲近的哥们儿才享受得上的最高规格的招待。DVD的清晰度真是没的挑。背投电视的屏幕也大，让影像如真人般在眼前扭动着。那些爱的招数，比我实际生活中运用过的丰富多了。

看来小油享受着的幸福只有一种用途，那就是促使他的不幸很容易被接受：当得知未曾谋面的弟妹不但不在家，而且还再也不回来了的时候，哥几个的面部表情无论怎么酝酿也表达不出强忍的震惊。一休非但毫不关心分手的原因，而且还戏谑了：

“傻逼了吧？离婚了吧？从此打炮花钱了吧？”

小油的可爱之处就在于从不在乎别人的戏谑里那虐与不虐的成分。但也悲伤到不能回笑，只用已僵硬起来了的舌头诚恳地奉劝着，还是自己的媳妇好，那些鸡，根本不讲职业道德，工作时连哼哼都不给你哼哼一声。花了钱，你还不能要求了。那次要求，你猜人家说什么？“五十块钱我给你哼哼？我还给你唱呢！”去他妈的，都是些无底洞！唉！激情如若不是源自于另一方的忠诚，其实钱给得再多也白搭。所以，几年下来自己立了规矩，不管在外面应酬到多晚都要回家睡。只要一睁眼，自己的媳妇在身边躺着，方觉得一切才都是真实可靠的。

一休显然是被感动到了，没坚持一会儿，便对我和乱炖说，就不等小油在厕所里吐完出来啦，回去补补“家庭作业”。

57

上研究生轻松得我还真有点儿不适应了。除了英语必须过级，得紧张些外，旁的课程你爱上不上。没什么作业，也没有以往那种令人胆战心惊的闭卷考试了，只要结课时交上篇文章就有学分可拿。到了研究学问的阶段，一切都得靠自觉。

我的导师在业界有着那种令人振奋的名字，多年以来始终是我衡量自己的一个尺度，并一次次让我感到自己的人生是不合理的。成功者没有让我们看到过的消耗时间的正确方式，就是他们成功的最大秘密。如今我总算取得了靠近了揣摩的资格。只要揭开那些自己急需了解的秘密，便可如法炮制了。然而，不利的因素也有，导师难免学而优则仕，走上了领导岗位，事务缠身，终日繁忙，轻易见不上一面。再加上我又是个被动的性格，从不能有事没事地往人家身边直靠，且身上的才华又不足以让导师过目不忘进而主动使唤，所以一学期下来也只得到过两次靠近了揣摩那秘密的机会。

第一次见面，是刚入学的时候。由于叩门声和桌子上的电话铃声一样地不懂事儿，此起彼伏，所以导师只好草草了解了一番我成长的情况，用简短的话语对症下药道：既然离开过北京，就应该知道北京是怎么回事儿啦；离开过美院，也就该知道美院是怎么回事儿啦。一定不要放过这一次机会。只有善于把握机会的人才能沉醉于自己的生命，而一个人只有沉醉于自己的生命才能生活！

我悟出点儿意思来了，便立刻照着去做。除了精打细算地花掉些拿取毕业所需学分的时间外，其余的闲暇，有兴趣没兴趣的，也都耐着性子去听各种名人办的各种讲座，或去图书馆聚精会神地坐上一坐，并顺便抱回一摞摞厚厚的书籍摆放在床头，一副沉醉于生命的样子。

第二次见面，已近学期末。叩门声和桌子上的电话铃声依旧不怎么愿意自己玩儿，缠得导师不由得皱起了眉头，对我忙乎的事情大为不解，说我人在北京反而不知道北京是怎么回事儿了，人在美院反而也不知道美院是怎么回事儿了。这一天天都忙乎了些什么？没有一件像样的！对于每一个人来说，世界上最重要的事情只有一件，那就是要成为你自己！那么，首先就得找到一块儿立足之地吧？只有在属于自己的那块儿土地上播种，你才能变为你自己！

看来人还真是不能不懂装懂啊。我不得不再次参悟：目前怎么才能成为自己呢？那首先就是得活着，对不对？生命无疑是成为自己的第一生产力。那么，如若能活得好一点儿，是不是播种起自己来也就会更像样些？只要提高了生命的劳动效率，一定就能更好地成为自己！怪不得同屋的博士大哥和硕士老弟一天到晚也不见个人影呢，一个在为一家房地产公司忙乎环艺设计，另一个在给一家星级酒店搞室内装潢，八成人家的导师早早就点拨过了。于是，虽然晚了，但我这只笨鸟也还是坚定地把翅膀扑动了起来。

我开垦立足之地的手段也只有写文章了。唉！这等到要挖掘身上的资源去创造财富的时候，才发现自己所学的专业离决定它的经济基础有点儿远——虽说是中国美术研究，但却是近现代的，怎么看怎么与中国人当下的衣食住行不沾边儿啊，让我如何在商品社会的风口浪尖上战斗？现在家家户户可都有电视，一按遥控器，大千世界就尽收眼底了，谁还会费那个劲儿去一行一行地看书上的文字？况且，你就是写得再精彩，它还能精彩得过明星们的私生活吗？

不过，虽说钱来得不可能又多又快，但写研究类文章也还是可以养活人的。导师们早年不都是这样熬过来的嘛。关键是它可以完全正确地不浪费余下的时间。就我翅膀上的力量而言，在获取生命物资的扑腾中有两类研究文章可写：要名不要利的，和要利不要名的。前一种一般都是导师们拣剩下来的国家级出版物，稿酬虽低，但可以为今后的人生积攒名气；后一种虽然不全是国家级出版物，但只要转让了自己的署名权，收入自会翻番。我开始还是坚持写前一种的，什么《美术大百科全书》里的词条、《世界艺术家大辞典》里的人名、《古今大师谈艺录》里的节选等等，全写到或翻译到了。可出版社支付稿费也忒慢了点儿，有的在毕业前还算拿到了百八十块，有的到今天也没个下文。咳！还真是有点儿羡慕农民工兄弟了，起码被克扣了工钱还有媒体同情，这文化人虽不算什么弱势群体，可一遭克扣，三番五次打电话要不出来后也就不敢再要了。因为再要下去，手机费的花销可就超过那点儿稿费了。所以逼得人不得不写第二类文章，虽署不上名，也暴富不到哪里去，但至少它支付得及时呀。且客源充足，各地大学纷纷成立起来的艺术学院里等着评职称的人们都排队来订购呢，导师们根本忙乎不过来。唉，明知道这样下去对名气长期的发展战略不利，可为了姑且能活着成为自己，也就顾不了那么许多了。每个人的背景和资质不同，自然播种自己的方式也就多元，实在没有必要羡慕别人清白的履历。没准儿也能像香港那些拍过三级片的导演一样，尽管往昔的岁月里没有什么值得夸耀的坚守，但只要活得好好儿地熬成了自己，日后也还是不排除有出名的可能性。

当大大小小的高考辅导班在校园外如雨后春笋般冒出来的时候，我才算找到了点儿致富的门路，成天像明星走穴似的在各家规模不一的速成班里到处乱串，终于有了点儿像模像样的收入。虽然还是租不起房子——在考试经济的拉动下，连地下室的租金也水涨船高，比以前高出好几倍——但总算也能衣食无忧地播种自己了。然而，我却感到阵阵的惶惑，总觉得每一天都活得更不像自己了，似乎脑海里那些想要靠近的东西压根儿就不知道我在这里。到底什么样的消耗生命的方案对于成为自己才是合理且有效的呢？导师照旧是忙得见不到身影，而凭我个人的悟性又实在摸不着头脑。真是干急没治。看来别人的成功除了能激起你对于正确使用时间的憧憬外，也实在无法带给你消耗生命的好办法。它的用处还在于增添了你与自己的孤独相遇的次数，并迫使你更加善于利用自己的孤独。这种孤独的最终表现形式就是，一个人不得不硬着头皮独自去与自己内部的成长会面。

过去了的每一天，因为让我见到了每一天的内容，于是觉得平淡。其余的每一天，因为都有其余日子里的生活，所以让我期待。然而，期待中的那些其余的日子也终归像过去了的每一天一样，也让我觉得平淡了。我的生命似乎永远只不过是一个播种的过程，期待中的自己从来就不在此地生长。唉！为什么这里的我和想象中的自己从来就不能一样呢？找不到答案。或许根本就没有答案。

然而，不幸的是，我惶惑不安的播种却又总是会被除我之外的人们赋予其实连自己都还一直未见真相的意义。那天，在一家辅导班里对付着播种过那一天的自己后，我没想到以前系里的邢书记竟找上宿舍的门来，带着要考美院的儿子让叫叔叔。我虽不如邢书记那样地喜出望外，但也毕竟还有他乡遇故人的滋味。于是，我把故人带到了胡同里的一家餐馆小酌。

人离开自己熟悉的环境，似乎都会变得谦恭起来：当我叫着“书记”，把酒杯举过去的时候，对方已相当受宠若惊了，连忙欠身道：

“叫老邢！叫老邢！”

我开始以为只是客套，可喝过几杯后才知道，书记还真就不是书记了，刚被撸，就是上个月里的事儿，这才告病在家，得闲来培养孩子的。不是书记了，老邢也就不再使用干净的话语，频频破口大骂，要与棒槌两口子的妈发生性关系，全然不顾孩子在身边坐着。原来在上一季招生中，老邢遭了人家的暗算：不但没想到收点儿土特产还能被录了音（后来从饼子那里听说，那土特产里其实还夹了一个装着钞票的信封），而且也没想到送土特产的人怎么就是那两口子的一个亲戚。结果几个回合后，便被拉下了马。

也许是老邢多年以来培养出了坚毅的性格，都遭受到这么沉重的打击了，脸上却不见有丝毫垮掉了的神态，除了稍显气馁地表示“只要有那两口子在系里就没得弄”外，也还是一如既往地镇定自若，也还是一如既往地语重心长，眼睛落在儿子的身上连连宽慰自己道，下来也好，反正级别没变，工资也一分不少，正好有时间培养培养孩子。唉！都土埋半截子的人啦，还图个啥？把孩子培养成功了，比什么都强！早看开喽。

虽说老邢不是弱者，但我还是乐意同情，毕竟是见证过自己生命历程的故人嘛。于是我当场就表示，一定给孩子找个最好的画班儿，自己亲自带着，而且也会和办画班儿的哥们儿沟通沟通，给孩子的学费打打折。老邢很感激，一遍遍往我的手中递软中华，一遍遍扭头催促儿子让谢谢叔叔，也一遍遍真诚地表示，如若能帮着和美院的先生们联络联络感情，那就更雪中送炭啦！土特产咱还是很充足的。但老邢的经济也不能说一点儿问题没有，因为也一个劲儿地央求我帮着找找周边便宜点儿的地下室，和儿子得住好长时间呢，这各方各面都得花钱，实在有点儿扛不住。

唉！看来我在他乡遇到的故人碰到了麻烦。不帮吧不行，因为对方是故人，弄不好会把你的生命历程给见证错了。可你说帮吧，我这连自己都还没舞弄明白呢，却又不得不煞有介事地忙着帮别人去舞弄了。我倒并不在乎自己的生命为别人消耗了额外的能量，而是担心我捉襟见肘的引导误人子弟，会不会有一天让别的生命发现，他寻找的自己也和我一样地是生活在别处的。

朋友介绍来的考研者时不时也跟着添乱，非要请客讨教我考上的秘诀。我终于从别人身上看到了自己的错误：其实每个人走过的路程都是用密码锁定了的文本，除他自个儿外，谁又能破解得了呢？然而我们却都偏偏喜欢破解别人的文本，沉醉在通往成功的幻象中，人为地将自己的生活弄得更加忙碌，始终没有时间和兴趣成为自己的朋友。

我顿悟了，决定做自己的朋友。于是，乱炖来找我的时候，我便把自己当成了朋友摆出来给他看，弹着吉他唱许巍的歌。乱炖有点儿受不了了，抽搐着给一休打电话，非让过来一起流泪不可。咳！有点儿闹人了不是？一休得忙着还贷，哪有工夫为这部分的生活哭泣呢？

58

过年的时候我又回到了阔别已久的家乡。因为都有五六年不见了，所以昔日的老同学们闻讯后一拨拨赶来邀我出去相聚。最全乎的那次聚会是箩筐张罗的。箩筐在当地的财政局当上了科长，任何一家饭店都能签字，已具备了相当敢聚的实力。其实这一次我也根本未留意酒菜的质量。我只是如饥似渴地品尝着把我的身体深深淹没了的乡音。似乎只有浸泡在那里，我才能为自己这些年来的生活找到些像模像样的解释。

可能是箩筐的有意安排，席间，班上我曾经暗恋未遂的红围脖竟风尘仆仆地推开了雅间的门。我还没来得及错愕，红围脖就一眼认出了我，上来当胸推了我一把，用浓浓的土话叫着：

“哎呀呀，这敢是个老王哇？啧啧，咋价（怎么）一点儿也没变？” 脱下羽绒服的身上散发出浓浓的香水味。

我不知道自己变没变。但她的的确确是变了不少：脸大了许多，相形之下，眼睛也就小了许多，腰际的肉在鄂尔多斯羊绒衫的包裹下一棱一棱地起伏着。唉，也难怪，儿子都上幼儿园大班儿了。岁月肯轻易饶过哪一个了？哪怕是你曾经爱慕过的容颜。

由于都经历过了生活，所以老同学们说的话没遮没拦，总爱围绕晚上干的那点事儿开玩笑。箩筐和红围脖闲扯：

“今天晚上就跟我走哇？”

红围脖回应的言辞也绝不甘拜下风：

“行了哇！咋价呀（怎么弄）？是在外面开房间还是到你价行（你家）？”

在一片嬉闹声中，我对落在红围脖身上的那些玩笑话依旧有些于心不忍。她并不知道自己的纯洁曾经让我经受折磨，但我却始终忘不了。为了把她修复成昔日的模样，我便将心中珍藏多年的秘密吐露了出来，说当初是如何如何恋她在心口难开啊。然而，在嬉闹的气氛中，虽说可以诉说得无拘无束，但也不可避免地降低了所说内容的可信度。红围脖完全将我吐露的旧情当作玩笑话处理了，最多也只不过用了一点儿追悔莫及的表情在脸上，嘻嘻地回道：

“啧啧，原来是那么个（原来是那么回事儿），你敢说了哇（你咋不说呀）！你敢说了哇（你咋不说呀）！看看现在这弄成个甚（什么）了？回去就离婚！”

……

我并不以为相见不如怀念。相见虽然会推翻从前的记忆，但也会为今后注入更多让你怀念的内容。也正因为那次的相见，我才有了现在的女朋友吴玉静，红围脖的表妹。那次聚会上开够玩笑后，老同学得知我还没成亲，便和我说起了真格的，要给我介绍她的表妹，刚从澳大利亚留学回来，在北京和表哥经营自家的餐饮业，有房子，有车。这不，开大切诺基回来过年的。我开始并没有当一回事儿。一是因为还不太舍得让自己沦落得靠别人介绍女朋友；二是因为对“爱是可遇而不可求的”这一醒世格言笃信不疑；三是因为小时候看惯了的电影镜头还起着潜意识的作用，总觉得富人家的小姐、太太没有什么像样的，不是胖得很丑，就是馋得很懒。可箩筐得知此事后却坐不住了，火烧火燎地一个劲儿催促道：

“傻疙泡！还不给爷快点儿！爷要是没结婚，非跟你抢不可！咋价（怎么）？穷得球也没一条（一无所有）就是个好？！”

箩筐非常了解吴玉静哥哥的名气，因为开的饭店越弄越大，现在已发展为集团规模的企业，光在北京就有六七家连锁店，不但成了当地财政收入的一个增长亮点，而且也为政府缓解了不少就业的压力。可即便箩筐那么催促了，一连几天我也还是没有当一回事儿。直到过完年要走的时候，因为卧铺票实在难买，我才只好听任红围脖的安排，搭她表妹的切诺基回北京。见到吴玉静，我有些后悔自己没早点儿行动了。老话说，外甥长得像舅舅，那么舅舅的女儿也就不可能不和外甥有几分相像。我仿佛一下子在表妹身上看到了表姐当年的影子。于是，途中我的心情便像当年一样了，殷切得像远处初春的田地里那一片片等待融化的积雪。吴玉静自然在外面的世界见识得心胸开阔，所以也不拒绝欢闹，笑容没断，和我像老朋友似的聊了一路。她哥早年也是花了好几年的时间才考上大学，可偏偏只对吃喝情有独钟，每天不好好念书，却喜欢坐在各种风味的餐馆里研究人家的菜谱。结果才上了不到两年就硬说头疼得不行，退学回家了。当时她爸都气病了，愁得呀。可她哥在当地开了一家烩菜馆，没过多久就火了，不但自己没饿着，而且还让家人吃得更好了。胆也大，第二年就把饭馆开到了北京。运气也好，开一家火一家。吴玉静很羡慕学习好的人，当年考了几次大学都没考上，后来她哥挣了大钱，这才把她送出去留学的。然而，我又是多么地羡慕她呀！多希望自己也能有个那样有经济实力的哥，减轻些生活的难度，好全心全意地去干些吃穿以外的像模像样的事情。由于身上都有让彼此羡慕的东西，所以回到北京后我和吴玉静就没中断来往。直至发展到那天我趁宿舍没人将她给吻了。

崭新的恋爱无疑会带来崭新的激情。吴玉静从不嫌累，每天深夜忙完手头的事情，都要开车过来接我到她的住处。那段儿时间，我们消费了很多蜡烛，也消费了很多红酒。每次借着浪漫的光线，吴玉静总爱建议，开诚布公地讲讲彼此经历过的恋情。只是，每次结束后，她讲的我都记不起来了——她也实在没讲出什么新意，最多也就是后悔当时不该为考学所累耽搁了初开的情窦。而我讲过的内容却被她细细地记在了心中，成为了日后两个人闹别扭时她可以情绪高昂地胡搅蛮缠的理由。

我对里外都有保安把守、电梯可直通房门的寓所渐渐熟悉起来。我也对燕莎、赛特等购物场所渐渐熟悉起来。渐渐熟悉起来的，还有吴玉静的性格。我从未和自己恋着的人这样毫不担惊受怕地长时间住在一起，因此，吴玉静让我体验到的爱情似乎也就比其他恋人更为清晰。我不知道是先天的性格缺陷还是后天的经济基础所致，吴玉静属于那种小性子不断的女人，身上总是带有富于挑战性的执拗。生活中哪怕是最不起眼儿的小事儿，也都要以她的性情和喜好为转移，只要你的一举一动稍一偏离她控制的轨道，比如东西摆放的位置不对或你的眼神有误，就会即刻把她气得死去活来，并喋喋不休缠得你无法入眠，向你苦苦阐述世界上那个唯一正确的她。她总希望我的内心能长出感应器，每时每刻都可以精确地识别出那个唯一正确的她。但是经她的正确性验定了的同一件事情，你第二次做的时候如果未经她过目，很可能还会有做错的危险。唉！真是气得人每每都想喝酒。而这并不算完，她还要逼着你承认那一系列行为的可爱。

吴玉静的身上倒也绝非没有让我离不开的地方。首先，她毫不犹豫地坚信文化对于人类的意义，不但从不舍得将尼采、萨特、叔本华的典籍从床头撤走，而且总把我身上的艺术细胞看得像自己的一样重要。其次，她能做一手地道的家乡的烩酸菜，色香味简直与农场里冯老婆子的难分伯仲。我哪里肯逃？再加上，吴玉静又懂得孝敬老人。尽管事后肯定要就此强调一番自己的素质，但她的确牢记父母的生日，而且五月的第二个星期天和六月的第三个星期天也忘不了提醒我打电话回家。同时，寄回去的感恩礼物也就免不了会让父母为了我这一次的恋情能够安全地步向婚姻而千叮咛万嘱咐了。我又哪里能逃？所以每逢怄气的时候，吴玉静总爱拿来帮我冷静的一句话就是：这年月要找个单方面比她强的或许不能说没有，但要找一个综合素质如她一般的，哼！你就去找吧！

我是不想再去费那个劲儿了。因为我越来越明白，爱情其实就像喝过的红酒，无论什么样的品牌，也只不过是口感不同而已，只要日子一久，嘴里也就一样只剩下酒精的味道了。

唉！还是靠事业调剂自己吧。论文的开题已迫在眉睫。

59

离我以前生活的兵团不远的细沙梁公社，在“文化大革命”时期曾经有过一次“农民新年画运动”，当时进京展览都受到了中央一位女领导的首肯，站在那幅名叫《火红的农庄》的作品前情绪激昂地推荐道：“什么叫艺术？这就是艺术！什么是伟大？这就是伟大！”偶然从文献上看到这一盛况时，我简直被惊到了。真是一点儿都没看出来，在离我如此之近的地方还能发生那么波澜壮阔的事件。不过，儿时的记忆里，细沙梁的确是个氛围明显不同于我们兵团的好去处。每逢十月金秋，那里总要如期举办庙会，搭起高高的戏台，请山西最有名的介休戏班子来唱戏，四周大大小小的摊子上琳琅满目的物资和小吃也总像戏台上那些红红绿绿的脸谱一样五花八门。还有各类杂耍艺人和江湖郎中的吆喝声，你方喊罢我又嚷，真是热闹死了。赶细沙梁的庙会，当时在我们的生活中占据着很重要的位置，学校会专门放假，家里也会给我们每人下拨一块钱。那时的钱好像格外耐用，即便只有一块，也可以花上足足一整天。摊铺上经济实惠的大麻花我吃了不少——都是二哥买的，我那一块钱去时装在口袋里的哪个位置，回来时还是装在那里，叠得板板正正。细沙梁也是岁尾置办年货的好去处。记得每年的腊月二十七八，父亲总是胡子和眉毛上挂着一层冰霜地从那里回来，卫生香插在棉帽子檐儿上，怕折了，几幅年画和春联拴在车把上，怕皱了。而我最关心的，是挂在自行车后座两边的袋子。一边是爆竹，大麻雷、小鞭炮、钻天猴、魔术弹什么的都有；一边是好吃的，麻糖、黑枣、柿饼、冻柿子什么的一样不少。现在想来，那时真是小得令人惭愧，一直搞不懂父亲为什么总爱舍近求远，非要到细沙梁去购买年画。敢情那里是产地，自然种类就多，也肯定便宜。对了，当时家里墙上挂着的那四幅玻璃画也是父亲从细沙梁背回来的，左右肩膀还被绳子勒出了两道深紫色的印痕。配合画面的内容，一下午我就记住了上面的连笔字——“虎啸山涧”、“仙女散花”、

“颐和春韵”、“三打白骨精”。邻居都来看，慨叹于那画的逼真以及对屋子所起的美化作用。于是没过多久，各家也都去买来挂上了。但我总觉得我们家的最好。肯定不是一个师傅画的。由此想来细沙梁倒是一直都存在着艺术，只是离得太近，终究被儿时无知的我给彻底忽略了。由于几年来一直漂泊不定的心一下子与故乡取得了联系，所以我连个嘣儿都没打，立刻就决定要把那里的“农民新年画运动”作为自己论文的选题。

狗改不了吃屎，人也难改身上的陋习：我这次的论文不知不觉中又惹上了本科时一样的麻烦，还是要亲自去收集材料。为此，春节回家过年时我特地去了细沙梁一趟，还真找到了那幅《火红的农庄》的作者赵文化。不过找他可颇费了一番周折，问一个不知道，问一个还不知道。因为村里人都叫他六十三。其实老赵本名还真是叫赵六十三，那年去北京参加画展才临时取了这个“文化”的名。按本地习俗，人们往往喜欢把孙子的名字取成爷爷去世时的年龄。所以村里叫七十五、八十二、九十一的大有人在。如此命名，倒并不完全是为了纪念死去的爷爷，而更多的是为了生下来的孙子好养活。

当地人本就厚道，又得知我此行的目的是想给“树碑立传”，所以六十三老汉就更是无法不热情了，炖了满满一大锅猪肉烩酸菜，把村里参加过那次运动的几个人都叫来了，坐在炕上边喝边聊那段光辉岁月。

首先我要搞清楚的是，为什么会突然冒出来这么一次“新年画运动”呢？几位老汉经追忆都很肯定：城里群艺馆的干部下来发动的。当时说是要配合什么“批林批孔”的运动，抢占无产阶级文化阵地。答应不用出工，还算工分，就都参加了。那我的第二个问题又来了，为什么会偏偏选中细沙梁呢？临近的德令山、长武壕公社怎么就没人去发动？看来六十三还是一群老汉中最有文化的一个，嘴里细细地咂吧着我带来的红塔山，分析说：

“那敢情是艺术的群众基础比较厚实哇，像我和九十一、七十五、八十二的祖上就是做年画的。德令山是擀毡的地方，长武壕尽是些皮匠，哪能找到我们这样的材地！”

几个老人纷纷表示同意，跟着兴奋起来，七嘴八舌地回溯起自家祖上年画作坊的兴隆。九十一和八十二老哥俩为了谁家祖上的作坊规模更大，争犟得面红耳赤。旁边的不断插嘴。酒桌上的秩序开始陷入混乱。赵六十三只得整顿道：

“快算球了哇都！（都住嘴吧！）‘文革’那会儿你们两个老疙泡咋价悚得没能事了？（‘文革’那会儿你们俩怎么吓得没能事了？）红卫兵来‘破四旧’的时候你们敢给爷不把祖上的老版烧了哇！（红卫兵来‘破四旧’的时候你们有本事就别把祖上的老版烧了啊！）现在硬个球了？（现在厉害什么？）”

老哥俩沉默不语了。我出去小解。七十五老汉怕我被狗咬，陪着出去尿。一道冲着墙角撒时，老汉偷偷告诉我，其实中央女领导的那两句话赞美的是他的那幅《沸腾的公社食堂》！当时他的画正好和六十三的那幅并排挂着，女首长是站在两幅中间说的那番话，虽然头略有些偏向六十三的那幅，可身体却是完完全全靠近他的画这一边的。也不知道记者怎么就能给判断成了是在夸六十三的那一幅。

对于赞美所指上存在的这一分歧，我很是好奇。可即便这老汉说的一点儿不假，那也是说不清的事情了。女首长早已不在人世，问谁去？而当时又都是“集体报道”，去找哪一个调查？唉！历史倘若被传错，是很难办的。也只能在女首长的那句话上加个小小的注释，说明这一分歧，以表示对历史的负责。

回到炕上，我的第三个问题是，当时创作的组织模式是怎样的？都说不太清楚。赵六十三让我不用操心，明天带我去找城里群艺馆的组织者给好好说道说道。还有一个活着呢。

人散后，六十三依旧很亢奋，翻找出好几块儿祖上传下来的年画老版让我看。冒着挨打的危险藏下的！那些老版经过岁月的层层剥蚀已很模糊朦胧，像一幅幅抽象表现主义的作品。挂在家里的墙面上做装饰一定好看且不俗。我想要一块儿留个纪念。六十三很犹豫。我便不好意思再要。

第二天起来，六十三老汉感冒了。昨晚喝出很多汗，临睡前出去小便没披衣服。毕竟也是和爷爷去时一样的年纪了，这一不注意就来病。我劝老人今儿就别去了，我过几天再来。老人不干，说不碍事儿，庄户人有个头疼脑热算什么。老婆子提来一壶开水，六十三把额头对着水汽蒸了一阵，然后让老婆子在额头和脖子上掐捏、揪拽，直到出了黑紫色的道子。我觉得老人脸上的痕迹很亲切，像父亲感冒时留下的一样。出门前，除了把我拿来的酒装上外，六十三又从厢房里拣了几样一并带着。这还没出正月，到人价行（家）里不好空手。我连忙去夺，说到城里我再买。可怎么也夺不下来。

临出门，见院子里的猪食槽子上落了一群麻雀，老人一边“哦嘘！哦嘘！”地轰赶，一边找来一块三合板扣在槽子上。我的心猛地揪了一下，不知道是因为老人拖着个病身体做了这些，还是因为又想起了童年时代的那些画面。

为了老人的身体，我想打个车走。可老人拽住我的胳膊说什么也不让，瞅准路旁的一辆大客，比我还麻利地挤了上去。老人坐在车头发动机的机座盖上，很满意，额头上像挂着一面面鲜艳的小旗子，不住气地咳嗽、擦鼻涕，喉咙里像拉风箱似的，呼呼直响……

60

用收集回来的资料好不容易支巴起论文的框架后，我便去找导师定夺。可几次都被他电话里突如其来的重要事情给中断得没了结果。但又不能不去找。据说胆敢擅自定夺的，连导师都会帮着评委不让通过。开题前夜，我才总算第一次被主动召唤了。然而导师还是无法不忙，辅导我的时候，沙发上还有人坐着等——一个漂亮的女孩儿，我春节回来到导师家去拜晚年时见过，系着个围裙开了门，接了我手中拎着的礼盒，然后给找拖鞋，又忙着端水果、冲咖啡，里里外外都像是在自己家。导师一直都无法不让别人崇拜。至于想崇拜到什么程度，那就不单得看崇拜者本人的意愿，而且还得看崇拜者本人的造化了。导师基本同意我对论文的构想，但一些细节问题还需慎重处理才能符合最大多数评委的口味。导了这么多年，太有经验了，一不慎重就会被推翻的。由于一时半会儿还难以结束，所以导师只好抬起疲惫的眼睛试着和坐在沙发上的女孩儿商量：要不你先走？女孩儿虽没作声，但眉心是有些皱了，不太情愿地起了身。漂亮得连我都舍不得她走。导师开始把注意力放在我的开题报告上。可手机短信的提示音随即又响了。读罢，导师思量片刻，回了出去。接着给我辅导。没辅导上几句，刚出去的女孩儿就推门进来了，舒展开了眉心，漂漂亮亮地坐在沙发上等着。实际上我倒没觉得她碍事儿，只是导师受了额外的影响，不由自主就加快了辅导的速度。十分钟后，我被辅导完了——尽管还是不知道论文该怎么慎重才能符合最大多数评委的口味，但也不得不考虑在屋里等着和导师下班回家的漂亮女孩儿那慎重的眼神。唉！看来到目前为止，无论是成功人士，还是奋斗者，尚无一人可以找到比陪伴美丽的异性更为合适的休息方式。即便存在一星半点儿的差别，最多也只不过是隐蔽身上这一不自觉的需求的智慧各有高低而已。其实导师们知道的、我不知道的知识只是让我感到敬畏，而唯有在他们身上看到的和我一样的东西，才让我感到亲切，并乐意学会。

咳！还是再折回到生活中去吧。

61

吴玉静每天的任务依然是把我身上的错误一一找出来，然后经她的鉴定做出有利于自身性格的裁决。她无法忍受在两个人的世界里无事可干，发现我身上的错误对她而言，似乎就等于一件能让她随时随地不空闲的事情。那就由她去吧。我只要是我自己就好。

一定是从小就招人的秉性还在延续，否则我这儿为什么成了避难所就解释不清了。箩筐和奶光先后投奔而来，都辞了职，也都离了婚，把我牵扯得不得不吃、住、行一条龙服务。箩筐离婚是网络惹的祸。只怪生活环境过于优越，房子大，设施又现代，自己一在外面应酬，媳妇便寂寞得要上网聊天解闷，结果就把婚姻给聊出了问题。箩筐好言相劝还是挽留不住媳妇，一怒之下只好把那网友打得住进了医院，干脆辞职来北京寻找新的人生。奶光的离异完全是自己惹的祸。由于长得浓眉俊眼，奶光被外面的花草沾惹得放荡不羁，不声不响地对自己的小姨子动起了手脚。唉！天热，房子窄巴得人本就心憋气闷，可偏偏小姨子又穿得少，躺在身边儿久了，哪有不翻身的道理？结果媳妇率领岳父岳母把脸给撕巴得面目全非，无法在单位见人，只好戴着墨镜来北京换个环境洗心革面。

住惯了大房子的箩筐只知道居室的空荡荡会让人寂寞，所以坚决不肯理解奶光因屋子的窄巴而突如其来的行为，愤怒地骂着：

“谢特（shit）！甚疙泡东西（什么玩意儿）！兔子还不吃窝边草呢！谢特！”

奶光也不奢求箩筐设身处地的理解，耷拉着脑袋苦闷道：

“不要说啦。不要说啦。唉！哥哥敢是只懒兔子哇（哥哥是只懒兔子呗）！”

时代行进的步伐的确不慢。把这一项项早些年或许只有长发披肩的艺术家才敢有的人性就这么给大众化了。

我真羡慕两个哥们儿，好像学个啥都不费劲儿似的，什么注册会计师证、资产评估师证、律师证，早早就考下了一大摞。但也还都是懒兔子，偌大个北京，却偏偏要在吴玉静哥哥的手底下谋求发展，总经理、财务总管、法律顾问什么的，倒也都做得。

只是，愁死我了！

天地良心，我真的非常同情两个哥们儿因空间的大或小而各自落下的伤与痛，何尝不想借这么好的机会彰显一下为朋友两肋插刀的忠肝义胆？可苦就苦在自己并未得道啊，怎么让哥们儿跟着升天？

或许吴玉静在他们眼里具备了足以通天的能力，但终归和我还没有形成婚姻的事实吧，仁兄又怎么可能让我左右人事的任免？就算极肯给我些脸面，可人家好赖也是个正儿八经的企业，这一个萝卜一个坑的，好把哪根儿长实了的萝卜即刻就拔出来让我的哥们儿填补上去呢？

其实只要愿意降低些级别和待遇，我倒不是不能用脑海中贮存的那些与哥们儿一起走过的时光触动吴玉静，进而触动仁兄。可两个哥们儿又不约而同地脸色沉痛——那样的职位哪儿都能找着，还用得着大老远地跑来投奔在你老兄的名下？！

事情一不如人愿，往往就会影响到交情，昔日里的那些溢美之词也跟着迅速掉头向相反的极点狂奔。箩筐难免不以我这一次恋情的缔造者自居，所以责怪我"发迹"之后的怠慢，旁敲侧击的言辞越来越重，直至愤懑到表现出如朱自清当年饿死也不吃美国救济粮一样的骨气。奶光干脆向吴玉静直接施展起了魅力，害得吴玉静根本没怀孕也老想到厕所里吐。魅力施展失败后说的话就难听了，颇有鲁迅轻蔑邵洵美之流时的那般不屑。

唉！相见到底还是不如怀念。而怀念似乎就更不如忘却——至少彼此忘却了，是并不会有怨气和仇恨的。

生活又总有这样无尽的烦恼。让人不得不再次惦念起事业来。

62

论文的开题报告总算是顺利地迎合了绝大多数评委的口味。而工作的事还一直没有着落。留校执教兼做科研自然是最有利于事业的选择，可如今留下来又谈何容易？"海归"和二十啷当岁的博士一堆一堆的，不拼拼文凭以外的事情恐怕是不行的。于是，我只好带着吴玉静从专卖店里拎回来的茅台、五粮液、软中华去找导师商量。导师不在家，是那位漂亮女孩儿接的，说一定转告。出来的路上，我越寻思越觉得这事办得欠妥，也没留个字条什么的，导师能知道是谁送的吗？尽管那漂亮女孩儿对我一直都笑吟吟的，但也保不准儿就记混了名字呀！

可又怎么好见导师不在就把东西拎走呢？

第二天上午，导师通知我到他的办公室。我踏实了。那漂亮女孩儿的记性还真不错，想必定是转告准确了。可进了办公室坐下后，导师却并不提我工作的事儿，只是一个劲儿翻弄我的论文，说认真看过后，总觉得应该再加上一章才稳妥：找找细沙梁"农民新年画运动"在整个工农兵美术中的逻辑位置。临末了，在我起身要离开的时候，导师才有意无意地了解了一下我的工作落实情况。给出的建议很简单，要想留校就必须考博，不想考博就到别的学校去试试。推荐信早给我写好了。并为我提供了信息，海淀区新近才成立了一所"大千艺术学院"，正需要人。

咳！都是吴玉静出的馊主意。真不如不去商量的好，这一商量不但没了留下来的可能，还把论文给多商量出了一章！还有那些茅台、五粮液、软中华啊，别看体积都不大，可够希望小学里一个班的孩子们足足一年的生活费啦！且又辱了使命，怎么能不叫人心疼！

为了尽量减轻损失，我便带着导师的推荐信到了那家"大千艺术学院"。然而，推荐信现时已起不到多大作用，主管的领导看罢，最多也只不过是加重了些鼓励的语气，让我回去好好准备，下个礼拜就来参加竞聘考核吧。

也不能耽误了论文不是？晚上，我用IC卡给赵六十三家挂了电话，想就“逻辑位置”的问题听听他的回忆。电话那头响了好长时间后，是六十三的儿子接的，说他大（爹）没了，今天刚烧过“三七”。还问我什么时候能来一趟，他大（爹）让把那几块儿老版给我……

我有些难过。老人虽然带走了那个有关“逻辑位置”的答案，但却加强了我的心与故乡的联系。我一次次想起老人和我在车上的情景：老人坐在车头发动机的机座盖上，很满意，额头上像挂着一面面鲜艳的小旗子，不住气地咳嗽、擦鼻涕，喉咙里像拉风箱似的，呼呼直响……

我把论文中关于赞美所指产生分歧的那一条注释删除了。我想让老人在那边呆得更安心些。

……

63

我如期去“大千艺术学院”参加了竞聘。考核完毕，我到洗手间里抽烟，定定神。里面有人走出来，觑眯着眼睛看了我半天，叫出口：

“哦，哦，你是……你是……王兄？”

我早已一眼认出他是猴子。那年进修完，在北京闹腾公司，把父母的房子折腾进去后，就到英国留学了。隔着海分离了这么多年，又是在摩肩接踵的竞聘现场冷不丁相遇，也难怪一下子认不出来。

留学归来的猴子的确让我有些眼晕：不但家乡的土话不会说了，而且就连普通话似乎也忘了，嘴里总时不时要秃噜出个英语单词来，怕我不懂，只得苦苦搜索能与那单词意思对应的中文。

我怕累坏自己，便不再与他扯淡。竞聘上竞聘不上，也就那么地了。我还是赶快回去思考那个“逻辑位置”的问题吧。

挤上708路电车，我被城市巨大的噪音顷刻吞没了。到了校尉胡同附近，车堵得很厉害。几个民警站在用黄色带子拉起的警戒线旁直挥手，让车辆绕行。里面又在高考了。

车里很挤，身体都贴在了一起。一个个脸上流着汗，脖子黏糊糊的。车外，各种响声不间断地撞击地面，再反弹到四周的高楼和巨大的广告牌上。就在不知不觉的一瞬间，我突然又惦记起了远方，恨不得插上翅膀，马上离开这里。那些我未曾去过的远方像一缕缕清爽的风，从车窗进来，拂过我的脸，拂过我的胸口，拂过我多年以来的渴望。

这么多年以来，我一直都在渴望。渴望什么？我说不清楚。但我总觉得远方还有什么重要的东西在等着我。那里有新的故事。有架着木桥的流水。有逆光飞行的鸟儿。有洒满月光的稻田。

在那里，我会像孩提时那样，整日跑到九连的大场院上去玩，手里提一根小棍，嘴里不停地喊“哦嘘”、“哦嘘”，去轰赶一群群不断落下的麻雀。累了，就坐在场院边的矮墙上，剥一块儿糖塞在嘴里，看天边升起的那道彩虹……

然而，我知道，我是不会离开的。

这里有爱。

我知道，眼前最明智的选择就是考博。以往那些经验告诉我，这样的选择才必将被今后的经验证实是成熟的。

在那里，我会像孩提时那样，整日跑到九连的大场院上去玩，手里提一根小棍，嘴里不停地喊“哦嘘”、“哦嘘”，去轰赶一群群不断落下的麻雀。累了，就坐在场院边的矮墙上，剥一块儿糖塞在嘴里，看天边升起的那道彩虹……